책에서 읽은 숲빛

곁책

최종규 글·사진

스토리닷

다른 숲인 책으로 가는 길

아이를 돌보는 어버이 노래

시골에서 곁에 두며 싹트는 살림꽃

벼리

가 · 삶을 읽고 책을 읽으며

나 · 숲을 보고 책을 아끼며

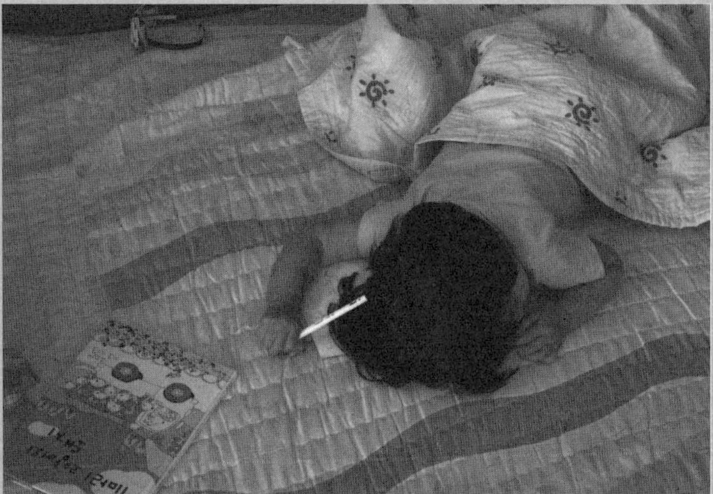

머리말

아스라한 어린 날 아직 '국민학교'란 이름에 '국어'란 이름으로 우리말을 배우던 어느 날을 떠올립니다. 1984년 같기도 하고, 1986년 같기도 합니다. 그때 '국어' 배움책(교과서)에 나온 이야기 가운데 한 토막은 "마당을 쓰는 아버지"입니다. 요새는 배움칸(교실)이 꽤 널널하지만, 지난날에는 배움칸이 매우 좁았어요. 한 칸에 쉰에서 일흔은 가볍게 넘쳤고, 때로는 아흔을 웃돌 만큼 찼어요. 배움칸이 아이들로 빼곡하던 그때에는 바람날개(선풍기)란 아예 없습니다. 여닫이를 활짝 젖히는 나날이고, 골마루하고 붙은 담벼락 자리는 여름 내내 푹푹 찌면서 땀을 뻘뻘 흘렸습니다.

같은 칸에 있는 동무 가운데 "마당 있는 집"을 누린 아이는 손가락으로 꼽을 만큼 적었어요. 모두 가난한 마을 아이요, 때로는 열 남짓 되는 한집안이 '한칸집(단칸방)'살이를 했어요. "마당을 쓰는 아버지"를 읽고 가르치는 길잡이(교사)를 바라보다가 속으로 생각했어요. '참 뜬구름 잡는 이야기로구

나. 마당이 어디 있어? 비질을 할 마당이 누구네 집이야?'

인천이란 고장에서 나고 자랐기에 "마당 있는 집"을 생각하기 어려웠어요. 2011년부터 전남 고흥이란 시골자락에 둥지를 틀어서 살아가는데, 시골에서는 어느 집이나 "마당 있는 집"입니다. 저희가 2011년에 깃든 시골집은 '97평에 200만 원짜리'로 조그맣습니다. 시골에서 17평 크기에 마당이며 뒤꼍이 80평이면 '조그맣다'고 해요. 그나저나 시골집에서 "마당 있는 집"을 처음으로 누리면서 '아, 큰고장(도시) 가난집은 마당이 없을 테지만, 시골 가난집은 고르게 마당이 있구나!' 싶더군요.

서울이며 부산이며 인천 같은 큰고장 이웃님도 잿빛집(아파트)보다는 마당 있는 집을 누리면 좋겠어요. 새벽에 비질을 하면서 나무를 쓰다듬고, 낮에 나무그늘 곁에 서서 하루를 돌아보고, 저녁에 나뭇가지 사이로 스며드는 별빛을 맞이하는 마당을 누릴 수 있다면, 참말로 삶이 삶답게 사랑으로 피어날 만하리라 생각합니다.

둘레에서 물어요. "200만 원짜리 집이라고요? 97평이?" 하고. 빙그레 웃습니다. "2011년이었는데, 그때 마을에서 바가지 좀 써서 1000만 원을 치렀습니다. 800만 원 바가지였어요." 800만 원 바가지였어도, 97평짜리 마당 있는 조그마한 집을 시골에서 누리는 하루하루가 늘 새롭습니다. 바가지라고 해도 마을에 이바지한 셈치면 좋다고 생각해요. 아이들도 마당에서 마음껏 뛰고 달리고 나무랑 속삭이거든요.

이웃님하고 펼치고 싶은 '곁책' 이야기란 크든 작든 도란도란 웃고 노래할 수 있는 마당살림을 책에서 나란히 누려 보자는 뜻이라고 하겠습니다. 저는 잘난책(베스트셀러)을 굳이 얘기하고 싶지 않아요. 그렇다고 못난책을 딱히 말하고 싶지 않습니다. 새책도 헌책도 아닌, 이름난 책도 덜 알려진 책도 아닌, 아이들한테 물려주면서 두고두고 되읽고픈 책을 얘기하고 싶어요. 우리가 이백 살쯤 살 수 있다면, 이백 해 동안 곁에 둘 만한 책을 노래하고 싶어요.

고맙습니다.
반갑습니다.
사랑합니다.

2021년 봄날

숲노래

퍼진 말씨라 하더라도 굳이 안 쓰고서 새말을 지어서 쓰기도 합니다. 어린이가 앞으로 즐겁게 맞아들여서 쓰면 아름다우리라 여기는 새말을 짓는 셈인데, 이런 말씨가 때때로 낯설 수 있기에 묶음표를 치고서 '삶터에 두루 퍼진 말'을 달아 놓기도 합니다.

가락(운율)

가락틀(악기)

가시버시(부부)

거르개(정화시설)

곁동무(베스트프렌드)

곁짐승(반려동물)

곁책(평생의 책·반려책)

고기떡(소시지)

그림꽃책(만화책)

글꽃(문학)

글꾼(기자·작가)

글님(작가)

글붓(연필·볼펜)

글종이(원고지·수첩·면접 서류)

금긋기(적으로 여기는 매도)

기름(석유)

길잡이(교사)

꼭짓물(수돗물)

꽃잔치(혼례식)

꾼(전문가)

나고자라다(출생하고 성장하다)

나라사랑(애국심)

나라지기(대통령)

나라힘(정치권력·사회권력)

날개(비행기)

낱말책(사전)

넉줄글(사행시)

노래(시)

노래꽃(동시)

누리놀이(인터넷게임)

누리만화(웹툰)

달책(잡지)

돈(재산)

돌봄물(약)

돌봄이(의사)

돌봄책(육아일기)

들꽃물결(민주운동)

따돌림(차별)

땅(부동산)

뚝딱터(공장)

마루(무대)

마침종이(졸업장·자격증)

말꽃짓기(국어사전 집필)

먹는샘물(생수)

먹물붙이(지식인)

무릎셈틀(노트북)

믿음빛(목사)

믿음이(신자)

믿음집(예배당)

바깥살이(사회생활)

바람날개(선풍기)

바람아씨(마녀)

발자취(역사)

밥책(요리책)

배움(공부)

배움굴레(학원지옥)

배움수렁(입시지옥)

배움책(교과서)

배움칸(교실)

배움터(학교)

벼슬꾼·벼슬아치(공무원·정치조직·국회의원)

보람(훈장)

보임틀(텔레비전)

부름이(택시)

부릉이(자동차)

붙임글(소개문·추천사)

빈자리(여백)

빛(선물)

빠른찻길(고속도로)

살갗앓이(아토피·피부병)

살림두레(생협·생활협동조합)

살림값(물가)

삶터(사회)

새뜸(신문)

샘님(교사)

샛장사(중계상·도매상)

서울(도시)

손절(경례)

솜씨꾼(전문가)

쇠가시그물(철조망)

숲(자연)

숲놀이터(우리 집 학교·홈스쿨링)

슈룹(우산)

싱싱칸(냉장고)

싸울아비(군대·군인)

싸움날개(전투기)

싸움마당(군부대)

싸움수레(탱크)

싸움연모(전쟁무기)

싸움판(전쟁)

씽씽이(오토바이)

아름길·아름꽃(평화·평등·민주)

아름책(명작·명저·고전)

앎(지식·이론)

어깨동무(평화·평등)

어린배움터(초등학교)

엮는님(편집자)

열린배움터(대학교)

온(100)

온날(백일)

우두머리(권력자·정부·대통령)

우리말꽃(국어사전)

위아래로 가른 금(신분·계급)

이름(명예·프레임)

이야기꽃(강의)

이웃님(독자)

일거리(직업)

일꾼(회사원·노동자)

임금(왕)

잘난책(베스트셀러)

잿물(E.M.)

잿빛덩이(시멘트)

잿빛집(아파트)

종살이(일제강점기)

죽음거름(화학비료)

지음터(공장)

잠칸(침실)

책수다(북콘서트)

책숲(도서관)

처음책(시작책)

철바보(철부지)

총칼나라(군사독재·제국주의)

쾅쾅밭(지뢰밭)

큰고을(읍내)

큰고장(도시)

큰일터(재벌회사)

틈새두기(사회적 거리두기)

펴낸곳(출판사)

푸른배움터(중·고등학교)

풀죽임물(농약)

하늘나루(공항)

하루쓰기(일기쓰기)

한칸집(단칸방)

해바람비(자연)

훌륭한 사람(위인)

여는말

해마다 한두 판쯤 몸살을 앓습니다. 몸살을 싫어하지 않습니다. 신나게 앓으면서 모든 일을 며칠쯤 쉬는데, 땀을 옴팡지게 흘리면서 여태껏 어떻게 살아왔는가를 되새기고 앞으로 어떻게 살아갈까를 가늠합니다.

아이들이 많이 어릴 적에는 몸살을 앓으면서도 밥을 짓고 차리고 먹이고 씻기고 빨래하고 집안일을 다 했습니다. 아이들이 제법 큰 요즈음에는 몸살이 날 적에 밥차림은 아이들한테 맡기고 빨래도 더러 맡깁니다. 이제는 아이들을 불러 "너희 아버지 등허리를 토닥여 주렴." 하고 말합니다.

이런 저를 두고서 우리 형은 "너도 늙어서 그래. 늙으면 몸이 낡잖아." 하고 말합니다. 하기는, '늙다 · 낡다'는 말밑이 같습니다. 나이를 먹어서 제대로 쓰지 못할 적에 두 낱말을 씁니다. 그러나 저는 나이를 먹는 사람이 아닌, 슬기롭게 자라는 어른이고 싶습니다. '늙은' 사람이 될 적에는 으레 나이를 앞세워서 어린이나 젊은이를 탓하거나 나무라거나 꾸짖기 마련인데요, 한 해 두 해 더 살아갈수록 한결 '철든' 사람으로 자라나는 어른으로 오늘을 맞이하면서 '새롭게 삶을 이야기하고 노래하는 자리'에 있고 싶습니다.

어린이는 틀림없이 무럭무럭 자랍니다. 어른도 어김없이 무럭무럭 자란다고 생각합니다. 예전에는 까마득하던 일도 자꾸 하다 보니 어느새 손에 익기 마련이에요. 예전에는 어림도 없던 일을 다시금 헤아리면서 어느덧 눈에 익고 마음으로 받아들이곤 해요. 어린이 곁에서 어른도 언제나 자라난다고 느껴요. 어린이를 돌보는 하루를 지내기에 새롭게 배우면서 자라는 어른이고, 어린이하고 함께 읽을 그림책 · 만화책 · 동화책을 먼저 살펴서 읽는 동안 새삼스레 슬기롭게 커 가는 어른이라고 봅니다.

두 아이가 으레 묻습니다. "아버지는 어떻게 다 할 줄 알아요?" "아버지도 너희만 하던 때에는 다 못 했고, 오히려 더 못 했어." "설마?" "아버지도 어릴 적에 글씨가 되게 미웠어." "에?" "미운 글씨를 더는 쓰고 싶지 않아서 엄청나게 쓰고 또 썼어." "음." "아버지는 아직도 노래를 잘 부르지 못하지만, 예전에는 훨씬 못 불렀어." "헤헤." "아버지는 너희를 낳고서 너희가 열 살이 될 때까지 하루에 적어도 너덧 시간씩 노래를 불러 주었어. 그리고 아버지가 스무 살 언저리일 적에는 새벽마다 신문을 자전거로 돌리면서 골목에서 목청껏 노래를 했지. 군대에 가서는 멧꼭대기부터 걸어서 대대나 연대란 곳을 다녀와야 할 적에 새벽에 걸어서 길을 나서면 한밤에야 겨우 멧꼭대기 우리 부대로 돌아오는데, 아무도 없는 비무장지대 숲길을 걸으면서 이때에도 신나게 노래를 불렀어. 그래서 아직 서툴지만 조금은 노래를 해."

참말 그렇습니다. 저는 못하는 투성이인 어린 나날을 보냈습니다. 책수다(북콘서트) 자리에 가면 언제나 이웃님(독자)한테 책에다가 넉줄글(사행시)을 적어 드리고, 때로는 이날 새로 쓴 노래꽃(동시)을 쪽종이에 옮겨써서 드리는데, 제 손글씨를 보고서 "어머, 글씨가 참 고와요!" 하는 분이 제법 있어요. 이때마다 쑥스럽습니다. 어릴 적 제 밉글씨가 새삼스레 떠오르거든요. 밉글씨를 아름글씨로 바꾸고 싶어서 그야말로 어마어마하게 다시 쓰고 또 쓴 나날을 무척 오래 보냈어요.

어느 만화책을 보다가 '고삭부리'란 이름을 보았는데, 바로 저를 가리키는 낱말입니다. 툭하면 코피를 쏟고, 걸핏하면 넘어져서 골골대고, 웬만하면 며칠씩 앓아눕느라 배움터(학교)를 빠졌습니다. 그러나 용케 오늘까지 이르렀습니다. 밉글씨도 자꾸 쓰고 또 쓰면서 조금은 볼 만하게 거듭났고, 배움길을 혼자서 책으로 갈고닦으면서 서른 해를 살아내고 보니 시나브로 '책이 마음으로 들려주는 속말'을 듣기도 합니다.

그래요. 앞으로 철이 더 들어야 할 테고, 그야말로 철이 제대로 들어야 할 텐데, 슬기롭게 철이 드는 참다운 어른으로 살고 싶기에 곁에 책을 놓습니다. 우리말꽃(국어사전)이란 책을 쓰기에 온갖 책을 가리지 않고 두루 읽으면서 '이 숱한 책 가운데 어느 책을 아이들한테 물려주면 아름답고 즐거우면서 사랑스러울까?' 하고 생각합니다.

제가 곁에 두는 책은 좋은 책이 아닙니다. 저는 좋은 책을 좋아하지 않습니다. 저는 즐겁게 읽을 책, 아름답게 맞이하는 책, 사랑스레 노래하는 책, 이 세 가지를 반깁니다. 2010년대로 접어든 어느 날 '곁님'이라는 낱말을 지었습니다. 아직 모르는 분이 많습니다만, '아내(안해)'는 일본 한자말 '내자(內子)'를 그대로 옮긴, 무늬만 한글인 일본 말씨입니다. '아내 = 안사람 = 집사람 = 집에서 집안일을 하는 사람'이란 뜻입니다. 그런데 '남편'이란 말씨도 썩 달갑지 않아요.

우리말꽃을 쓰는 길을 걸으며 이 두 가지가 몹시 걸렸습니다. 왜 숱한 어른들은 이런 말씨를 놓고도 참답고 사랑스럽고 알맞춤한 우리말을 짓거나 펴지 못하거나 않았을까요?

우리말에서는 사내하고 가시내를 굳이 갈라서 나타내지 않습니다. '놈년'이란 말씨가 있습니다만, 사납거나 얄궂은 모습을 보일 적에만 이 말씨를 쓸 뿐, 우리말에서는 '이분'이나 '이이'는 사내하고 가시내를 함께 가리켜요. 우리말 '나 · 너 · 우리'도 사내하고 가시내를 가리지 않습니다. 누구한테나 쓰지요. 우리말에서는 그저 '일꾼'일 뿐이고 '쟁이 · 장이'입니다. 어떤 일을 하건 사내하고 가시내를 똑같이 가리켜요. 그렇다면, 사랑으로 만나서 짝이 된 두 사람이 서로 가리키는 이름도 서로 똑같이 부를 만할 적에 어울리겠구나 싶었고, 여러 말씨를 엮다가 '곁 + 님'으로 지어 보았어요.

서로 '님'으로 부르자고, 그리고 서로 '곁'에서 지켜보고 돌보고 사랑하는 사이가 되자고, 이런 마음으로 '곁님'이란 이름을 지었는데요, 이 이름을 짓고 나서 '곁동무(베스트프렌드)'라든지 '곁짐승(반려동물)'이라든지 '곁책(평생의 책 · 반려책)' 같은 낱말도 즐겁게 지었어요.

우리는 '틈새두기(사회적 거리두기)' 없는 삶으로 나아갈 수 있을까요? 저희는 전남 고흥에서 살아가는데, 시골에서는 마을하고 마을이 제법 떨어지기 마련이요, 집하고 집 사이에도 으레 나무나 마당이나 꽃밭이나 텃밭이나 논으로 갈라지기 마련입니다. 이따금 서울이나 큰고장으로 바깥일을 보러 길을 나서면서 보면, 모든 큰고장은 잿빛집(아파트)이 매우 따닥따닥 붙었습니다. 사이에 나무도 풀꽃도 마당도 빈터도 없기 일쑤예요. 이러다 보니 큰고장 어린이는 "놀 틈"이 없습니다. 모름지기 모든 어린이는 마을에 있는 빈터나 풀밭이나 숲정이에서 마음껏 뛰놀면서 무럭무럭 자랐는데요, 이제 큰고장에서 태어나는 아이들은 아무런 빈터나 빈틈을 못 누리면서 스스로 하루를 짓는 길이 사라졌구나 싶어요.

마을에 빈터하고 풀밭하고 마당이 곳곳에 많던 지난날에는 이웃집이 '어깨동무'를 했습니다. 이와 달리 오늘날 잿빛집은 겹겹이 쌓아서 위아래뿐 아니라 왼오른으로도 얇은 시멘트 틈이 있을 뿐이라, 서로 시끄럽고 서로 고달픈데다가 풀내음이며 꽃내음이며 나무빛을 만날 겨를까지 없기 일쑤입니다.

풀씨를 심을 틈이 없기에 고단한 나라이지 않을까요? 나무가 자랄 터가 없기에 힘겨운 마을이지 않을까요? 우리는 곁에 자동차나 편의시설이나 공공기관이나 체육관이나 가게가 아닌, 풀밭이랑 숲이랑 마당을 두어야 하지 않을까요?

모든 책은 숲에서 옵니다. 줄거리는 비록 숲하고 동떨어지더라도, 모든 책은 예전에 숲에서 아름드리로 자라던 나무였습니다. 큰고장에서 살아가는 이웃님이라면 곁에 풀꽃나무랑 숲을 두시면 가장 아름다울 텐데, 풀꽃나무하고 숲 곁에 책 한 자락을 놓으면 버금으로 아름다우리라 생각합니다.

곁책을 이야기하려고 합니다. 곁에 두는 책입니다. 보금책을 노래하려고 합니다. 보금자리에 놓는 책입니다. 품책을 들려주려고 합니다. 품에 안고서 아이하고 나누는 책입니다.

삶을 가꾸는 곁책을, 살림을 지피는 보금책을, 사랑을 속삭이는 품책을 함께 나누고 싶습니다. 그리고 "책으로 즐긴 하루쓰기(일기쓰기)"를 조금 뽑아서 붙여 봅니다. 그날그날 읽은 책 가운데 그날 하루를 어떻게 살아내면서 책을 어떻게 녹여내었나 하는 이야기를 적곤 해요. 날마다 '오늘책'을 스스로 뽑아서 '오늘 하루를 이 책을 곁에 두면서 노래한다'고 할 만합니다. 그런데 오늘책으로 뽑는다고 해서 모두 아름책(아름다운 책)이지는 않아요. 뭔가 못미덥거나 못마땅한 책도 오늘책으로 삼아요. 이 대목은 손질하거나 저 대목은 다듬으면 좋겠구나 싶은 책도 오늘책으로 여깁니다.

아름답고 싶기에 아름책을 살펴 읽으려 하고, 사랑하고 싶기에 사랑책을 헤아려 읽으려 합니다. 살림을 지피고 싶으니 살림책을 찾아나서고, 삶을 손수 지으려는 마음으로 삶책을 가눕니다. 이웃님은 어떤 책을 곁에 두나요? 동무님은 어떤 책을 보금자리에 건사하나요? 우리는 어떤 책을 품으면서 스스로 즐겁고 환하게 피어나는 하늘빛이 될까요?

곁책

봄이 되려면
겨울을 곁에 품고
가을이 오려면
여름을 듬뿍 안고

곱게 피어나고 싶으니
꽃을 곁에 두고
나비로 깨어날 애벌레를
가만히 지켜보고

하루를 노래하고자
바람을 곁에서 읽고
해 별 비 구름을
하나하나 사랑하고

마당을 밝히는 곁꽃
생각을 키우는 곁책
살림을 그리는 곁님
우리는 곁에서 서로 웃음

여는책

물을 마시며 물이 됩니다

《오늘 날씨는 물》
오치 노리코 글
메구 호소키 그림
김소연 옮김
천개의바람
2020.1.20.

사랑스러운 말을 듣는 사람은 사랑이 말에 깃들면 어떠한 숨결이 되는가를 느끼고 맞아들여서 배우고 삶으로 누립니다. 미워하거나 따돌리거나 괴롭히거나 짓밟거나 억누르는 말을 듣는 사람은 바로 이러한 몸짓에 고스란히 묻어난 말을 들을 적에 어떠한 마음이 되는가를 느끼면서 이러한 삶을 맛봅니다.

바람이 매캐한 곳에서는 숨쉬기 어렵습니다. 바람이 맑은 곳에서는 숨쉬기 좋습니다. 바람이 매캐한 서울 한복판이라든지 핵발전소나 제철소 곁에서 숨을 제대로 쉴 만할까요? 숲 한복판이나 바닷가에서는 누구라도 가슴을 펴고 두 팔을 벌려 온몸으로 한껏 숨을 마실 만합니다.

찬이는 밖으로 뛰어나가 손바닥에 눈을 받았습니다.

그 손바닥에서
"찬이야, 찬이야."
하는 목소리가 났어요. (6쪽)

그리 멀잖은 지난날에는 누구나 어디에서나 손수 흙에 심고서 가꾸고 거두고 손질한 남새나 열매로 밥을 차려서 함께 누렸습니다. 이때에는 일본 한자말 '유기농 · 자연농 · 친환경' 같은 이름이 없었으나 누구나 어디에서나 숲결을 그대로 살린 밥살림이었어요. 이때에는 먹을거리로 배앓이를 할 일이 없고, 먹을거리 탓에 아픈 사람조차 없습니다.

오늘날 우리는 손수 심고서 가꾸고 거두는 길을 가는 사람이 거의 없다시피 합니다. 더구나 스스로 손질하거나 차려서 밥살림을 누리는 사람마저 확 줄어요. 이제는 '유기농 · 자연농 · 친환경'을 따지거나 챙기는 사람이 부쩍 늘어나는데요, 손수 안 짓고 스스로 손질하지 않는다면, 우리 스스로 어떤 밥살림인 셈일까요?

"넌 누구니?"
"나? 나는 물이야.
방금 전까지는 눈이었고, 그 전에는 구름이었어.
비나 강이나 바다일 때도 있었지만,
물은 언제나 물이지."

"날 어떻게 알아?"

"조금 전에는 너였으니까?" (9쪽)

그림책《오늘 날씨는 물》(오치 노리코 글 · 메구 호소키 그림/김소연 옮김, 천개의바람, 2020)은 누구나 머리로는 안다고 여기지만, 정작 마음이나 몸으로는 도무지 모르는구나 싶은 물 이야기를 다룹니다. 물이란 무엇인가요? 물이 있으니 어떠하고, 물이 없으면 어찌 될까요?

플라스틱을 줄이거나 안 써야 한다고 말하면서도 정작 플라스틱에 담은 물이 넘치는 오늘날이에요. 물이 맑게 흐르도록 하면서 냇물이나 우물물이나 샘물을 길어다가 쓴다면 그 엄청난 '페트병 쓰레기'로 걱정할 일이 하나도 없지 않을까요? 페트병을 만드느라 돈 · 품 · 말미를 쓰지 말고, 어디에서나 냇물이며 우물물이며 샘물이 맑게 흐르도록 건사하는 길에 돈 · 품 · 말미를 쓸 노릇이 아닐까요?

우리는 물값을 내야 하지 않아요. 왜냐하면, 맑은 냇물이 아니기도 하고, 물은 바람과 똑같이 누구도 값을 치르지 않고서 마음껏 누릴 푸른별 숨결 가운데 하나입니다. 큰고장뿐 아니라 시골조차 수돗물로 바뀌면서 사람들이 물값을 어마어마하게 치르는데요, 이렇게 물값을 치르면서도 정작 '맑은 물'은 아닙니다. 참말로 사람들은 돈을 어디에 쓰는 셈일까요? 나라는 물을 어떻게 건사하는 꼴일까요?

"네가 먹는 밥이나 채소, 과일도 물이 없으면 자라지 않아. 시든 해바라기에 물 준 적 있지? 그 물은 어떻게 되었을 것 같아?" (10쪽)

맑게 흐르는 샘물이나 골짝물을 마시면서 자라는 남새랑, 수돗물을 주어 키운 남새는 맛이 어떻겠습니까? 샘물을 마신 남새한테서는 샘물맛이 납니다. 골짝물을 마신 남새한테서는 골짝물맛이 나요. 그리고 수돗물을 마신 남새한테서는 수돗물맛이 납니다.

딸기란 열매가 있어요. 겨울이 저물고 봄이 깨어날 즈음 비로소 꽃망울을 맺으면서 한봄에 하얗게 꽃을 피우고, 늦봄에 차츰 익어 빨간알을 매달지요. 딸기란 열매는 늦봄이나 이른 여름에 누려야 할 제철열매입니다.

그러나 보셔요. 오늘날 사람들은 딸기를 언제 먹나요? 어떻게 한겨울에 딸기가 나서 누리나요? 한겨울 딸기란 뭘까요?

한겨울 딸기는 모두 비닐집에서 키웁니다. 한겨울 '비닐집 딸기밭'은 기름(석유)을 땝니다. 수돗물을 듬뿍 먹입니다. 이 밖에 다른 무엇을 더 먹이는지는 덧붙이지 않겠습니다만, 겨울 내내 기름하고 수돗물을 머금은 '오늘날 밭딸기'한테서는 어떤 냄새가 날까요?

"물은 여러 가지를 녹여서 옮기는 일도 잘해.

생물의 몸속을 계속 흐르면서
필요한 것을 필요한 곳에 가져다주기도 하고,
필요 없는 것을 버려 주기도 해." (13쪽)

들짐승이나 풀벌레는 따로 물을 챙겨서 마시지 않습니다. 들짐승이나 풀벌레는 새벽나절 풀잎에 맺는 이슬을 살짝 훑으면서 하루치 물을 모두 받아들입니다.

들이나 숲에 사람이 물을 주지 않아도 어떻게 들풀이며 숲나무는 그렇게 푸르도록 우거질까요? 들이며 숲은 해가 진 저녁부터 밤을 지나 새벽에 이르도록 바람결이 바뀌면서 '바람이 품은 물'이 찬찬히 방울이 져서 이슬로 바뀌어 풀잎이며 줄기이며 가지에 잔뜩 맺는답니다. 풀이며 꽃이며 나무는 바로 이 '바람물'인 '이슬'을 머금으면서 하루를 싱그럽고 씩씩하게 납니다.

이러다가 때때로 비가 내리지요. 비가 내릴 적에는 이 땅에 쌓인 먼지나 부스러기나 쓰레기를 씻어냅니다. 그 어떤 사람도 빗물처럼 말끔하면서 정갈하게 이 땅을 씻어내지 못해요. 비가 훑은 자리는 더없이 깨끗해요. 하늘도 들도 숲도 빗물을 받으면서 몸을 씻고 목을 더욱 든든히 축입니다.

"지금은 눈에 보이지?
이 모습을 '물'이라고 부르는 거야.

물은 잠시도 가만있지 않아.
하늘에서 떨어지기도 하고, 흐르기도 하고, 스며들기도 해.
고이고, 뿜어져 나오고, 날아가 흩어지기도 하지.
하지만 날씨가 아주 추워지면……." (19쪽)

그림책《오늘 날씨는 물》은 이야기를 어렵게 꾸미지 않습니다. 누구나 아는 듯하지만 정작 누구도 제대로 알려고 하지 않는 물 이야기를 부드럽고 상냥하고 즐겁고 살뜰하게 들려줍니다.

우리는 모두 물입니다. 우리는 저마다 물입니다. 우리는 서로 물입니다. 우리가 마시는 물이란, 온누리를 돌고돌면서 우리한테 찾아온 빛살입니다. 우리가 마실 물이란 구름이기도 하고 바다이기도 하며 바람이기도 한 숨빛입니다. 어른으로서 돌볼 물이란 이 푸른별을 참말로 푸르게 적시는 물입니다. 어른이 아이한테 물려주면서 나누어 줄 물이란, 모든 숨결이 푸르게 빛나도록 북돋우는 물입니다.

"자, 그럼 이제 새를 부르자."
"새를 부를 수 있어?"
"하늘에서 보면 뭐가 제일 잘 보일 것 같아?
햇빛을 반사하는 우리들, 바로 물이라고."
"아, 그래! 물은 반짝반짝 빛나지." (26쪽)

숲바람을 마시고, 손수 지은 밥살림을 누리고, 푸르게 반짝이는 맑은 물을 머금는다면, 어느 누구도 아프거나 앓는 일이 없습니다. 오늘날 이 푸른별에 돌림앓이가 왜 퍼질까요? 맑은 바람도 물도 모두 줄어들거든요. 이 나라도 저 나라도 싸움연모(전쟁무기)를 새로 만들어서 으르렁거리는 길에 돈 · 품 · 말미를 끔찍하도록 쓰고요.

서울사람은 서울 한복판을 흐르는 한가람물을 두 손으로 떠서 마실 수 있어야 합니다. 시골사람은 풀죽임물(농약)이나 핵발전소나 숱한 지음터(공장)에서 흘러나오는 끔찍한 것들이 더럽히지 않는, 그야말로 숨을 살리는 물로 흙살림을 지을 수 있어야 합니다.

꼭지를 돌려서 마시는 물이 아닌, 냇가나 샘가나 우물가에 가서 길어올릴 물입니다. 돈을 치러서 사다 마실 물이 아닌, 누구나 마음껏 맑고 즐겁게 누릴 물이어야 합니다.

"찬이야,
나는 이대로 지구를 두세 바퀴 돌고 올게.
우리 다음에 또 만나자!" (33쪽)

물을 마시며 물이 됩니다. 사랑스러운 말을 나누며 서로 사랑이 됩니다. 바람을 마시며 바람이 됩니다. 아름다운 말을 주고받으며 서로 아름다운 사이가 됩니다.

오늘부터 우리는 어떤 말을 나눌 적에 즐거울까 하고 생각하면 좋겠습니다. 오늘부터 우리는 어떤 길을 걸을 적에 신나게 춤추고 노래하면서 어깨동무를 할 만한가를 헤아리면 좋겠습니다. 삶을 먹고 사랑을 마시고 꿈을 나눌 적에 싱그럽고 푸른 마음으로 손을 맞잡는 사람이 되겠지요.

가.

삶을 읽고
책을 읽으며

돌림앓이란 무엇일까
《전염병 전쟁》

'집'에 사는가 '우리'에 갇혔는가
《사노 요코 돼지》

문학 하는 사람, 문학 읽는 사람
《농사꾼 아이들의 노래》

만화영화에는 안 담긴 동화책 이야기
《마녀 배달부 키키 2》

이웃은 "배를 엮"고, 우리는 "숲을 짓지"
《배를 엮다》

모든 걸음은 여행이 되어
《삼등여행기, 도쿄에서 파리까지》

모든 책은 마음입니다
《종이약국》

흙을 닮은 아이들은 어디에
《초가집이 있던 마을》

다 다른 사람은 어떤 삶을 짓는가
《조선 사람, 재일조선인 1세가 겪은 20세기》

풀꽃내음을 함께 맡아요
《내가 좋아하는 것들, 아로마》

돌림앓이란 무엇일까

《전염병 전쟁》
이임하
철수와영희
2020.6.10.

《전염병 전쟁》(이임하, 철수와영희, 2020)은 돌림앓이판이 또아리를 틀 뿐 아니라 뿌리를 내리는 2020년 한복판에 태어납니다. 오늘 우리는 돌림앓이판이 되면서 사랑도 노래도 놀이도 아닌, 미움이며 두려움이며 꺼림이라는 길로 자꾸 치달으려 합니다.

사랑하는 사람은 사랑으로 살아갑니다. 미워하는 사람은 미움으로 살아가요. 두려워하는 사람은 두려운 눈빛으로 살고, 꺼리는 사람은 꺼리는 몸짓으로 삽니다. 노래하는 사람이기에 노래하는 살림입니다. 놀이하는 사람이라서 놀이하는 살림이지요.

사랑살림에는 미움도 두려움도 없어요. 미움살림에는 미움이 있을 뿐, 사랑이 없어요. 노래살림에는 노래가 바탕이면서 사랑하고 놀이가 찾아들 만합니다. 꺼림살림에는 사랑이며 노래이며 놀이를 꺼리기 일쑤이면서 자꾸자꾸 미움이나 두려움을 끌어들여요.

둘레를 봐요. 아픈이를 돌보거나 아끼려는 눈빛이란 옅습니다. 아픈이를 미워하거나 손가락질하거나 나무라거나 꺼리거나 두려워합니다. 아프지 않은 사람이라면 아픈이한테 '앞으로 한결 튼튼하게 일어서려고 몸이 바뀐단다. 이럴 적에는 느긋이 쉬렴. 풀꽃나무를 마주하는 숲에서 푸른바람하고 파란하늘을 누리면 곧 나아.' 하고 속삭이지 않습니다. 오늘 우리는 아픈이를 외톨이로 내몰고, 모든 곳에서 가로막으면서 풀밭도 숲도 하늘도 꽃내음도 멀리하게끔 닦달합니다.

항생제가 나타난 뒤부터 '항생제 중독'이란 말이 같이 불거졌습니다. 처음에는 항생제가 잘 듣는가 싶지만, 어느덧 항생제에 길들거나 버티면서 끝끝내 처음보다 사납거나 모진 판이 된다지요. 농약으로 밉벌레를 없앨 수 있을까요? 아니지요. 농약으로는 그저 우리 목숨줄을 끊을 뿐입니다. '약을 먹어서 낫는 삶'에 길들면 약이 없으면 못 견디는 몸이 되고, 약발이 떨어질 적에 끔찍하도록 두려운 맛을 보기 마련입니다.

돌림앓이가 번질 적에는 왜 돌림앓이가 번지는가를 읽을 노릇입니다. 이 푸른별이 푸른별 아닌 '삽질별'에 '시멘트별'에 '아파트별'에 '싸움별'이 되도록 내몰고 말아 마침내 '미친별'로 치닫거든요. 예부터 우리나라뿐 아니라 어느 나라이든 마을은 서로 알맞게 떨어졌고, 집도 서로 알맞게 떨어졌습니다. 사이에 마당이며 텃밭이며 꽃밭을 가꾸었고, 나무가 우거지도록 돌보면서 숲정이를 건사했어요. 그런데 우리나라뿐 아니라 숱한 나라를 들여다보면 큰고장은 시멘트밭입니다. 찻길이 빼곡하고 자동차가 넘쳐요. 이런 판에 안 아픈 사람이 있을까요? 멀쩡하던 사람도 픽픽 쓰러질 판입니다.

곧 죽어가려는 사람이 있기에 약도 마련해야겠습니다만, 약이 으뜸길이 될 수 없어요. 으뜸길은 숲입니다. 첫길은 풀꽃나무입니다. 이제는 잿빛집(아파트)을 그만 지어야 하고, 앞으로는 찻길을 더 안 늘려야 합니다. 하늘나루(공항)를 줄이고, 저마다 조촐히 마을살림이며 집살림을 숲살림답게 가꾸도록 북돋울 노릇입니다. 배움터(학교)는 수렁(입시지옥)이 아닌 참말 이름 그대로 배움터로 달라져야지요. 배움수렁(대학입시)을 없애고, 푸른배움터(중 · 고등학교)를 마친 채로도 즐겁고 씩씩하게 마을일꾼이 되도록 이끄는 배움터로 거듭나야지 싶어요. 아무 배움터를 안 마치고도 즐거이 일할 만한 나라가 되어야겠고요. 군대랑 전쟁무기가 아니라, 마을빛을 살찌우는 데에 힘을 쏟아야 할 테고요.

다만, 이 모든 길은 푸른별 모든 나라가 같이 나아갈 노릇입니다. 남북녘도 일본도 중국도 미국도 전쟁무기를 확 줄이거나 없애면서 푸른길로 거듭나기를 빌어요. 《전염병 전쟁》은 우리나라에서 싸움판하고 얽혀 얼마나 스스로 못난 짓을 일삼았는가를 낱낱이 드러냅니다. 이 못난 짓이 사람들을 길들이거나 바보로 몰아세운 짓도 꼼꼼히 밝힙니다. 우리는 살아야 합니다. '우리에 갇혀 먹이만 받아먹는 고기짐승살이'가 아닌 '너른들에서 손수 하루를 짓는 푸른넋살이'로 가야 합니다.

위생은 경찰의 강압이 아닌 마음에서 우러나와야 하며 한 사람의 마음이 아닌 시민 또는 국민의 모든 마음을 움직여야 한다. (20쪽)

미국에서 가장 문제가 된 지점은 바로 DDT의 항공살포였다. 하늘에서 하얀 가루 비가 내렸던 항공살포였다. 그리고 생태계를 변화시켰던 것도 항공살포였다. (144쪽)

1780년 이후부터 의사들이 작성하는 조사서에는 서민은 청결하지 못한 반면 안락한 삶을 영위하는 부르주아는 상대적으로 청결하다는 이분법이 점점 더 강조되었다. (257쪽)

공포심은 지금까지 지켜온 가치를 한순간에 무너뜨린다. 공포심의 조장은 정치적 의도를 갖고 있다는 점도 잊지 말아야 한다. 그리고 공포심은 곧 공격성을 드러내고 공격은 항상 약한 대상을 향한다. (333쪽)

‘집’에 사는가
‘우리’에 갇혔는가

《사노 요코 돼지》
사노 요코
이지수 옮김
마음산책
2018.2.25.

《사노 요코 돼지》(사노 요코/이지수 옮김, 마음산책, 2018)를 읽는데, 마치 북중미 텃사람이 들려주는 이야기 같은 줄거리가 흐릅니다. 돼지는 처음에 그냥 돼지였다지만, 숲에서 조용히 살던, 내 땅도 네 땅도 아닌 저마다 알맞게 보금자리를 누리고 하루를 지으며 삶을 사랑하던 돼지는, 이 숲을 갈아엎어 도시 잿빛살림(물질문명)으로 바꾼 이들한테 밀려나야 합니다. 이러다가 도시 한켠에서 회사원 노릇을 해야 합니다.

오늘 우리는 발전소를 세워서 전기를 얻습니다. 발전소는 석탄이나 석유나 우라늄을 때어 전기를 일으키고, 이 전기는 송전탑을 거쳐서 도시로 가며, 도시에서는 전봇대를 거쳐서 집집으로 갑니다. 발전소는 백 해나 이백 해를 가지 않습니다. 아니, 쉰 해쯤 되면 낡아서 아슬하다 하지요. 더구나 석탄 · 석유 · 우라늄을 때면서 쓰레기가 나오고, 이 쓰레기를 건사할 쓰레기터를 마련해야 하며, 이 쓰레기를 다스려서 걸러내기까지 오래디오랜 나날이 흘러야 합니다.

백 해는커녕 쉰 해쯤 잘 굴러가는 자동차는 없다시피 합니다. 자동차 바퀴뿐 아니라 자동차를 이룬 이 몸통이나 저 톱니를 꾸준히 갈아야 합니다. 낡은 자동차는 어디로 갈까요. 자동차 몸통을 이룬 플라스틱은 어떻게 될까요.

무엇이 삶일까요? 무엇이 사랑일까요? 무엇이 사람 또는 목숨 또는 숨결일까요? 중국 우한에서 비롯했다는 돌림앓이가 지구를 뒤덮습니다. 그런데 여태 지구를 뒤덮은 돌림앓이는 하나같이 '사람들이 좁은 곳에 잔뜩 모여서 물질문명을 이룬 큰고장'에서 비롯하기 일쑤였습니다. 또는 물질문명을 이루도록 공장이나 발전소를 크게 올린 곳에서 비롯했습니다.

앞으로 이 별을 어떻게 바꾸어야 서로 아늑하면서 튼튼히 지낼 만할까요. 아스팔트하고 시멘트를 덮은 땅에는 씨앗 한 톨도 못 묻을 뿐 아니라, 감자 한 알도 못 캡니다. 손전화를 누르기만 해도 된다는 '스마트폰 수경재배 온실(스마트팜)'이라지만, 이런 길로 자꾸 치닫는 끝에는 무엇이 있을까요. 별을 바라보지 않는 길 끝자락에는, 들꽃이 나누어 주는 숨결이 없는 길 끄트머리에는 무엇이 있나요.

'돼지'가 돼지답도록 살아가는 길이, 사람이 사람답도록 살림하는 길이며, 서로서로 사랑이 되는 길이라고 넌지시 노래했구나 싶어요. 그런데, 이 책《사노 요코 돼지》에서 바로잡을 곳이 있습니다. 숲에서 돼지가 깃드는 집을 '돼지우리'로 옮겼는데, '우리'는 가두어서 고기로 삼으려는 짐승을 둔 데입니다. 돼지가 사는 숲집은 '돼지집'이라 해야겠지요.

"여긴 누구 땅입니까?" 여우 신사가 물었습니다. 돼지는 멀뚱히 있었습니다. "난 내내 여기서 살았는데요." 돼지가 대답했습니다. "누구 땅에서요?" "누구라니……." 돼지는 열심히 떠올려 보았습니다. (27쪽)

돼지는 버스에서 내리자 빌딩을 올려다보며 "허어" 하고 놀란 뒤 "에취" 재채기를 했습니다. 거리에서는 숲과 다른 냄새가 났습니다. (39쪽)

돼지는 돼지우리 앞에 벌렁 드러누워 가만히 하늘을 바라봅니다. 하늘에는 별이 한가득 빛나고 있습니다. 돼지는 별을 보며 잠들었습니다. (93쪽)

여윈 새끼 돼지는 하루 종일 할 일이 아무것도 없습니다. 할 일이 아무것도 없다는 건 뭐든 할 수 있다는 뜻입니다. (139쪽)

○ 그림책방 씨앗

문학 하는 사람,
문학 읽는 사람

《농사꾼 아이들의 노래》
이오덕
소년한길
2001.5.3.

2001년에 나온《농사꾼 아이들의 노래》는 "권태응 동요 이야기"라는 작은이름이 붙습니다. 1918년에 태어나 1951년 싸움통에 몸이 아파 서른세 살 나이에 숨을 거두고 만 동요시인 권태응 님이 남긴 글 366꼭지를 차근차근 살피지요. 권태응이라는 사람이 이룬 글넋을 헤아리고, 권태응 노래꽃에 나타나는 가락(운율)을 돌아보며, 권태응이라는 사람이 아이랑 어른한테 들려주고 싶던 노래가 무엇인가를 짚어요. 권태응 노래꽃은 바로 '흙지기 아이들'이 부른 노래요, 앞으로 이 나라를 씩씩하게 이끌며 일굴 넋은 '시골마을 노래'에 있다는 이야기를 들려줍니다.

가장 좋은 빛(선물)은 마음을 담은 사랑이 어린 말이지 싶어요. 백만 원도 천만 원도 일억 원도 아닌, 마음 담은 사랑이 어린 말이 서로를 가장 따사롭게 살찌우지 싶어요. 다만, 가난한 살림일 적에 누가 백만 원을 보태 준다면 고맙고 즐겁지요. 힘겨운 살림인데 누가 천만 원을 보내 준다면 반갑고 기쁘지요. 돈 만 원에 웃음꽃이 피기도 하고, 돈 십만 원에 눈물이 흐르기도 해요. 왜냐하면, 이러한 돈은 '숫자'가 아닌 '마음 담은 사랑'으로 주고받기 때문이에요.

아이들하고 나누는 글이나 그림이나 노래는 '이름난 사람'이 베풀어야 즐겁거나 아름답지 않습니다. 배움턱을 밟은 적이 없는 할매나 할배가 글 한 줄을 적어도 즐겁습니다. 여느 수수한 어머니 아버지가 쓴 쪽글이나 쪽그림이어도 기쁩니다. 자장노래이든 놀이노래이든 어버이가 아이한테 들려주는 노래는 더없이 사랑스럽습니다.

사랑스러우니 사랑스럽지요. 사랑을 담아 부르기에 사랑스럽고, 이 사랑스러운 노래를 들으면서 사랑이 새로 자랍니다. 다시 말하자면, 아이들한테 책을 많이 읽어 주어야 하지 않습니다. 넉넉히 틈을 마련할 수 있어 책을 많이 읽어 준다면, 많이 읽어 주는 대로 좋아요. 책을 읽어 줄 틈은 없으나, 아이 손을 잡고 사뿐사뿐 들마실이나 숲마실을 다녀도 좋아요. 택시를 불러서, 또는 기차나 전철이나 버스를 타고 바닷가로 나들이를 다녀도 좋아요. 함께 삶을 즐기려는 마음일 적에 아이도 어른도 즐겁습니다.

이름난 어느 글님이 쓴 아름다운 책을 아이한테 읽어 주어야 아이가 즐겁지 않습니다. 어머니인 내가 손수 글을 쓰고,

아버지인 내가 스스로 글을 지으면 됩니다. 아이로서는 '이름난 글님'이거나 '훌륭한 글님'이거나 대수롭지 않아요. 아이한테는 아이 마음에 와닿는 이야기를 즐겁게 들을 적에 즐거워요. 노래꽃(동시)을 읽어 주는 어버이도 이와 같아요. 누구 글을 골라서 읽어 주어도 즐거울 텐데, 무엇보다 스스로 아이와 나란히 앉아서 쪽종이에 쪽글을 짤막히 적어 사랑을 담아 읽어 주면 모두 노래(시)가 되어요.

마음에서 우러나오는 이야기를 쓰기에 노래가 됩니다. 마음으로 사랑을 속삭이며 이 이야기를 찬찬히 옮길 적에 노래가 됩니다.

저 먼 나라에 있는 글꽃(문학)이 아니에요. 우리 곁에 있는 글꽃이에요. 열린배움터(대학교)를 나오거나 어떤 스승한테서 배워야 되는 글꽃이 아니에요. 우리가 손수 일구는 삶에서 비롯하는 글꽃이에요.

우리 모두 노래를 써요. '시인'이 되려는 글 말고, 스스로 삶을 즐기려는 노래를 써요. 우리 함께 노래꽃을 써요. 이쁘장한 말잔치를 이루려는 글 말고, 아이들과 우리 삶터를 손수 아름답게 일구려는 노래꽃을 써요.

가을날 가을비를 맞으면서 글을 써요. 가을날 들에서 벼를 베는 흙지기 곁에서 일손을 거들면서 글을 써요. 가을볕을 쬐면서 가을노래를 부르듯이 글을 써요. 가을볕을 쬐며 아이와 함께 자전거를 타고 누런 물결이 넘실거리는 들길을 달려요.

눈빛을 반짝이며 노래꽃을 써요. 빙그레 웃음지으며 노래꽃을 써요. 두근두근 설레는 가슴으로 노래꽃을 써요. 맛난 밥을 함께 나누는 사랑으로 노래꽃을 써요. 때가 탄 옷을 신나게 복복 비벼 빠는 손길로 노래꽃을 써요.

글은 삶에서 태어납니다. 스스로 일구는 삶에 따라 노래가 태어납니다. 노래꽃은 사랑에서 태어납니다. 스스로 길어올리는 사랑에 따라 글이 태어납니다. 노래는 꿈에서 태어납니다. 스스로 이루고 싶은 꿈에 따라 노래꽃이 태어납니다.

밥을 짓는 손길이 글을 쓰는 손길이에요. 밥을 지어 밥그릇에 푸는 손길이 노래를 쓰는 손길이지요. 밥을 지어 밥그릇에 푸고는 밥자리에 올려 아이들 부르는 목소리가 노래꽃을 쓰는 목소리가 되어요. 모두 즐겁게 먹은 밥자리를 치우며 설거지를 하는 손길이 다시금 노래잔치를 이루는 손길이 돼요.

걸레를 쥔 손이 글을 쓰는 손입니다. 풀밭을 밟고 흙을 밟는 발바닥이 노래를 쓰는 발입니다. 구름을 보고 무지개를 보며 달과 별을 보는 눈이 노래꽃을 쓰는 눈이에요.

자, 이 손으로 이 삶을 써요. 스스로 어떻게 살아가는가 하고 곰곰이 돌아보면서 써요. 글을 쓰는 동안 웃기도 하고 울기도 하겠지요. 아름답게 일군 삶을 떠올린다면 아름다운 모습에 웃음이 나고, 얄궂게 망가뜨린 삶을 되새긴다면 얄궂은 모습에 눈물이 나요.

기쁜 일은 기쁘게 씁니다. 슬픈 일은 슬프게 씁니다. 기쁜 일을 이웃과 나눕니다. 슬픈 일을 잔잔히 삭혀 내 이웃이 슬플 적에 손을 내밀어 어깨동무를 합니다.

그러고 보면, 골목놀이 이야기를 쓰는 사람이 싹 사라집니다. 연을 날린다든지 자를 친다든지 돌을 깐다든지 물장구를 친다든지 흙땅에 금을 긋고 땅따먹기를 한다든지 고무줄을 넘는다든지 제기를 찬다든지 하는, 더없이 수수한 놀이 이야기를 쓰는 사람이 감쪽같이 사라집니다. 어른도 어린이도 없습니다. 어른도 이렇게 안 놀고 어린이도 이렇게 안 노니까, 이런 놀이 이야기가 다시 태어나지 못합니다.

글은 삶을 좇습니다. 삶은 노래로 나타납니다. 노래꽃은 삶을 그립니다. 삶은 글꽃으로 드러납니다.

고들빼기풀 한 포기에서 피어나는 흰꽃이나 노란꽃은 달포 즈음 갈마듭니다. 한꺼번에 스물이나 서른 송이가 피어날 적도 있습니다. 스무 송이 고들빼기꽃이 피어나면 나비가 부산합니다. 팔랑팔랑 날갯짓하면서 꽃가루를 빨아먹습니다.

아이하고 마당에 나와서 가을볕을 쬐고 가을꽃을 바라보며 생각합니다. 그래, 시골에서 아이와 살아가며 시골꽃을 늘 바라본다면, 제가 쓸 노래란 바로 이렇게 늘 마주하는 시골꽃이 되겠군요. 시골꽃을 노래하고 시골나비를 이야기하며 시골빛을 씁니다. 꽃 한 송이가 어떻게 태어나고, 꽃 한 송이를 나비가 어떻게 누리며, 꽃 한 송이가 다시 흙으로 어떻게 돌아가는가를 지켜봅니다.

아이가 자라는 결을 손빨래를 하면서 느낍니다. 이제 이 옷은 큰아이한테 작구나 하고 생각합니다. 어느덧 이 옷은 작은아이한테까지 작네 하고 깨닫습니다. 큰아이는 이웃한테서 물려입은 옷을 많이 입었고, 작은아이는 이웃과 큰아이를 거쳐 물려받는 옷을 많이 입습니다. 작은아이까지 입는 옷은 많이 해지거나 닳습니다. 옷 한 벌이 여러 아이를 거치면서 오래도록 애썼구나 하고 느낍니다. 옷아, 너 조금 더 아이들한테 보송보송한 기운을 나누어 주렴, 그러고는 푹 쉬려무나.

빨래를 하는 삶을 혼자서 흥얼흥얼 노래합니다. 빨래를 하면서 노래를 하고, 빨래를 널며 노래를 합니다. 빨래를 개며 노래를 하고, 새옷을 입히며 노래를 합니다.

아이들을 자전거수레에 태우고 마실을 다닐 적에도 노래를 해요. 언덕길에서 땀을 비질비질 쏟는 동안에도 노래를 합니다. 숨을 고르며 노래를 합니다. 기쁘게 바람을 쐬고, 기쁘게 땀을 흘립니다. "나락이 익는 깨고소한 냄새가 나지, 아이들아? 나락 벤 들판에는 또 나락을 베고 남은 살풋한 냄새가 나지, 아이들아? 후박나무 밑에 서 보자. 후박나무가 우리한테 말을 건단다. 동백나무 잎사귀를 쓰다듬어 보자. 동백나무가 우리한테 이야기를 건단다. 귀를 기울이자. 마음을 기울이자. 생각을 기울이자. 사랑을 기울이자. 우리가 귀와 마음과 생각과 사랑을 기울이면, 풀과 꽃과 나무는 한껏 웃으면서 푸른 숨결을 베풀어 주지."

권태응 님 노래꽃을 읽습니다. 책으로도 읽고 노래로도 읽습니다. 노랫말 한 자락에 서린 이야기를 가만히 읽습니다. 오늘 이 삶에 비추어서도 읽고, 지난날 권태응 님이 살던 나날을 돌이키면서도 읽습니다.

지난날에는 아이들이 어떤 곳에서 어떤 보금자리를 누리면서 하루를 누렸을까요. 오늘날에는 아이들이 어떤 곳에서 어떤 살림살이를 누리면서 하루를 누릴까요.

문학비평을 하는 사람들은 문학이론을 씁니다. 문학이론에 맞추어 문학을 파헤치고, 문학사조에 따라 문학을 갈래짓습니다. 이오덕 님이 쓴《농사꾼 아이들의 노래》(이오덕 글, 소년한길, 2001)는 틀림없이 '문학비평'입니다. 문학비평 가운데에서 '어린이문학비평'입니다.

그런데 이오덕 님은 문학이론이나 문학사조는 아랑곳하지 않습니다. 오직 노래로 남은 글자락만 살피면서 이야기꽃을 폅니다. 아니,《농사꾼 아이들의 노래》라는 책은 문학비평이라고 하기 어렵습니다. 글꽃을 이야기합니다. 글꽃을 노래해요. 글꽃을 말하고, 글꽃을 밝힙니다.

따지거나 재려는 글이 아니라, 노래하려는 글입니다. 치켜세우거나 틀에 맞추어 자르거나 꿰거나 가르는 글이 아닙니다. 삶을 이야기하고 꿈을 노래하려는 글입니다. 아이들 삶을 밝히면서 아이들 삶을 빛내고 싶어 노래꽃을 쓴 권태응 님 발자취를 돌아보면서, 예나 이제나 아름다우며 즐겁게 살아갈

아이들 꿈과 빛은 어디에서 찾아야 할까 하고 길을 살피려 하는《농사꾼 아이들의 노래》입니다.

노래를 들어요. 우리 함께 가을노래를 들어요. 겨울노래도 봄노래도 여름노래도, 서로서로 손을 마주잡고 들어요. 노래를 불러요. 우리 다같이 가을노래를 불러요. 겨울노래도 봄노래도 여름노래도, 서로 어깨를 겯고 불러요.

비를 마셔요. 비오는 날은 맨몸으로 비를 마셔요. 비오는 날 머리를 하늘로 들어올리고는 비를 마셔요. 입으로, 혀로, 눈으로, 코로, 입술로, 눈썹으로, 이마로, 귓바퀴로, 턱으로, 온몸으로 비를 마셔요. 빗방울이 살갗으로 어떻게 스며드는지 즐겁게 헤아려요.

햇볕을 쬐어요. 쨍쨍 후끈후끈 땡볕 내리쬐는 날이면 옷을 훌훌 벗어던지고 햇볕을 쬐어요. 온몸을 구석구석 감겨드는 볕살이 살갗을 어떻게 간질이는지 찬찬히 느껴요.

바람이 불면 바람 부는 쪽으로 고개를 돌려요. 풀벌레가 노래하면 발걸음을 멈추고 노래가 들리는 곳으로 고개를 돌려요. 제비가 날거나 참새가 날거나 아무튼 어느 새가 되든 날면서 지나가면 그쪽을 바라봐요. 구름이 흐르면 구름이 어디로 가는지 오래도록 지켜봐요.

노래는 우리 삶 모든 곳에 있어요. 노래는 언제나 우리 곁에 있어요. 노래는 우리 둘레에 늘 맴돌아요. 노래는 바로 우리 가슴속에서 태어나요.

이오덕 님은《농사꾼 아이들의 노래》라는 책을 거의 마지막으로 쓰면서, 글이며 노래가 어디에서 어떻게 태어나는가 하고 밝힙니다. 이 작은 책을 발판으로, 글이랑 노래를 어디에서 어떻게 즐기는가 하고 이야기합니다.

글을 어떻게 써야 할까요. 글은 글답게 써야지요. 노래는 어떻게 불러야 할까요. 노래는 노래답게 불러야지요. 글다운 글을 생각하고, 노래다운 노래를 살필 노릇입니다. 삶다운 삶을 가꾸고, 사랑다운 사랑을 살찌울 노릇입니다.

곧, 스스로 삶다운 삶을 가꾸면, 저절로 글다운 글이 태어납니다. 그러니까, 스스로 사랑다운 사랑을 살찌우면, 시나브로 노래다운 노래가 태어나요.

글을 쓰려고 애쓸 까닭이 없어요. 삶을 즐거우면서 아름답게 누리도록 힘을 쏟고 마음을 들이면 돼요. 노래를 부르려고 용쓸 까닭이 없어요. 사랑을 맑고 밝게 빛내도록 기운을 쏟고 마음을 들이면 돼요.

삶이 없이는 글이 태어나지 못해요. 삶이 없이는 글을 쓰지 못해요. 사랑이 없이는 노래가 태어나지 못해요. 사랑이 없이는 노래를 부르지 못해요.

권태응 님이 일군 노래꽃이란, 삶과 사랑을 바탕으로 지어서 부른 이야기잔치입니다. 권태응 님이 아이들한테 들려준 노래꽃이란, 아이들 스스로 삶과 사랑을 즐겁고 아름답게 빛낼 수 있기를 바라는 꿈잔치입니다.

글꽃을 펴는 사람은 삶을 힘차게 가꾸려는 사람입니다. 글꽃을 읽는 사람은 삶을 한창 가꾸는 사람입니다. 글꽃을 하는 사람은 글꽃 발자취에 이름을 남기려는 사람이 아닌, 이웃이랑 동무랑 즐겁게 삶을 나누고 싶은 사람입니다. 글꽃을 읽는 사람은 이름난 글을 읽는 사람이 아닌, 이웃과 동무하고 즐겁게 나누는 삶이 아름답다고 느끼는 사람입니다.

빛을 찾으며 글을 읽어요. 꽃을 피우며 글을 써요. 빛을 사랑하며 노래를 읽어요. 꽃을 노래하며 노래를 써요. 빛하고 꽃은 하나이고, 글이랑 노래는 한몸입니다.

우리 나라는 농사꾼의 나라였습니다. 온 백성의 8할이 농사꾼이었으니까요. 좀더 거슬러 올라가면 9할도 더 되었을 것입니다. 그래서 우리말은 농사꾼들이 농사일을 하면서 살아가는 데서 생겨났고, 노래도 이야기도 춤도 농사꾼들의 것이었습니다. 두드리고 치고 불고 하는 악기도, 그림도, 질그릇도, 집도 모조리 농사꾼들의 것이었지요. (5쪽)

맑은 물이 흘러가는 마을 앞 개울, 그곳은 엄마가 빨래하는 곳이고, 엄마를 따라간 아이들은 헤엄을 치는 놀이터다. 가을날 엄마와 아기가 함께 들에 나가면 그 들판은 엄마의 일터가 되고, 아기에게는 다시 더없는 놀이터가 된다. (70, 71쪽)

문학 작품이 아무리 개인의 창작이라고 하지만, 그것이 우리말을 잘못되게 할 때에는 받아들이는 사람들이 비판해서 바로잡아야 한다. 오늘날에는 글쓰기를 전문으로 하는 사람들이 방안에만 갇혀 있기 때문에 일하면서 살아가는 사람들의 삶에서 멀어져 다만 책 속에, 글 속에 빠져 있다. 그래서 그들이 쓰는 글은 병들고, 그 글을 읽는 사람들의 말도 따라서 병들게 되었기 때문이다. (86쪽)

한 가지 동요가 어느 지방에도 공통되는 내용을 담고 있으면서도 또 한편으로는 지방마다 조금씩 다른 까닭은, 같은 자연이고 같은 아이들이지만 지방마다 그 자연과 사람의 삶이 조금씩 다르기 때문이다. (111쪽)

정말 여름날 소나기는 하늘이 내려주는 축복이요, 무지개는 자연 속에서 땀 흘리며 일하는 사람들에게 안겨 주는 선물이다. 이 세상에서 가장 아름다운 선물. (162쪽)

어린이가 된 마음은 이와 같이 보는 것이 모두 시가 되고 노래가 된다. (172쪽)

곡식 한 알도 소중히 여긴 것은 그 곡식알이 돈이 되기 때문이 아니고 목숨을 가졌기 때문이다. (208쪽)

표준말이라 하여 꼭 한 가지 말만 써야 할까? 그것은 우리말을 죽이는 짓 아닌가? 왜 우리말은 표준말의 굴레를 씌워 수많은 말을 다 죽이고, 한문 글자로 된 말은 똑같은 뜻을 나타내는 말인데도 아무 제한도 없이 이것저것, 그것도 온갖 어려운 말, 괴상한 말을 제멋대로 쓰도록 해 놓았는가. (295쪽)

하늘은 파랗다고 했고, 목화밭은 푸르다고 하여, '파랗다'와 '푸르다'를 올바르게 썼다. 아름다운 자연을 우리말로 나타내면 이와 같이 저절로 깨끗하고 바른 말이 되지 않을 수 없다. (349쪽)

만화영화에는 안 담긴 동화책 이야기

《마녀 배달부 키키 2》
가도노 에이코 글
히로노 다카코 그림
권남희 옮김
소년한길
2011.10.25.

'마녀 배달부 키키'는 만화영화로도 나왔습니다. 아마 무척 많은 분이 만화영화로 '마녀 배달부 키키'를 보았으리라 생각합니다. 그렇다면 만화영화로 찍은 동화책《마녀 배달부 키키》(가도노 에이코/권남희 옮김 소년한길, 2011)는 얼마나 많은 분이 읽었을까요?

《마녀 배달부 키키》는 가도노 에이코 님이 1984년에 처음 써서 2009년에 마무리를 지었습니다. 모두 여섯 자락입니다. 여기에 2017년에 우리말로 나온 뒷이야기까지 더해 일곱 자락이지요. 만화영화는 동화책 첫자락 이야기를 바탕으로 꾸몄습니다. 두걸음부터 흐르는 이야기는 만화영화에 없어요. 동화책으로 키키를 만나면 만화영화로는 미처 담지 못한 한결 너르며 깊은 이야기를 엿볼 수 있습니다.

이를테면 키키는 때때로 마녀지팡이를 안 쓰고 걸어요. 하늘에서 보는 마을이나 숲하고, 두 다리로 땅을 딛고 걸으며 보는 마을이나 숲은 사뭇 다른 줄 어느 날 문득 느꼈거든요. 그리고 하늘을 날 적에는 언제나 혼자요 고양이하고만 말을 섞지만, 두 다리로 땅을 디디며 걸을 적에는 마을 이웃이나 동무를 만나고, 숲에서 온갖 푸나무하고 짐승하고 새를 만나서 새롭게 배운다는 이야기가 흐릅니다.

동화책에 나오는 키키는 앳된 티를 차츰 벗으면서 씩씩하게 자라는 아이입니다. 여섯 자락에 이르는 동화책을 살피면 키키는 어느새 어른 키키로 자라고, 저를 낳은 어머니처럼 사랑하는 짝을 만나서 아이를 낳아 돌보지요. 아이들이 자라는 모습을 바라보는 키키는 제 어머니가 저를 바라보며 느꼈을 마음을 새삼스레 떠올립니다. 바람아씨(마녀)로 태어나서 바람아씨라는 살림을 물려주는 길이란 무엇인가를 생각하지요.

마을에서 사는 사람 가운데 마법을 쓰는 사람은 오직 바람아씨입니다. 바람아씨는 해가 갈수록 숫자가 줄면서 사람들은 마법을 쓰는 바람아씨를 차츰 잊을 뿐 아니라, 바람아씨를 차츰 잊으면서 '꿈'도 함께 잊는다고 해요. 마을은 커지되 새롭게 꿈을 키우는 마음이 줄어든다고 할까요.

만화영화에서는 다루지 않으나 동화책에서 다루는 키키 이야기는 바로 이러한 줄거리로 가득합니다. 사람들이 왜 꿈을 잊거나 잃는지를 건드리고, 사람들이 꿈을 잊거나 잃으면서 어떤 모습으로 나아가는가를 짚습니다. 이러한 얼거리에서 키키가 새롭게 짓고 싶은 아름다운 보금자리를 보여주고, 키키하고 짝을 맺는 '마법을 쓸 줄 모르는 수수한 사람'은 서로 어떻게 아이를 돌보면서 아이들이 새로 걸음을 내딛도록 이끄는가를 들려주지요.

우리가 모르는, 어쩌면 우리가 잊은, 머나먼 옛날에는 모든 사람이 바람아씨였고 '바람사내'였을 수 있습니다. 아득히 먼 옛날에는 누구나 하늘을 날며, 바람만 마셔도 배가 부르는 삶이었을 수 있습니다. 그야말로 먼먼 옛날에는 모든 사람이 참말 바람처럼 가볍게 걷기에 사람들 발길이 닫는 데에 발자국이 남지 않아 풀도 꽃도 안 다쳤을 수 있어요. 까마득히 먼 옛날에는 돈을 버느라 다투지 않았을 수 있고, 저마다 놀라운 재주를 부려서 멋진 집을 아늑하게 가꾸며 사이좋은 어깨동무를 하는 나라였을 수 있습니다.

동화책《마녀 배달부 키키》두걸음에서는 키키가 왜 하늘을 지팡이에 앉아서 날 수 있는가를 밝히고, 빗자루한테 그저 딱딱하게 시킴말만 해서는 안 되며, 빗자루하고도 마음으로 말을 할 줄 알아야 한다는 이야기를 들려주기도 합니다. 키키네 어머니가 딸아이한테 이녁 마법을 물려주면서 딸아이가 스스로 새 마법을 찾도록 가르친 마음도 넌지시 알려주고요.

만화영화는 만화영화대로 아름답습니다. 동화책은 동화책대로 아름다워요. 동화책 키키 이야기에서 끝자락에 보면 키키네 어머니가 키키한테 '어머니가 지은 마법약'은 '딸 키키가 지은 마법약'하고 똑같을 수 없다고 똑똑히 알려주는 대목이 나옵니다. 아직 어린 키키는 어머니 말을 어렴풋하게만 헤아립니다. 아직 다 알기는 어려워요.

그러나 어머니가 아이한테 남긴 사랑 어린 씨앗 한 톨은 아이 마음에 고이 깃들리라 봅니다. 우리 어른들도 여느 삶자리에서 우리 아이들 마음에 이처럼 씨앗 한 톨을 심어서 무럭무럭 자라기를 바라겠지요. 아직 다 깨닫지 못하더라도 앞으로 깨달을 수 있기에, 즐겁게 사랑씨앗을 심어요. 꿈씨앗도 심고, 노래씨앗도 심습니다. 놀이씨앗도, 살림씨앗도, 웃음씨앗도 고루고루 심습니다.

마법사한테 하늘을 나는 즐거움뿐 아니라 땅을 걷는 즐거움이 새롭다면, 수수한 이웃을 만나는 즐거움에 너른 숲을 만나는 즐거움도, 파란 하늘과 바다를 아우르는 즐거움도, 날마다 먹는 밥 한 그릇도 새로울 만하리라 생각해요.

바람아씨 키키는, 바람아씨로서 이웃들한테 꿈이랑 사랑을 나르는구나 싶습니다. 사람들이 문명하고 서울을 키우기만 하면서 자꾸 잊거나 잃고 마는 꿈이랑 사랑을 되새기자는 뜻을 늘 즐겁게 활짝 웃으면서 실어 나르네요.

어쩐지 세월이 갈수록 우리 주변에서 마법은 점점 약해지고 종류도 줄어드는 것만 같습니다. 마법이 사라지는 것은 캄캄한 밤과 정적이 없어진 탓이라고 말하는 사람도 있습니다. (8쪽)

"있지, 바람이란 건 말이야, 형태가 있어." "뭐, 형태? 어떤?" (102쪽)

"마녀의 검은색 속에는 이 세상의 모든 색이 다 들어 있단다. 옛날부터 사람들의 소원을 되도록 다 들어주었던 마녀에게 가장 어울리는 색이야." (150쪽)

"봄에 여러 가지 풀과 꽃을 따서 만든 거야. 열여덟 종류나 섞어서 말이야. 상쾌한 숲과 언덕을 걸을 수 있어서 차 만드는 게 참 즐거워. 잘 보면 말이야, 풀이 먼저 냄새를 강하게 풍기면서 '차로 마시면 좋단다' 하고 불러 줘." (261~262쪽)

이제는 키키도 알 것 같았습니다. 키키의 마음에 힘이 있으면 빗자루에 그것이 전해진다는 걸. (293쪽)

"엄마하고 똑같은 재채기약을 만들 수 있을까." 그러자 고리키 씨가 확고하게 대답했습니다. "키키의 약은 엄마하고 달라. 키키가 만든 거잖아." 키키는 '응?' 하는 표정으로 눈을 동그랗게 떴습니다. (335쪽)

○ 꽃 피는 책

이웃은 “배를 엮”고, 우리는 “숲을 짓지”

《배를 엮다》
미우라 시몬
권남희 옮김
은행나무
2013.4.10.

긴머리를 치렁거리기도 하고, 고무줄로 묶은 뒤에 꽃집게로 여미기도 한 채, 80리터들이 큰 등짐을 짊어지고 앞에는 수첩을 담는 어깨짐을 셋 가로지르고는 끌짐까지 곁들인 차림새로 다니는 아저씨가 있습니다. 가을이 깊어도 민소매에 깡동치마를 두르고 고무신을 꿰기에 “저기 뭐 하는 사람이래?” 하는 수다가 들릴 만큼 쳐다보는 이가 있습니다. 이러거나 말거나 가득 지고 메고 끄는 짐으로 씩씩하게 걷다가 수첩을 꺼내어 뭐를 쓰고, 또 버스나 전철을 기다리며 책을 꺼내어 읽는데 연필을 쥐어 또 뭐를 바지런히 쓰기도 합니다. 때로는 책을 집어넣고 동시를 신나게 씁니다. 무슨 일을 하는 아저씨일까요?

소설책 《배를 엮다》(미우라 시몬/권남희 옮김, 은행나무, 2013)는 일본에서 무척 눈길을 끌었습니다. 우리나라에서는 그리 널리 읽히지 않았습니다. 일본에서는 소설을 넘어 영화가 나왔고, 만화영화가 나오기도 했을 뿐 아니라, 이제 만화책으로까지 새로 나옵니다. 그리 길지 않은 소설책《배를 엮다》는 어떤 이야기를 담았기에, 영화에 만화영화에 만화책으로 곁을 넓혀서 일본에서 크게 바람을 일으킬까요? 또 우리나라에서는 이 이야기를 살피는 분이 꽤 있기는 해도 왜 그다지 눈여겨보지는 않을까요?

앞서 밝힌 알쏭달쏭한 차림새인 아저씨는 바로 제 모습입니다. 이 나라에서 나고자라고 살아가며 저 같은 차림인 사내를 아직 본 적이 없고, 저처럼 갖은 짐을 이고 지고 들고 끌고 다니는데, 손이 비면 이 빈손에는 어김없이 책이나 수첩을 쥐는 사람도 거의 못 봤습니다. 저는 걸어다닐 적에도 책을 읽거나 수첩에 글을 옮기거나 동시를 씁니다. 불빛이 없는 한밤에는, 서울에서라면 길거리를 밝히는 등불에 기대고, 시골에서라면 별빛에 기대어 책을 읽거나 글을 씁니다. 그리고 꽤 자주 책이며 수첩을 집어넣고서 눈을 감고 풀잎이나 나뭇잎이나 꽃잎하고 속삭입니다. 비가 오면 비를 맞으면서 빗방울하고 이야기를 하고, 마실길에 너럭바위가 보이면 가만히 너럭바위에 앉거나 누워서 이 바위가 살아온 나날을 마음으로 듣곤 해요.

낱말책(사전)이라는 책을, 이 가운데 우리말꽃(국어사전)이란 책을 쓰기에 이런 차림에 저런 몸짓을 합니다. 제가 가시내란 몸을 입고 태어났으면 아마 바지만 둘렀을 수 있다고 여기는데, 사내란 몸을 입고 태어났기에 '치마'란 낱말을 제대로 풀이하자면 치마를 입고 살아가는 결을 몸으로도 익혀서 받아들여야 비로소 뜻풀이를 제대로 한다고 여겨 이렇게 살아갑니다. 중 · 고등학교를 다니며 바짝 깎은 머리로 살았으니, 이제는 치렁대는 긴머리로 살며 '치렁치렁하다'란 말을 몸으로 느끼고, 집안일을 도맡으면서 도마질 · 칼질 · 채치기에 국 · 찌개 · 밥하고 얽힌 살림살이를 몸으로 받아들여서 이러한 낱말을 찬찬히 뜻풀이하는 길을 찾습니다.

'풀 · 꽃 · 나무'를 풀이하자니 풀이며 꽃이며 나무하고 수다를 떨어야 합니다. 빗물이나 냇물이나 바닷물이란 낱말을 풀이하자니 마땅히 비나 내나 바다하고도 사귀면서 이야기를 들어야 하고, 돌이나 바위란 낱말을 풀이하려고 돌하고 바위랑 마음으로 이야기를 하지요.

소설책 《배를 엮다》를 읽으면 일본이란 터전에서 여느 일본사람하고 달라도 참으로 다른 '사전을 짓는 길을 가는 사람' 모습이 제법 잘 나옵니다. 사전쓰기를 하는 이는 다른 사람을 아랑곳하지 않습니다. 다른 사람을 깔본다는 뜻이 아닙니다. 눈치를 안 보고 딴짓을 안 한다는 뜻입니다. 겉치레를 안 하고 겉모습에 안 휘둘린다는 뜻입니다. 언제나 속을 바라보고, 늘 속빛을 읽고, 한결같이 속이야기를 헤아려서 담아내기에 사전쓰기라는 글쓰기가 됩니다.

'멋 · 사랑 · 아름다움'을 어떻게 풀이해야 할까요? 겉으로 꾸민 멋이나 사랑이나 아름다움에 휩쓸려서야 제대로 뜻풀이를 못 하겠지요? 멋이나 사랑이나 아름다움은 겉모습이나 겉치레나 꾸밈결이 아니에요. 속에서 우러나오는 결을 마음으로 바라보면서 '멋있다'나 '사랑스럽다'나 '아름답다' 하고 말합니다.

사전이란 책을 쓰자면 바로 이 대목, 겉읽기는 겉읽기대로 하되, 바탕은 노상 속읽기를 제대로 하는 길을 걸을 수 있어야 합니다.

말을 홀가분하게 다루어 책으로 엮으니 사전입니다. 나라에서 시키는 대로 엮을 수 없습니다. 대학교나 연구소 입김에 휘둘릴 수 없습니다. 몇몇 전문가 마음대로 뜻풀이를 바꿀 수 없습니다. 숨을 쉬고 살아가는 모든 사람들이 '말씨 하나에 생각을 나타내어 나누는 기쁨이며 보람이 있'는 줄 깊고 넓게 느끼면서 살가이 어루만질 줄 아는 눈빛이어야지 싶습니다.

누가 돈을 얹어 준대서 어느 낱말 뜻풀이를 바꾸지 않습니다. 누가 주먹다짐을 한대서 어느 낱말 뜻풀이를 고치지 않습니다. 사람들이 스스로 살아가고 살림하며 사랑하는 결을 마음으로 마주하면서 속내를 환히 밝히는 길을 살펴 뜻풀이를 붙입니다.

가만히 따지면, 배라는 탈거리는 '뭇다'라는 낱말로 그려요. '배무이'라 하지요. 그런데 소설책 《배를 엮다》는 일본말로도 '엮다'를 쓰더군요. 처음에는 이 말을 넣은 대목이 아리송했지만, 마치 그물을 엮듯이, 씨줄날줄을 고르면서 반듯하게 엮듯이, 어디에 얽매이거나 휩쓸리지도 않은 채, 넓디넓은 바다를 아름다이 가로지르는 마음으로 사전이란 책을 쓴다는 뜻으로 '엮다'란 낱말을 골랐구나 싶더군요.

자, 그러면 우리나라에서 우리말꽃(국어사전)을 쓰는 저는 어떤 낱말을 고를까요? 일본은 바다로 둘러싸인 나라이기에 "배를 엮다"가 어울립니다. 이와 달리 우리나라는 멧자락이 골골샅샅 우거집니다. 우리나라는 아름드리인 나무가 빼곡하던 푸른누리예요. 그래서 이 나라에서 태어나서 자라고 살아가는 사람한테 어울리는 이름이라면 "숲을 짓다"라고 느낍니다.

우리는 숲나라입니다. 우리는 숲에서 살림이며 사랑을 지어서 삶을 이루는 생각을 슬기롭게 새로 짓는 기쁨으로 웃음 짓는 나라라고 느낍니다.

그래서 저는 제 이름을 2014년부터 '숲노래'로 바꾸기도 했습니다. 우리말꽃을 우리말꽃답게 쓰자면, 이 땅에서는 '숲을 노래하는 숨결'이 되어야 하는구나 싶고, '숲말'을 '숲책'으로 새로짓는, 숲길을 걷고, 숲사랑이 되노라면, 어느새 "숲을 짓다"라는 이야기 한 자락이 태어나겠지요.

"뭐어? 국어학이라고? 뭐냐, 그건? 너 우리말 할 줄 알잖아?" (9쪽)

"한창 활동하는 남성이 중심이 되어 편찬을 추진하는 일이 많아서 패션이나 가사와 관련된 용어가 불충분한 경향이 있어요. 그러나 앞으로의 사전은 그러면 안 됩니다. 취미도 관심 분야도 다 제각각인 남녀노소가 모여 한 권의 사전을 만드는 것이 가장 이상적입니다만." (59쪽)

니시오카는 사전에 매료된 사람들을 도저히 이해할 수 없었다. 먼저 일을 일이라고 생각하긴 하는지부터 궁금했다. 월급을 전혀 안중에 두지 않고 자비로 자료를 구입하기도 하고, 마지막 전철을 놓친 사실도 모르고 조사를 하느라 편집부에서 자는 날도 있다. (152쪽)

말이 갖는 힘. 상처 입히기 위해서가 아니라, 누군가를 지키고 누군가에게 전하고 누군가와 이어지기 위한 힘을 자각하게 된 뒤로, 자신의 마음을 탐색하고 주위 사람의 기분과 생각을 주의 깊게 헤아리려 애쓰게 됐다. (258쪽)

"말은, 말을 낳는 마음은 권위나 권력과는 전혀 무연한 자유로운 것입니다." (288쪽)

모든 걸음은 여행이 되어

《삼등여행기, 도쿄에서 파리까지》
하야시 후미코
안은미 옮김
정은문고
2017.6.13.

1930년대에 도쿄부터 파리까지 기차를 타고 떠나서, 다시 파리에서 도쿄로 배를 타고 돌아온 사람이 있다고 합니다. 1903년에 태어나 1951년에 숨을 거둔 하야시 후미코라는 분으로, 이 마실길을 《삼등여행기》(하야시 후미코/안은미 옮김, 정은문고, 2017)라는 책으로 남겼습니다.

아침에 일어나서 마당을 한 바퀴 도는 몸짓을 나들이라고 할 수 있을까요. 아침부터 저녁까지 집안에서 오가는 몸짓을 여행이라고 할 수 있을까요. 버스나 기차나 비행기나 배쯤 타고서 수백 킬로미터나 수천 킬로미터를 오가야 비로소 나들이나 여행이라는 이름이 걸맞을까요.

1930년대에 무척 먼 마실길에 나서는 분은 짐을 바리바리 꾸렸다고 합니다. 부산을 떠나 러시아를 가로질러 프랑스까지 이르는 기찻길은 하루이틀 달리지 않는다지요. 기차에서 숱하게 먹고 자면서 지내야 한다지요. 기차에서 밥을 사서 먹을 수 있으나 냄비를 챙겨서 손수 지어 먹을 수 있고, 차도 주전자를 챙겨서 손수 끓여 마실 수 있다고 합니다(요즘도 이렇게 할 수 있을는지 모르지만). 한겨울에 시베리아를 가로지르는 기찻길을 달리자면 이불도 챙겨야 한대요.

우리는《삼등여행기》를 읽으면서 그무렵 조선사람은 어떤 삶과 살림이었나를 헤아릴 수 있어요. 억눌린 나라에서 바라보자면 일본사람 여행기는 별나라 이야기로 칠 수 있습니다. 그런데 이 책을 남긴 분이 바라본 기찻간 모습이라든지, 유럽 모습이라든지, 유럽에서 도시하고 시골 모습이라든지, 여러 나라 사람들하고 어울리면서 느끼는 생각은 곰곰이 볼 만하구나 싶습니다.

일제강점기에 조선사람 가운데에도 누구는 이 책쓴이처럼 기차를 탔으리라 봅니다. 다만 조선사람이 남긴 기차 여행기는 찾아보기 매우 어렵습니다. 일본 제국주의에 빌붙은 누가 이 기차를 탔을 수 있고, 독립운동을 하는 누가 이 기차를 탔을 수 있어요. 어떤 조선사람은 일등칸에 탔을 테고, 어떤 조선사람은 삼등칸에 탔을 테지요.《삼등여행기》를 읽으면서 1930년대 그무렵 어느 조선사람이 이 기차를 탔다면 어떤 눈으로 이웃나라 사람들을 바라보았을까 하고 헤아려 봅니다. 삼등칸에 탄 '삼등 사람'을 지난날 조선사람은 어떤 눈으로 보았을까 하고 어림해 보고, 오늘 우리는 우리 곁에 있는 이웃을 어떤 눈으로 마주할까 하고 생각해 봅니다.

삼등칸은 한집안 같았다는 책쓴이 말을 곱씹습니다. 가만히 보면 우리네 삼등칸도, 대중교통도, 시골버스도 그야말로 북적북적합니다. 느릿느릿 가는 대중교통으로 움직이는 여느 사람들은 천천히 달리는 이 길에서 도란도란 이야기꽃을 피우기 마련입니다. 높거나 대단한 이야기는 없더라도, 수수하면서 살가운 이야기가 있습니다.

그리고 여느 삶터에서도 이러한 모습은 엇비슷하게 흘러요. 책쓴이가 프랑스 파리에서 곁일로 살림돈을 벌며 살아가는 동안 지켜본 '삼등칸 같은 터전에서 살아가는 여느 프랑스 사람'은 그야말로 살뜰하면서 살가운 몸짓이었다고 합니다.

정치이며 언론이며 언제나 일등칸 사람들 이야기로 가득하기 마련입니다. 얼핏 보면 정치 지도자나 몇몇 지식계급이 나라를 이끄는 듯 여길 수 있습니다. 그러나 책쓴이 말마따나 나라를 받치고 이끄는 힘이란 삼등칸 사람들한테서 비롯하지 싶습니다. 저잣거리에서, 골목집에서, 시골마을에서 아주 작고 수수한 손길이 흐르고 모여서 나라를 이루지 싶어요.

1930년대에 일본을 떠나 러시아를 가로질러 유럽에서 한동안 머물던 하야시 후미코라는 분은 일본을 견디기 어려웠을는지 모릅니다. 이웃나라로 쳐들어가는 군국주의가 물결치고, 숱한 지식인이 이에 어깨춤을 추며, 여기에 그치지 않고 싸움판을 더 키우는 일본이 고향나라라고 한다면 무척 슬플

밖에 없겠지요.

여행길이란 이곳을 떠나 저곳에 머물면서 새바람을 쐬는 일이지 싶습니다. 이곳에 고인 바람을 걷어내어 새바람이 흐르도록 스스로 거듭나려는 몸짓이지 싶습니다.

마당을 거닐거나 뒤꼍에서 호미질하는 손길도 여행이 될는지 모릅니다만, 부엌에서 밥을 짓고 마루에서 해바라기를 하는 하루가 마실길이 될는지 모릅니다만, 집에서도 마을에서도 다른 고장에서도, 스스로 새롭게 보는 눈을 틔우면서 마음을 가다듬을 수 있다면 여행이요 마실이 되리라 생각합니다. 작은 곳에서 아름다움을 보고 느낄 줄 아는 눈이기에, 멀리 돌아다닐 적에도 새롭게 아름다움을 받아들여요. 수수한 사람이 수수한 노래를, 투박한 마을이 투박한 바람을, 낮은 걸음걸이가 보드라이 이야기꽃을 나누어 줍니다.

나는 하얼빈의 여름보다 겨울을 좋아합니다. 역시 추운 나라의 풍경은 추울 때가 제일. 공기가 와삭와삭 유리 같아 상쾌한 기분입니다. (12쪽)

창에 이마를 대고 자작나무가 눈보라에 부러질 듯 비틀비틀하는 숲을 바라보는 내게 페름 군이 탱고의 한 구절을 불러 줍니다. 어찌하여 러시아인은 이토록 노래를 사랑하는 걸까요. (28쪽)

러시아는 어째서 기계공업에만 손을 대고 내수 물자를 풍부하게 하는 데는 손을 놓고 있는지, 나쁘게 말하면 삼등 열차의 프롤레타리아는 모두 굶주림에 허덕이고 있습니다. (38쪽)

삼등 열차는 하나의 가족 같으니 어찌 된 일일까요? 한가로운 익살꾼이 많은 덕에 언제까지나 명랑한 웃음소리가 끊이지 않습니다. (64쪽)

누군가는 소수의 지식계급이라고 합니다만 흥, 놀라운 이야기네요. 파리를 지탱하는 건 백성과 이방인입니다. (85쪽)

파리는 경찰관 아저씨도 그냥 인사하며 지나갑니다. 아니, 경찰관조차 슬렁슬렁 돌아다니다 채소 가게 여종업원과 키스하는 판국입니다. (142쪽)

퐁텐블로에서 이틀, 바르비종에서 사흘이니 실로 팔랑개비처럼 분주한 여정이지만 파리 같은 도시에서보다 시골에서 알고 얻은 것이 더 많습니다. (191쪽)

○ 나무곁에서서

모든 책은 마음입니다

《종이약국》
한국서점인협의회 엮음
강창래와 열여섯 사람 글
북아이북
2020.9.15.

《종이약국》(한국서점인협의회 · 강창래와 열여섯 사람, 북아이북, 2020)은 열일곱 사람 목소리로 책을 들려주는 얼거리입니다. 이 책은 구미에 깃든 〈삼일문고〉를 비롯해 나라 곳곳 마을책집이 뜻을 모아서 꾀한 '종이약국 서가'가 바탕이 되어 태어났습니다. 다 다른 자리에서 다 다르게 일하는 사람들이 다 다른 책을 들려주면서 다 다른 이웃한테 다 다른 삶을 밝히는 징검다리로 책을 바라보면 좋겠다는 뜻이었어요.

저도 이 책에 한몫 거들었습니다. 나라 곳곳 마을책집이 저마다 다른 삶길에 맞추어 저마다 다른 이야기가 흐르는 저마다 아름다운 책을 고루고루 가누어서 나누려는 몸짓은 더없이 사랑스럽거든요.

책을 말하는 사람이 많습니다. 이제 누구나 책을 말합니다만, 예전에는 기자하고 평론가 아니고서는 책을 안 말하다시피 했습니다. 아니, 예전에는 기자하고 평론가 아닌 사람이 책을 말하면 "넌 책을 모르잖아?" 하면서 비웃었습니다. 예전에는 '즐겁게 책을 읽는 사람'으로서 책을 말하면 "근데요, 그건 그대가 모르는 소리이고요?" 하고 대꾸하는 기자하고 평론가가 수두룩했습니다.

곰곰이 보면 예전에는 기자하고 평론가에다가 작가 빼고는 거의 누구도 책을 써서 내놓기 어려웠습니다. 예전에는 대학교 이름값이나 스승 이름줄에 따라서 '등단'을 하지 않는다면 책을 못 내는 판이었고, '등단'한 곳하고 맞물리는 출판사에서 겨우 책을 내었으며, 이러한 책은 교수나 스승이 붙임글(소개 또는 추천)을 적어 주었습니다.

오늘날에도 기자, 평론가, 작가, 시인, 소설가, 예술가, 교사, 강사, 학자…… 같은 이름을 붙인 분들이 책을 대단히 많이 냅니다. 이웃집 아주머니나 옆집 아저씨가 책을 낼 수도 있지만, 퍽 드물지요. 마을 할머니나 시골 할아버지도 책을 쓸 수 있으나, 펴내는 길은 만만하지 않아요.

어린이도 푸름이도 어른도 삶책을 읽으면, 그리고 손수 쓰면 좋겠습니다. 서울사람도 시골사람도 살림책을 곁에 두면, 그리고 저마다 다른 눈빛으로 글을 쓰면 좋겠습니다. 많이 배운 이도 적게 배운 이도 사랑책을 마음에 담으면, 그리고 누구나 신나게 삶을 쓰고 책으로 여미면 좋겠습니다.

이름난 책이 아닌 아름다운 책을, 잘 팔리는 책이 아닌 두고두고 싱그러운 책을, 일본스러운 한자말이나 번역 말씨가 춤추는 책보다는 수수하게 어린이랑 어깨동무하는 착한 말씨로 들려주는 책을 함께 즐기면 좋겠어요.

도서정가제를 놓고 여러 말이 오갑니다. 이때에 가만히 생각해 봐요. 책하고 얽혀 말썽거리는 '책값' 때문이 아닙니다. 책으로 돈벌이만 꾀하며 사재기나 베스트셀러 조작을 하는 몇몇 출판사, 샛장사(중계상 · 도매상)로 장난을 치면서 출판사 · 독자 모두 등치는 몇몇 일터, 공급율을 안 낮추고 광고를 안 넣으면 너희 책은 안 팔겠다고 배짱을 부리는 몇몇 누리책집, 그리고 책을 사읽지 않으면서 보도자료를 베껴쓸 뿐이라 책마을을 영 모르는 숱한 새뜸(신문) 기자하고 평론가, 이 모든 고인물을 좀 치워내야 하지 않을까요?

아름다운 책을 만날 적에는 우리 스스로 아름답게 일해서 아름답게 번 돈을, 아름답게 내미는 손길로 아름다이 품에 안고서, 아름다이 읽으면 좋겠습니다.

아이들과 시골에서 숲집을 그리며 사는 길이 옳은지는 잘 모릅니다만, 늘 하나를 느껴요. 아이들이 맨발로 뛰놀고 마음껏 웃으며 노래할 수 있는 곳에서 보금자리를 일군다면 넉넉한 길이겠다고요. (51쪽/시골에서 살림 짓는 즐거움)

수수하게 차리든 눈부시게 차리든 대수롭지 않아요. 더듬더

듬 말하든 조잘조잘 말하든 모두 사랑스럽습니다. 작게 거드는 손길에서 새롭게 잇는 마음이 자랍니다. (129쪽/은빛 숟가락)

좋아하는 사람하고 앞으로 쉰 해쯤 어떻게 살고 싶은지 생각한 적 있나요? 좋아하는 사람하고 보금자리를 새로 지으면 '어떻게 밥옷집 살림을 꾸리'고 '아이를 돌볼'는지 생각해 보았나요? (189쪽/아빠는 전업 주부)

아이한테 '미래 직업'을 이야기하기보다는 "너는 밥하고 옷하고 집을 어떻게 스스로 마련하겠니? 전기가 끊어지고 돈값이 주저앉을 적에 너는 어떻게 살아가겠니?" 하고 물어보면 좋겠어요. (251쪽/10대와 통하는 농사 이야기)

왜 우리나라 입시 지옥은 이다지도 무시무시할까요? 혼자만 잘되는 길이라면 배움이 아니겠지요. 스스로 기쁘게 노래하면서 이웃하고 어깨동무하는 길이기에 배움이겠지요. 306쪽/히틀러의 딸)

비슷하기에 다른 말이 서로 어떻게 얽히며 새로운 결하고 맛이 되는가를 밝히는 사전을 차근차근 읽다 보면, 이제부터 우리말을 제대로 배워서 새롭게 쓰자는 생각이 들어요. (331쪽/새로 쓰는 비슷한말 꾸러미 사전)

흙을 닮은 아이들은 어디에

《초가집이 있던 마을》
권정생
분도출판사
1985.7.1.

흙을 가꾸어 살던 사람은 흙으로 집을 지었습니다. 흙을 가꾸면서 흙으로 집을 지은 사람은 흙에서 나는 풀을 거두어 옷을 지었습니다. 흙을 가꾸면서 집과 옷을 지은 사람은 밥도 흙에서 지었습니다.

우리나라뿐 아니라 푸른별 어디에서나 사람이라면 누구나 흙을 보금자리로 삼고, 흙을 밥과 옷으로 삼으며, 흙을 벗과 이웃으로 삼았습니다. 그런데, 어느새 흙은 보금자리도 아니요, 밥도 옷도 아닙니다. 우리나라뿐 아니라 푸른별 어디를 가든 흙은 아무것이 아닙니다. 흙으로 짓는 집이 아닌 잿빛덩이(시멘트)로 짓는 집이 되고, 흙으로 얻는 밥과 옷이 아닌, 기름(석유)으로 만드는 밥과 옷이 됩니다.

게다가 우리나라 곳곳에 싸움마당(군부대)이 또아리를 틉니다. 싸움마당 언저리는 콰쾅밭(지뢰밭)이 되고, 남녘과 북녘을 가르는 자리에 길디길게 쇠가시그물(철조망)이 뿌리내립니다. 젊은이는 총을 쏘고 칼을 부리며 주먹을 휘두릅니다.

요즈음은 코를 훌쩍이는 아이를 못 만납니다. 코를 훌쩍이면서 볼이 빨갛게 얼어붙도록 바깥에서 뛰노는 아이를 못 만납니다. 여름에 땀으로 범벅이 되면서 햇볕에 얼굴과 살갗이 흙빛처럼 까무잡잡하게 타는 아이를 못 만납니다. 실컷 뛰놀면서 땀냄새가 시큼한 아이를 못 만납니다.

코를 훌쩍이는 어른도, 겨울에 볼이 빨갛게 얼어붙거나 여름에 땀냄새가 시큼하도록 흙내음을 온몸으로 맞아들이는 어른도 좀처럼 못 만납니다. 큰고장에서 일하는 사람은 기름냄새와 기계 냄새가 몸에 뱁니다. 아직 시골에 남아서 흙을 만지는 사람은 일이 고되어 으레 술잔을 들이켜니, 흙내음이나 땀내음보다는 술내음이 짙고, 담배내음에 접니다.

더군다나 무와 배추와 시금치를 비롯한 몇 가지 남새가 아니고는 딱히 건사하지 않는 흐름입니다. 온갖 들풀을 들나물이나 들밥으로 삼지 않는 흐름입니다. 큰고장에서는 아예 엄두를 낼 수 없고, 시골에서는 몇 가지 남새가 아니면 뽑아서 없애거나 풀죽임물을 쳐서 녹여야 하는 몹쓸 것으로 삼습니다.

어른들 스스로 흙내음을 잃으면서 풀내음을 잃습니다. 어른들이 흙을 만지면서 남새를 거두더라도 흙을 가꾸는 삶이 아니라, 흙에서 '농산물'을 더 많이 뽑아내려는 몸짓이니, 손에 흙이 묻었어도 흙내와는 동떨어지고 풀내하고도 동떨어집니다. 논두과 밭두은 풀죽임밭이요. 빈터나 풀밭도 풀죽임 구덩이입니다. 그나마 시골에 몇몇 아이들이 남았다 하더라도, 이 아이들은 풀밭에서 뒹굴지 못합니다. 풀밭에서 뒹굴지 못할 뿐 아니라, 풀밭에 앉을 수 없고, 느긋하게 앉아서 쉴 풀밭조차 거의 자취를 감춥니다.

흙을 먹는 삶이 아니라, 풀죽임물과 죽음거름(화학비료)을 먹는 삶입니다. 흙에서 얻는 남새와 열매가 아니라, 풀죽임물과 죽음거름으로 뒤섞인 흙에서 억지로 끄집어내는 '농산물'입니다. 시골지기부터 스스로 손과 몸에서 흙내와 풀내를 잃으니, 시골아이도 흙내와 풀내하고 동떨어집니다. 큰고장에서 나고자라는 어른은 두말할 것 없이 흙내와 풀내를 모릅니다. 큰고장에서 아무리 '유기농 · 친환경'을 먹는다 하더라도 흙내나 풀내를 알지 못합니다. 큰고장에서는 '몸에 좋은 것'을 찾기는 하지만, 몸을 살리는 흙을 찾지 못하고 알지 못하며 생각하지 못합니다. 몸에 좋은 밥이 나오려면, 흙이 좋아야 하고, 흙이 좋으려면 풀이 좋아야 하며, 풀이 좋으려면 숲이 좋아야 하고, 숲이 좋으려면, 사람이 사랑과 꿈으로 좋은 숨결이어야 하는 줄 헤아리지 못합니다.

흙을 닮는 아이가 자랄 수 없는 요즈음 얼거리입니다. 삶터와 살림과 노래와 배움길 모두 흙을 등집니다. 마을과 배움터에서도 흙을 안 가르치고, 책은 흙을 아예 못 가르칩니다. 돈을 버는 길에서 흙은 아예 모르쇠입니다. 더 많이 배웠건 조금만 배웠건 나라밖에서 배우고 돌아왔건, 흙을 슬기롭게 다루거나 건사하는 아름다운 넋인 사람을 만나기 몹시 어렵습니다. 시골에서 살겠노라 서울을 떠나더라도, 흙을 손수 아끼고 배우고 돌보고 사랑하려는 넋이 되기는 쉽지 않습니다.

흙을 모르는 어른이 아이를 낳으면, 아이는 무엇을 보고 배울까요. 흙을 알려고 하지 않는 어른이 아이를 낳아 배움터에 보내면, 아이는 무엇을 보고 배울까요. 흙을 살피지 않고 찾지 않으며 생각하지 않는 어른이 아이를 낳아서 돈을 버는 일터에 넣거나 책을 사다 읽히면, 아이는 무엇을 보고 배울까요.

《초가집이 있던 마을》(권정생, 분도출판사, 1985)을 읽습니다. '초가집'이란 '풀집'입니다. 예부터 시골지기는 누구나 '풀집'이나 '흙집'에서 살았습니다. 풀과 흙과 나무로 집을 지었으니, 풀집이요 흙집이며 나무집입니다. 다만, 지난날 시골사람은 굳이 풀집이니 흙집이니 나무집이니 하고 말하지 않았습니다. 예부터 모든 집은 그저 '집'입니다. 모든 삶이며 살림이 달라졌다고 하는 오늘날이 되어서야 '잿빛집(아파트)' 때문에 따로 '풀집'이니 '흙집'이니 하고 가르는데, 그나마 이렇게 집살이를 가르는 이들은 먹물붙이(지식인)이다 보니, 여느 시골자락에서 수수하게 살던 사람이 나누던 낱말을 안 쓰고, 한자를 붙여 '초가'이니 '초가집'이니 하고 읊습니다.

흙에서 자라는 풀이 열매를 맺어 밥을 얻습니다. 벼알도 보리알도 수수알도 모두 풀알입니다. 풀알은 흙에 뿌리를 내려서 자랍니다. 그러니까 우리는 누구나 흙을 먹는 삶입니다. 소고기를 먹든 돼지고기를 먹든, 이 숨결도 흙에서 자란 풀을 먹으니, 풀밥이든 고기밥이든 모든 밥은 흙밥인 셈입니다.

흙에 뿌리를 내리면서 자란 풀을 베어 지붕에 얹습니다. 흙에 뿌리를 박으면서 오래오래 살던 나무를 베어 기둥으로 삼습니다. 흙이 있어야 집을 짓습니다. 바닥과 벽을 흙으로 대기에 흙집이 아니라, 모든 풀과 나무가 흙에서 자라니, 푸른별 어디에서나 집을 짓는다고 하면 흙집이었습니다.

흙에서 자란 풀에서 실을 얻습니다. 흙에서 자란 풀에서 솜을 얻습니다. 우리가 입는 모든 옷은 흙에서 왔습니다. 그래서 낡고 닳아 더는 못 입는 옷은 두엄더미에 놓아 흙으로 돌아가도록 했습니다. 흙을 먹으면서 흙을 낳고, 흙을 누리면서 흙을 가꿉니다. 흙을 아끼면서 흙을 사랑합니다.

권정생 님은 조곤조곤 이야기합니다. 여느 시골자락에서 아이들이 서로 어떻게 어울리면서 자랐는지 조곤조곤 이야기합니다. 흙을 닮은 아이들이 어떻게 태어나 어떻게 자라면서 이웃과 동무를 어떻게 사귀는지 조곤조곤 이야기합니다. 사랑이란 무엇이고 꿈이란 무엇이며 삶이란 무엇인지 조곤조곤 이야기합니다.

누가 옳고 누가 그르다고 하는 금긋기는 부질없습니다. 네가 잘못했느니 내가 잘했느니 하고 따지는 일은 덧없습니다. 네가 잘못했으면 너는 언제까지나 주눅이 든 채 고개를 숙여야 하지 않습니다. 네가 잘못했으면 내가 너를 타이르고 따스히 안을 노릇입니다. 생각해 보셔요. 내가 잘못할 적에 너는 어떻게 하는가요? 너는 나를 타이르면서 따스히 안을 테지요.

미움은 미움을 낳을 뿐이기에, 잘못한 한쪽을 미워하면 안 됩니다. 사랑은 사랑을 낳기에, 잘잘못을 가리지 말고 서로 즐거이 어깨동무할 길을 생각해야지요.

《초가집이 있던 마을》에 나오는 금동이네 어머니는 배움터 길턱에도 못 간 분이지만 이웃을 헤아릴 줄 알고, 이녁 스스로를 돌아볼 줄 알아요. 거지처럼 집도 없이 떠돌며 밥을 얻어먹는 솔송이네를 보며 "우리도 피난 가서 똑같이 있지 않았느냐"며 "조금이라도 도울 생각을 하라"고 아이한테 가르칩니다. 아이도 어머니와 마찬가지로 여태 제가 잘못 생각한 줄 깨닫고 바로 마음을 고쳐먹어요.

없으면 없는 대로, 있으면 있는 대로 콩 한 톨을 나누는 우리네 첫마음이거든요. 나라지기(대통령)가 첫마음을 잃었다고도 말하지만, 가만히 헤아려 보면 누구보다 바로 우리부터 '사람으로 태어나서 살아가는 첫마음'을 잃거나 놓치지 싶어요. 끔찍한 종살이를 거치고 싸움수렁을 거치고 총칼나라(군사독재)를 거치면서 우리 마음부터 차갑거나 딱딱하게 굳어버렸지 싶어요.

아직도 이 땅 곳곳에 많이 남은 싸움자국과 총칼나라 생채기입니다. 아직도 풀릴 길 까마득한 골칫거리가 수북합니다.

싸움수렁은 이 땅에서 일어난 쓸쓸하고 슬픈 자국으로도 넉넉해요. 이라크 · 이란이든 팔레스타인이든 또 어느 나라에서든 싸움이 발을 붙이지 못해야 해요. 《초가집이 있던 마을》에 나오는 수수한 시골자락 여느 사람들 마음 그대로 살아갈 수 있을 때에 사랑스럽고 따스해요. 미움도 모르고 괴로움도 모르며 서로 어깨동무를 하는 사이가 되어, 함께 웃고 울 수 있는 삶으로 하루를 지을 적에 아름답고 기뻐요.

싸움날개(전투기) 하나를 만들지 말고 쟁기 한 자루를 지을 수 있기를 빕니다. 싸움수레(탱크)를 더 만들지 말고 글붓(연필) 한 자루와 종이 한 자락을 지을 수 있기를 빕니다. 참말 이 나라를 지키려 한다면 싸움연모가 아닌 따스하고 사랑스러운 숲을 가꿀 수 있기를 빕니다.

싸움연모는 싸움을 부르는 수렁입니다. 쟁기와 낫과 호미는 삶을 부르는 연장입니다. 마침종이(졸업장)는 자꾸 위아래와 따돌림을 끌어들이고 맙니다. 웃음과 춤을 부를 수 있는 노래를 찾아야 합니다. 사랑과 꿈을 부를 수 있는 이야기를 찾아야 합니다. 서로 아끼고 도우면서 별빛과 햇빛을 가득 누리는 삶을 찾아야 합니다.

우리 모두 흙을 닮아요. 우리 모두 하늘을 닮아요. 우리 모두 꽃을 닮아요. 우리 모두 나무를 닮아요. 우리 모두 숲을 닮아요. 우리 모두 사랑이 되어 고운 사람으로 거듭나요.

"선생님, 용서해 주이소. 송아지 제발 살리 주이소." "건방진 자식! 송아지 안 버리면 총살이야!" 헌병은 총구멍을 유준네 아버지 가슴 앞에 들이댄다. 아직도 새파란 청년이다. 전쟁마당에선 어른 아이도 없다. 사느냐 죽느냐 오직 하나만을 택할 뿐이다. 유준네 아버지는 송아지 고삐를 놓았다. 헌병이 송아지의 엉덩이를 걷어찼다. "음매애애……." 송아지는 울면서 어둠 속 언덕 밑으로 굴러 내려갔다. (64~65쪽)

"내사 소련 탱크도 싫제만 미국 비행기도 싫다. 우리 학교 다 때리부신 거는 미국 비행기다. 너그는 미국 비행기가 우리 땅 다 때려뿌샤도 너그만 살아나마 된다꼬 했제? 응, 그랬제?!" (133쪽)

"인기야, 아부지 이바구 잘 듣거래이." "예, 들음시더." 다섯 살짜리 인기는 아버지를 닮아 무척 똑똑한 아이였다. "니는 내중에 커서 뭐 될래?" "아부지 되니더." "아부지 되는 거 말고는?" "국군!" "그건 안 돼." "그라마 인민군!" "그것도 안 돼." "그라마…… 그라마 대통령!" "그것도 안 돼." "……." 인기는 시무룩하게 할 말이 없어졌다. "인기는 사람을 죽이는 나쁜 놈이 되어서는 안 된다." "……." "인기를 죽이려는 사람을 마주 서서 싸워도 안 된다." "그라마 달라빼락꼬?" "아니다. 용감히 서서 죽어 주는 거다." "무섭다아." "당당하게 죽어 주는 사

람이 가장 용감한 사람이다." (235~237쪽)

하느님, 네 부모를 공경하란 말씀은 집안에서만 공경하란 말씀입니까? 아니면 시장에서나 전장(싸움터)에서나 부모라면 어디서나 공경하란 말씀입니까? 살인하지 말라 하셨지만, 전쟁터에서는 사람을 죽여도 무방한 것인지요. (299쪽)

금동이는 꺼림했다. 하필이면 종갑이네 빈집에 거지가 와서 살다니, 자꾸만 못마땅했다. "어매, 걸버생이가 종갑이네 집 다 때려부스마 어야노?" "뭐락카노? 걸버생이가 어딨노. 그런 말 하마 못씬다. 사람은 살다 보마 오만가지 풍파 다 겪는 거다. 밥 얻어먹는다고 다 걸버생이가 아니다. 종갑이네 집은 비어 두는 것보다 사람이 살면 집간수 더 잘된다." 달래골댁은 금동이를 나무랐다. "그라마, 모두 걸버생이락꼬 찌지고 뽂든걸." "다들 몰라서 그렇제. 너그도 지난해 피난가서 바가지 들고 밥 얻으러 간 것 잊았뿌렀나?" "……." 금동이는 뜨끔했다. 과연 솔숭이네도 난리통에 어려운 일을 당했을지도 모른다. (187~188쪽)

○ 느리게책방

다 다른 사람은 어떤 삶을 짓는가

《조선 사람, 재일조선인 1세가 겪은 20세기》
백종원 글
삼천리
2012.9.14.

한겨울에 시골집에서 반바지차림으로 지냅니다. 서울쯤 되는 곳에서라면 이렇게 지내지 못할는지 모르나, 고흥에 있는 시골집에서는 바깥에서도 반바지차림으로 지냅니다. 다만, 읍내나 면소재지로 마실을 갈 적에는 긴바지를 입습니다. 다른 사람들 눈길 때문에 긴바지를 입는다기보다 '그냥 옷'이니까 긴바지를 입고 나갑니다. 집에서는 '그저 반바지'차림으로 있습니다.

한겨울 고흥에서 바깥은 영 도 밑으로 내려가는 일이 아주 드뭅니다. 우리 집안은 바람이 잘 드나들어 15~16도쯤 되고, 조금 포근한 날에는 17~18도쯤 됩니다. 바깥 날씨가 영 도 밑이라면 긴바지를 입을 만하지만, 영 도 밑이 아니라면 반바지를 입어도 안 춥습니다.

그러나 누구는 두툼한 바지를 입어도 이 겨울에 추워요.

왜냐하면, 사람마다 몸이 다르거든요. 이를테면, 아프리카 같은 곳에서 사는 사람이 이 나라에 와서 지낸다면 두툼한 솜옷을 입어도 추울 만합니다. 시베리아나 알래스카에서 사는 사람이 이 땅에 와서 지낸다면 어떠할까요?

《조선 사람, 재일조선인 1세가 겪은 20세기》(백종원, 삼천리, 2012)를 읽습니다. '재일조선인 1세'로서 겪은 20세기 이야기가 고요히 흐릅니다. 재일조선인으로 일본에서 살아온 나날이 차분히 감돕니다.

백종원 님은 한 마디로 말합니다. '나는 조선사람'이라고 말이지요. 어느 곳에서 태어나든 '조선사람'이고, 어느 곳에서 살든 '조선사람'이라고 말합니다.

그러면 조선사람은 어떤 사람일까요? 일본에서 나고 자란 사람보다 훌륭하거나 뛰어날까요? 아닙니다. 중국에서 나고 자란 사람보다 덜떨어지거나 어리숙할까요? 아닙니다. 조선사람이 일본사람보다 낫지 않고, 일본사람이 중국사람보다 어리숙하지 않습니다. 저마다 아름다운 사람이고, 저마다 사랑스러운 이웃이요 동무입니다.

다 다른 사람들은 다 다른 삶을 짓습니다. 전라남도 바닷마을과 서울 한복판 잿빛집(아파트)에서 짓는 삶은 다릅니다. 강릉과 목포에서 짓는 삶은 서로 다릅니다. 남녘과 북녘이 짓는 삶은 다르고, 중국과 일본에서 짓는 삶은 다릅니다. 나라와 겨레마다 다를 뿐 아니라, 삶터마다 다 다릅니다. 내가 이렇게 한대서 너도 이렇게 해야 하지 않습니다. 네가 이 밥을 먹으니 내가 이 밥을 먹어야 하지 않습니다.

내가 네 차림새대로 옷을 입어야 하지 않습니다. 네가 내 차림새대로 옷을 입어야 하지 않습니다. 내가 네 머리카락 모습을 따라야 하지 않습니다. 네가 내 머리카락 모습처럼 길게 기르거나 짧게 쳐야 하지 않습니다. 다 다른 우리는 다 다른 우리 삶을 저마다 즐겁게 지어야 합니다. 다 다른 사람들이 '다 다른 말'을 쓰면서 '다 다른 사랑'을 가꾸면서 '다 다른 이야기'를 노래할 때에, 비로소 아름길(평화)입니다.

일본은 그만 어리석은 짓을 저질러, 이웃나라를 총칼로 짓밟았습니다. 어리석은 짓을 저지른 일본은 이 땅에서 나고자라는(출생하고 성장하는) 사람을 괴롭히기도 했는데, 일본에서 나고자라는 사람을 괴롭히기도 합니다. 어리석은 짓은 나와 너 모두를 괴롭혀요. 오늘날에도 일본 벼슬꾼(정치조직)은 재일조선인뿐 아니라 숱한 이웃사람을 괴롭히지요. 그리고 이 바보짓은 고스란히 저 스스로를 겨냥해요. 이웃을 괴롭히는 사람은 바로 '내가 스스로 괴롭히는' 꼴이거든요.

이웃을 사랑하는 사람은 스스로 사랑할 수 있는 사람입니다. 이웃을 아끼는 사람은 스스로 아낄 수 있는 사람입니다. 싸움을 일으키려는 사람은 이녁 스스로 아끼거나 사랑하지 못하는 셈입니다. 따돌림과 괴롭힘을 일삼는 사람은 이녁 삶을 아름답게 짓지 못하는 노릇입니다.

일본이 앞세운 총칼에 짓눌려야 했던 여러 나라 여러 겨레도 괴로운 일이었으나, 총칼로 이웃을 짓누르는 사람은 바로 스스로 짓누르는 셈입니다. 스스로 괴로운 짓을 하면서 스스로 괴로운 줄 모르거나 잊는 셈입니다.

그런데 일본이란 나라와 터전을 보면, 그네들 스스로 어떤 짓을 했는지 제대로 바라보지 못합니다. 제대로 바라보지 못하니 제대로 느끼지 못하고, 제대로 느끼지 못하니 제대로 알지 못하며, 제대로 알지 못하니 제대로 살지 못해요.

네가 나를 때렸으니 '네가 잘못했다'는 소리가 아닙니다. 맞은 사람은 두 발 뻗고 잠들어도, 때린 사람은 두 발을 못 뻗으며 잠도 못 자기 마련입니다. 남을 괴롭히거나 들볶는 사람은 스스로 굴레에 갇힙니다. 남을 사랑하는 사람이 되어야 두 발 뻗고 잘 수 있으며, 남을 아끼는 사람이 되어야 언제나 웃으며 노래할 수 있습니다.

그러니까 싸움연모(전쟁무기)로는 아름길(평화)을 열지 못해요. 싸움연모로는 싸움만 끌어들입니다. 싸움연모로 이웃을 괴롭힌 사람은 싸움연모를 죄다 버리면서 스스로 삶을 뉘우치면서 돌아보지 않는다면, 앞으로 나아가지 못합니다. 일본이란 나라와 터전은 좀처럼 앞으로 나아가지 못하는데, 그네들 스스로 싸움연모를 못 버리기도 하면서, 그네들 스스로 삶을 뉘우치거나 돌아보지 않기 때문입니다.

우리는 어떤가요? 우리는 다른가요? 아무래도 우리나라도 일본하고 비슷해요. 우리도 일본 못지않게 싸움연모를 엄청나게 끌어안습니다. 이 나라와 터전도 싸울아비(군대)와 싸움연모를 줄일 생각이 없습니다. 아름길과 사랑으로 나아가려는 생각이 없습니다. 일본이 이렇게 하거나 저렇게 하거나, 우리부터 스스로 참다운 길을 걷지 못합니다.

돈을 많이 끌어들여서 '경제성장'을 해도 이럭저럭 발돋움한다고 할 수 있습니다만 겉치레일 뿐입니다. 나라나 살림이 참답게 발돋움을 하자면, 스스로 삶을 지어야 합니다. 나라지기(대통령)도 텃밭을 일구고, 벼슬꾼(국회의원과 공무원)이나 돌봄이(의사)나 글꾼(신문기자와 작가)도 텃밭을 가꾸어야 합니다. 시골뿐 아니라 서울에도 텃밭이 집집마다 있고, 모든 집에는 마당이 있어서 나무를 돌볼 수 있어야 합니다. 모든 사람이 집집마다 텃밭과 마당에서 흙을 만지고 풀을 뜯으며 나무를 보살피면서 하루를 열고 낮을 보내며 저녁을 마무리할 수 있어야 합니다. 이럴 때에 비로소 나라나 살림이 발돋움합니다. 이럴 때에 비로소 사람이 사람답게 삽니다.

임금님이니까 똥거름을 안 져도 되지 않습니다. 시인이나 소설가이니까 흙을 안 지어도 되지 않습니다. 교사나 교수이니까 나물을 안 뜯어도 되지 않습니다. 과학자나 기술자이니까 나무를 안 심어도 되지 않습니다.

나라나 살림이 뒷걸음을 치는 까닭을 알아야 합니다. 나라힘(정치권력 · 사회권력)을 거머쥐려는 이들은 모두 흙과 등을 집니다. 힘과 돈과 이름을 거느리는 이들은 모두 시골과 등을 돌립니다. 글을 깨작거리는 이들은 하나같이 풀도 꽃도 나무도 모르기 일쑤입니다. 여느 일꾼(회사원과 노동자)은 하늘을 올려다볼 겨를이 없는데다가, 별도 해도 바람도 구름도 안 쳐다봅니다.

이야기책 《조선 사람, 재일조선인 1세가 겪은 20세기》는 '조선'이라는 나라를 텃나라로 삼는 사람이 걸어온 발자국을 보여줍니다. 제 뿌리를 사랑하면서, 이웃과 동무가 태어난 뿌리를 함께 사랑하려는 사람이 걸어온 발자국을 보여줍니다. 재일조선인으로 살아온 나날을 돌아보면서, 앞으로 이 푸른 별에서 살아갈 사람들이 가슴에 '아름꽃(평화)'이라는 이야기를 새겨서 '사랑'이라는 씨앗을 심기를 바라는 숨결을 보여줍니다. 우리가 할 일이란 참말 아름답고 사랑스러운 삶짓기입니다.

일본의 젊은 세대들한테서, "조선 사람이 왜 일본에 살고 있는가" 하는 말을 들을 때가 많다. 60만 명에 이르는 재일조선인은 주로 토지를 수탈당했거나 징용, 징병으로 일본에 끌려오거나 강제로 이주된 사람들과 그 후손이다. (59쪽)

일본 제국주의의 패배라는 근본적인 변혁기에 즈음하여 이은 씨 부부는 앞으로 어떻게 처신해야 할지를 상담하기 위해 만수사에 온 듯했다. 그런데 스님은 "당신은 열한 살에 인질로 이토 히로부미에게 끌려갔기 때문에 조선이 멸망하는데 직접적인 책임은 없소. 하지만 우리 민족이 수난의 길을 걷고 있을 때 당신은 왕족 대우를 받아 육군 대장도 되고 참담한 민족의 고통을 아랑곳하지 않고 일본 제국주의의 비호를 받으면서 편안하게 살아가고 있지요. 이 점을 당신은 스스로 깊이 반성하지 않으면 안 됩니다." 하며 담담하게 말했다. 스님은 또 이렇게 덧붙였다. "민족 앞에 사죄하는 마음이 있다면, 당신은 조선으로 돌아가 똥거름도 지고 백성으로서 농사를 짓고, 방자 씨는 보육원이나 유치원의 보모가 되어 열심히 조선의 아이들을 돌본다면 민족은 당신들을 용서할 것이오." (233~234쪽)

조선에 대한 멸시는 오늘날에도 여전히 일본 사회에 뿌리 깊이 남아 있지만, 이는 에도 시대에는 찾아볼 수 없었던 것이다. 그것은 메이지유신 후 '정한론' 속에서 퍼지며 청일 · 러일전쟁에서 일본이 승리함으로써 점점 더 커지게 된 사회적 풍조라고 생각된다. (258쪽)

○ 민들레글방

풀꽃내음을 함께 맡아요

《내가 좋아하는 것들, 아로마》
이민희
스토리닷
2020.11.5.

《내가 좋아하는 것들, 아로마》(이민희, 스토리닷, 2020)를 읽다가 우리 보금자리를 새삼스레 돌아봅니다. 우리는 늘 무엇을 먹으면서 살아가는데, 입으로 밥을 넣기만 할 뿐 아니라, 코하고 살갗으로 냄새를 느끼기도 합니다. 코하고 살갗으로 느끼는 냄새 탓에 배고프다고 여기는 사람이 있고, 코하고 살갗으로 느끼는 냄새로도 배불러서 굳이 입으로 밥을 안 먹어도 좋다고 여기는 사람이 있습니다.

부릉이와 씽씽이가 찻길을 덮은 곳에서는 바람이 매캐합니다. 서울이며 큰고장은 언제 어디에서나 매캐한 기운이 넘실거려요. 돌림앓이가 아니더라도 이런 곳에서는 누구나 쉽게 앓고 아프고 일찌감치 죽기 쉽습니다. 이와 달리 부릉이와 씽씽이가 드물거나 없으며 찻길이 아닌 풀숲이나 풀밭이 있으며, 이 풀밭길을 따라 나무숲으로 이어가는 곳에서는 바람이 맑고 상큼해요. 바람이 맑고 상큼한 곳에서 앓거나 아프거나 괴로운 사람은 없습니다. 앓거나 아프거나 괴로울 일이 없다면 죽음이 아닌 삶이 피어납니다.

요사이에는 '허브'를 말하는 사람이 늘고 '아로마'를 찾는 사람이 늡니다. 나라가 나라이다 보니 '허브 · 아로마'처럼 영어를 쓰는데, '허브 · 아로마'라는 영어가 없거나, 이런 영어를 모르던 때에도 이 땅에서는 오래오래 두 가지를 넉넉히 누리며 살았어요. 다만, 서울에 높다랗고 커다랗게 올린 임금집에서는 이 두 가지를 안 누렸지요. 으리으리 기와집을 거느리는 벼슬아치도 이 두 가지를 안 누렸어요. 손수 흙을 짓는 사람은 언제나 두 가지를 누립니다.

첫째, 풀입니다. 둘째, 숲입니다. 모든 풀은 사람을 살립니다. 사람을 살리지 않는 풀은 없습니다. "잡초가 없다"가 아니라 "온풀이 온사람으로 가꾼다"라 해야 어울립니다. 배앓이를 하는 사람을 달래는 풀이 있고, 튼튼한 사람을 더 북돋우는 풀이 있습니다. 아픈 데를 다독이는 풀이 있고, 날마다 기운차게 뛰놀거나 일하도록 살찌우는 풀이 있어요.

풀은 들풀이나 멧풀로만 있지 않아요. 풀이 잘 자라서 땅(흙)이 살아나면 나무가 차츰 큽니다. 풀 곁에서 자라는 나무는 우람하게 가지를 벌리고, 어느새 숲을 이루지요. 풀꽃나무로 숲을 이룬 데에서는 즐거이 나누는 살림길이 흐드러져요. 풀꽃나무를 밀어낸 서울이며 큰고장에서는 치고받으면서 어렵게 거머쥐는 돈이 흐르고요.

돌림앓이를 끊어낸다는 물은 무엇일까요? 돌봄터에서 쓰는 모든 물이나 가루는 '숲'에서 옵니다. 숲이 스스로 다스리는 길을 낱낱이 파면서 돌봄물이나 돌봄가루를 짓습니다. 숲에서 모든 목숨붙이가 살림빛을 얻고 누리듯, 이 흐름을 샅샅이 알아내려 하면서 돌봄물(약)을 지어요.

《내가 좋아하는 것들, 아로마》를 지은 글님은 풀물 · 숲물이며 풀내음 · 숲내음 곁에 햇볕하고 바람을 두기를 바랍니다. 곰곰이 생각할 노릇이에요. 사람이며 뭇목숨을 살리는 풀하고 숲은 햇볕이랑 비바람이랑 흙을 머금으면서 푸릅니다. 풀꽃물만 곁에 두기보다는 우리 보금자리랑 마을이 언제나 숲이며 비바람이며 흙을 곁에 두는 터전이라면 아프거나 앓을 일이 없이 누구나 즐겁지 않을까요?

모든 숨은 숲에서 비롯합니다. 숲에서 푸르게 피어나는 숨인 터라, 숲을 가꾸지 않고 뚝딱거리기만 해서는 돌림앓이가 새로 불거질 뿐입니다. 나라지기나 벼슬아치가 숲하고 등지더라도 우리 스스로 숲을 곁에 두고 사랑하면 됩니다. 우리 몸하고 마음은 언제나 우리가 스스로 돌봅니다. 돌봄빛은 우리 마음에서 자라요.

몇 개월 동안 페퍼민트 오일을 사용하면서 매일 먹던 두통약을 먹지 않아도 편안하게 지나가는 날이 하루 이틀 늘기 시

작했다. (17쪽)

로즈마리는 나폴레옹이 가장 좋아했던 향으로도 유명하다. 전쟁 중 전략을 짤 때 로즈마리 화분을 곁에 두고 항상 향을 맡았으며, 작은 키 때문에 생긴 열등감을 극복하고 자신감을 갖는 데도 로즈마리 오일을 이용했다. (36쪽)

왜 이렇게 식물의 향이 사람의 마음을 끌었을까? (76쪽)

우울증의 원인은 코로나로 갑자기 생긴 게 아니라 아마도 이전부터 갖고 있던 문제가 코로나로 인해 수면 위로 올라온 것일 수 있다는 것이다. (93쪽)

낮에 햇빛을 쬐는 것도 중요하다. 햇빛을 쬐며 가벼운 산책을 하는 것만으로도 세로토닌 같은 행복 호르몬이 나온다. (116쪽)

나.

숲을 보고 책을 아끼며

이웃이기에 살림꽃
《우애의 경제학》

동무하며 걷는 길
《백 가지 친구 이야기》

꽃처럼 말하는 어른으로 살자면
《뒷골목 고양이》

갇힌 삶, 갇힌 사람, 갇힌 밥
《우리 안에 돼지》

묻어버릴 수 없이 묻힌 이웃들
《묻다》

나는 나무, 너는 숲
《나무》

밥차림은 늘 사랑, 사랑만 있으면 맛있다
《한밤중에 잼을 졸이다》

거룩한 몸한테 밥 한 그릇 바칩니다
《채소의 신》

새끼 여우가 나비랑 놀던 미나마타 바닷가
《신들의 마을》

아이를 사랑하는 생각이란
《니사》

이웃이기에 살림꽃

《우애의 경제학》
가가와 도요히코 글
홍순명 옮김
그물코
2009.2.10.

《우애의 경제학》(가가와 도요히코/홍순명 옮김, 그물코, 2009)은 우리말로 2009년에 비로소 나왔으나, 일본에서는 1936년에 처음 나왔고, 글쓴님은 1909년부터 살림두레(생협 · 생활협동조합)를 펴는 일을 했다지요. 일본스러운 한자말을 붙인 "우애의 경제학"입니다만, "사이좋은 살림길"이나 "어깨동무 삶길"을 밝히려는 이름이라고 생각합니다.

돈이 많다고 이룰 수 없는 살림두레입니다. 돈을 벌되 몇몇이 거머쥐지 않고 다같이 나누는 길을 찾자는 살림두레예요. 참다이 짓는 이도 이웃이요, 참다이 사서 누리는 이도 이웃이라는 얼거리를 살림두레에 담으려고 했답니다.

글쓴님은 믿음빛(목사) 노릇을 했다는데, 마을에서 어깨동무로 노래하는 '하느님 사랑'이 되자면 살림두레를 펼 노릇이라고 생각했다고 해요.

옳은 말입니다. 배움터(학교)를 키우는 일이란 배움길하고 동떨어져요. 아이랑 어른이 어깨동무하면서 서로 배우고 가르칠 적에 배움길입니다. 믿음집(예배당)을 키우는 일은 믿음길하고 멀 테지요. 믿음이(신자)이든 아니든 누구나 어깨동무하면서 마을을 가꾸는 살림으로 갈 적에 믿음길입니다.

더 가져야 하지 않고, 더 먹어야 하지 않으며, 더 읽어야 하지 않아요. 즐겁게 얻어서 즐겁게 먹고, 즐겁게 벌어서 즐겁게 나누면 돼요. 즐겁게 배워서 즐겁게 가르치고, 즐겁게 읽어서 즐겁게 살림을 일구면 되어요.

온누리가 자동차로 뒤덮인다면 끔찍해요. 때로는 잿빛집(아파트)을 세울 수 있을 텐데, 온누리가 잿빛집으로 덮인다면 아찔합니다. 찻길하고 잿빛집으로 그득하다면 맑게 흐르는 냇물을 못 누리고, 파랗게 흐르는 하늘을 못 보며, 푸르게 펴는 들판에서 맨발로 뛰놀지 못합니다.

우리 보금자리 살림부터 생각할 노릇입니다. 무엇을 사거나 쓰거나 누리려는가에 앞서, 스스로 어떤 삶을 오늘 지어서 즐거운 길에 서려는가를 살펴야지 싶어요.

가까우면 걸어요. 조금 멀어도 걸어요. 꽤 멀어도 걸어요. 그저 걸어 봐요. 걷다가 다리가 아프거나 힘들면 앉아서 쉬어요. 풀밭에 드러누워 하늘바라기를 해도 좋아요. 길은 이렇게 가면 됩니다. 가다가 쉬고, 또 가다가 쉬기에 나들이예요.

날개(비행기)를 타고 먼먼 나라에 가서 쉴 틈조차 없이 돌아다녀야 나들이(여행)가 되지 않습니다. 느긋하게 바람을 마시고 물 한 모금으로 목을 축이면서 도란도란 이야기를 하며 오늘을 되새기기에 나들이입니다. 돈을 버는 일도 이와 같으니, 억척스레 벌어야 하지 않아요. 즐겁게 일하며 벌어야지요. 알맞게 일하고, 알맞게 벌고, 알맞게 쓰면서, 서로서로 이웃이자 동무로 지낼 노릇이라고 봅니다.

조그맣구나 싶은 책인《우애의 경제학》이 들려주는 줄거리는 '바로 오늘'입니다. '바로 오늘' 어깨동무를 하자고 속삭입니다. '바로 오늘' 빛을 찾자고 소근거립니다. '바로 오늘' 나부터 푸르게 웃음짓는 살림살이를 이루자고 속살대요.

사랑은 나누는 일이라고 느낍니다. 나눌 수 있으니 사랑이요 믿음이지, 베풀 수 있다면 사랑이나 믿음이 아니라고 느낍니다. 스스로 마음에서 길어올려 흐드러지는 사랑이기에 나눈다고 생각해요. 우리한테 넉넉히 있기에 베풀 수 있는 사랑이나 믿음이 아닌, 온몸으로 함께하고 싶기 때문에, 이웃이자 동무로 맞아들여 온마음으로 함께하는 삶이기에 나누는 사랑이요 믿음이라고 느낍니다.

가까우면 자전거를 타요. 조금 머니까 자전거를 타요. 꽤 멀기에 자전거를 타요. 그냥 자전거를 타요. 자전거를 타다가 하늘이 확 트이는 곳에서 멈춰요. 냇물이나 바다가 아름다운 곳에서 멈춰요. 들꽃이 싱그럽고 나무가 아름드리인 곳에서 멈춰요. 자전거를 풀밭에 눕히고 옆에 나란히 누워요. 들꽃 곁에서 사근사근 노래하는 풀벌레하고 동무가 되어 바람을 쐬어요. 더 빨리 볼일을 보아야 하지 않아요. 더 많이 바깥일을 해내야 하지 않아요.

너랑 내가 이웃이기에 두레를 맺습니다. 나랑 네가 동무이기에 두레를 이룹니다. 돈이 많건 적건 마음으로 사귀는 이웃입니다. 겉모습 아닌 속마음으로 마주하는 동무입니다. 사람 사이에서도, 사람하고 풀벌레나 새나 숲짐승 사이에서도 이웃이 돼요. 사람하고 풀꽃나무 사이에서도 동무가 됩니다. 살림두레란 우리가 발을 디딘 이 별에서 모든 숨결을 사랑하는 마음을 씨앗으로 보듬으면서 나누는 손길이라고 생각합니다.

나는 신조만으로 세계를 구할 수 있다고 생각하지 않는다. 신조가 중요하지 않다는 것이 아니라, 신조나 교리와 함께 사회에서 속죄애를 적용하는 것이 필요하다. 20세기에는 물질주의적 자본주의와 물질주의적 공산주의는 다함께 포기해야 한다. (6~7쪽)

오늘날 도시 생활은 비참하다. 도시가 크게 될수록 범죄가 많아진다. 법률만으로 범죄자나 빈민가 소년들을 바꿀 수 없다. 그들의 환경을 바꾸어야 한다. 그렇지 않으면 결코 그들을 행복하게 할 수 없다. 일본에서 우리들이 농민조합을 만들고 협동조합운동을 시작하고 나서 도둑이 거의 자취를 감추었다. 좋

은 협동조합이 있으면 도둑질 하려는 욕망이 사라진다. (32쪽)

유감스럽게도 기독교의 정신은 사랑의 실천에 관여하지 않고, 절대적으로 하나님께 귀의하는 데 있다는 태도를 취하는 사람들이 있다. (40쪽)

거룩한 생활을 가르치기 위하여 종교단체가 늘어나, 미국에서만 건물 유지를 위하여 약 70억 달러를 쏟아붓고 있다. 종교의 이름으로 세계에서 얼마나 많은 돈이 사용되고 있는가. 그 총액은 아무도 계산할 수 없다. (61쪽)

일반적으로 현대의 입법부는 설령 사회민주주의 성격을 가졌다 하더라도, 대중이 프롤레타리아트화하는 것을 막거나 그들을 공황과 불황에서 구출하는 데는 아무런 힘이 없다고 생각한다. 이유는 쉽게 알 수 있다. 의회의 기구가 주로 입법의 여러 문제에만 관심이 있고, 산업이나 사람들의 최대 관심사인 직업의 기본적 사항을 소홀히 하기 때문이다. 즉, 기본적으로 생활의 여러 문제를 파고들지 못한다. (140쪽)

가난한 나라의 경제 상태를 개선해 가려면, 현재 군사비로 낭비되는 몇 백만 파운드 돈을 가난한 나라의 경제 상태 개선에 쓰는 것이 훨씬 현명할 것이다. (174쪽)

○ 북극서점

동무하며 걷는 길

《백 가지 친구 이야기》
이와타 켄자부로 글·그림
이언숙 옮김
호미
2002.5.25.

《백 가지 친구 이야기》(이와타 켄자부로/이언숙 옮김, 호미, 2002)가 갓 나오던 무렵, 저는 서울에서 우리말꽃(국어사전)을 새로 쓰고 엮는 일을 했습니다. 제가 일하는 곳을 꾸리는 분(출판사 사장님)은 멋스러운 책이 나왔다면서 잔뜩 장만하셨고 둘레에 하나씩 건네셨어요. "그래, 너도 좀 봐라. 순 글씨가 가득한 책만 읽지 말고, 이런 그림도 읽고 시도 읽으면서 마음 좀 다스려 봐." 하고 한마디 보태셨어요. "사장님, 저, 시집도 많이 읽는걸요?" "에그, 그런 시 말고, 이렇게 여백을 남기면서 노래하는 글을 읽으라고!" "그럼 시에 빈자리(여백)가 있지, 빈자리가 없는 시가 어디 있어요?" "됐다. 그냥 읽어라."

그때 그 어른은 왜 제가 《백 가지 친구 이야기》 같은 책을 안 좋아하거나 못 알아보리라 여겼을까요? 우리말꽃이라는 책은 그야말로 글이 빼곡하고 두툼합니다. 이런 책을 지어야 하는 일을 한대서 글책만 읽을 까닭이 없습니다. 2002년 무렵에 저한테 아이가 없었어도 그림책이며 동화책을 늘 곁에 두고 살았어요. 나라를 꾸짖는 노래(시)도 읽고, 숲을 사랑하는 노래(시)도 같이 읽었어요. 나라를 꾸짖는 노래하고 숲을 사랑하는 노래는 동떨어지지 않는다고 느껴요. 둘은 한마음입니다.

저를 낳아 돌본 어버이는 제가 열일곱 살이던 해까지 '13평짜리 잿빛집(아파트)'에서 살림을 꾸렸는데, 이듬해부터 '48평짜리 잿빛집'으로 덜컥 옮겼습니다. 빚을 지면서 옮기셨는데, 열석 평은 코딱지만 한 집이라서 더는 못 살겠다고 하시더군요. 그러나 저는 코딱지만 한 열석 평짜리가 아닌 '나고 자란 마을에서 늘 어울리는 동무가 있는 집'이었습니다. 저한테 집은 '크기'가 아닌 '동무'하고 어울리는 삶자리예요.

우리 아버지가 넓은 잿빛집으로 옮긴다고 할 적에 차마 무서워서 말은 못하고 어머니한테 "어머니, 이 집을 팔고 나가야 하니 어쩔 길 없더라도, 한 칸짜리 조그마한 데를 얻어서 저는 이 마을에 그대로 살면 안 될까요? 제 동무는 모두 여기에 있는데 동무가 하나도 없는 그 커다란 곳으로는 가기 싫어요." 하고 귓속말을 했어요. "너만 그러니? 어머니도 어머니 동무가 다 이 마을에 있잖아. 나도 가기 싫어."

잿빛집한테 동무가 있다면 우리한테 마을이며 골목을 빼앗은 자동차일까요. 자동차한테 동무가 있다면 크고작은 벌레와 길짐승을 비롯해 사람조차 마음놓고 건너다닐 수 없는 까만 찻길일까요. 까만 찻길한테 동무가 있다면 나날이 바닥나는 까만 기름일까요. 까만 기름한테 동무가 있다면 우리가 하루 한때도 잊을 수 없어서 꼭 껴안으려는 돈일까요. 돈한테 동무가 있다면 우리가 날마다 손쉽게 쓰고 버리는 갖가지 살림인, 뚝딱터(공장)에서 뽑아낸 것일까요.

뚝딱터에서 뽑아낸 것한테 동무가 있다면 이 땅 아이들을 괴롭히는 살갗앓이(아토피 · 피부병)를 비롯한 갖가지 몸앓이를 일으키는 화학물질이며 항생제일까요. 항생제한테 동무가 있다면 우리 입을 길들이는 고기떡(소시지)이랑 튀김닭일까요. 고기떡이랑 튀김닭한테 동무가 있다면 부릉부릉 씨잉씨잉 골목길과 찻길을 요리조리 헤집고 다니는 씽씽이(오토바이)일까요. 씽씽이한테 동무가 있다면 몽둥이를 휘두르는 경찰일까요. 경찰한테 동무가 있다면 길가에 나뒹구는 담배꽁초일까요. 담배꽁초한테 동무가 있다면 그 옆에 비슷한 크기로 뱉은 엄청난 침덩이일까요. 침덩이한테 동무가 있다면 바로 옆에 비슷한 크기로 눌린 다 씹은 껌일까요. 다 씹은 껌한테 동무가 있다면 껌을 싼 비닐 껍질일까요. 비닐 껍질한테 동무가 있다면 비닐 껍질이 처박히는 쓰레기통일까요. 쓰레기통한테 동무가 있다면 아무렇지 않게 주전부리 껍데기를 휙휙 집어던지는 이 나라 어린이 · 푸름이 · 젊은이들 손일까요. 아무렇지도 않게 주전부리 껍데기를 휙휙 집어던지는 어린이 · 푸름이 · 젊은이들 손한테 동무가 있다면 큰일터(재벌

회사) 글종이(면접 서류)일까요.

큰일터 글종이한테 동무가 있다면 서울에서 내로라하는 열린배움터(대학교) 마침종이(졸업장)일까요. 서울에서 내로라하는 열린배움터 마침종이한테 동무가 있다면 배움수렁(입시지옥)으로만 몰아넣는 푸른배움터(고등학교) 길잡이(교사) 회초리일까요. 푸름배움터 길잡이 회초리한테 동무가 있다면 날마다 얻어맞고 꾸지람을 듣는 아이들 허벅지일까요. 뻘겋게 물드는 아이들 허벅지한테 동무가 있다면 배움터가 싫어 당구장으로 달려가며 붙잡은 작대기일까요. 작대기한테 동무가 있다면 짜장국수 한 그릇일까요. 짜장국수 한 그릇한테 동무가 있다면 가볍게 쓰고 버리는 나무젓가락일까요. 나무젓가락한테 동무가 있다면 빈 종이꾸러미와 넝마를 줍는 할배할매 손길을 타는 낡은 수레일까요. 낡은 수레한테 동무가 있다면 새벽부터 밤까지 쉬잖고 짐더미를 안고 굴리는 할배 할매가 살짝살짝 쉬며 걸터앉는 거님길 돌일까요.

서울은 처음부터 서울이지 않습니다. 서울도 똑같이 숲이자 마을이요 들이고 냇물이었습니다. 어느새 서울은 지하철에 잿빛집에 찻길에 끝없이 잇닿는 가겟길입니다. 바야흐로 서울은 흘러넘치는 열린배움터에 큰일터에 자가용에 매캐한 바람입니다.

제비는 서울하고 시골을 안 가렸으나, 더는 서울에 깃들기 어렵습니다. 돌멩이도 서울이며 시골이며 두루 있었으나, 더는 서울 한켠 골목에서 구르기 어렵습니다. 서울 아이는 뭘 하며 노나요. 시골 아이는 뭘 하며 소꿉을 할까요.

골목길한테 동무가 있다면 무엇일까요. 골목집한테 동무가 있었다면 무엇일까요. 골목사람한테 동무가 있었다면 누구일까요. 논과 밭한테 동무가 있다면 무엇이고, 멧골과 들한테 동무가 있다면 무엇인가요. 냇물이랑 바다는, 바람이랑 구름은, 비랑 눈은, 들꽃이랑 나무꽃은, 나비랑 벌은, 누구를 동무로 삼아서 오늘 이곳을 살아가려나요.

다람쥐와 너구리한테는 누가 동무인가요. 오소리와 여우한테는 누가 동무로 마주하는가요. 곰과 범한테는 누가 동무로 머무나요. 박새와 동무였던 동박새는 어디에서 살아가나요. 박쥐와 동무이던 올빼미는 어디에 깃들일까요. 매와 동무하던 무지개는 어디에서 숨을 죽이나요. 쉬리는 동무와 오붓하게 지낼까요. 각시붕어는 동무와 걱정없이 겨울나기를 할까요. 메기는 동무와 느긋하게 한삶을 마칠 수 있을까요. 땅강아지 동무는 어디로 사라졌을까요. 사마귀 동무는 어디에 숨었을까요. 풀무치 동무는 어디에서 마지막 숨을 쉴까요.

동무를 하나둘 손꼽아 봅니다. 잃어버린 동무하고 잊어버린 동무를 헤아려 봅니다. 우리 곁에는 누가 동무인가요? 우리는 누구를 동무로 곁에 두나요?

마당에 조용히 서서 두 팔을 벌립니다. 햇볕을 온몸으로 받으면서 눈을 감습니다. 이윽고 눈을 뜨고는 후박나무한테 다가가서 줄기를 쓰다듬습니다. 후박나무 우듬지에 앉은 멧새가 시원시원 노래합니다.

누구한테 동무일까요. 어떤 사람한테 동무일까요. 우리를 두고 선뜻 동무라고 할 사람들은 누구이며 어디에서 무엇을 하며 살아갈까요. 기쁠 때만이 아니라 힘들 적에도 기꺼이 부르면서 웃고 울 동무는 누구일까요. 기쁘거나 힘든 일이 있을 적에 스스럼없이 불러서 어깨동무하면서 함께 웃고 울 동무는 어디에서 무엇을 하며 살아가는 오늘인가요.

그림이야기책《백 가지 친구 이야기》를 덮습니다. 책이름에 온(100) 가지 동무라고 나옵니다만, 가만 보니 온한(101) 가지 이야기를 들려줍니다. 왜 온한 가지일까 하고 한동안 고개를 갸우뚱했는데, 온(100) 가지 동무에다가 '나(1)'를 넣어서 온하나(101)가 되더군요.

1　　한가로이 길을 걷다 보면
　　　길에서 친구를 만난다.

3　　돌멩이의 친구는 작은 시냇물.
　　　작은 시냇물의 친구는 개구리.

15　조개의 친구는 물론 바닷가 모래밭.

25 비는 어느새 땅속으로 스며들고
도토리는 이불인 양
마른 낙엽으로 제 몸을 감싼다.

33 그런데, 정말 친구가 있기는 한 것이냐고,
물위에 떨어져 누운 나뭇잎이 묻습니다.

55 그럼, 누구나 마음속에
작은 등불 하나 켜고 태어나고말고!
반딧불이가 장담한다.

65 여뀌의 친구는 소꿉놀이할 때 쓰는 나뭇잎 접시.

74 제비의 친구는 모내기를 끝낸 논의 벼 포기,
파릇한 잎들, 바람 따라 살랑인다.

84 씽씽 부는 바람의 친구는 진눈깨비 섞인 함박눈,
아, 다시 겨울이…….

93 전철길의 친구는 이젠 끊어져 아무도 다니지 않는
철길에 피어난 잡초,
아마 거친 땅에서도 잘 자라는 들국화이겠지요.

○ 서재를 탐하다

꽃처럼 말하는 어른으로 살자면

《뒷골목 고양이》
어니스트 톰슨 시튼
장석봉 옮김
지호
2003.7.30.

《뒷골목 고양이》(어니스트 톰슨 시튼/장석봉 옮김, 지호, 2003)는 아프면서 따스한 책입니다. 아프지만 따스하고, 아프기에 따스한 책이랄 수 있습니다. '시튼 이야기'는 하나같이 이런 얼개예요. 오래오래 사람하고 함께 지낸 숱한 이웃 이야기를 들려주는데, 어느새 '이웃 아닌 고깃덩이'밖에는 아닌 듯 바라보는 눈길 탓에 괴롭고 아프며 고단한 삶이 춥습니다.

골목고양이도 아프고, 골목고양이를 괴롭히는 사람도 아픕니다. 한켠은 몸이 아프고, 다른켠은 마음이 아픕니다. 숲을 돌보는 곰도 힘겨우며, 곰을 사냥하려는 사람도 힘겹습니다. 한쪽은 몸이 힘겹고, 다른쪽은 마음이 힘겹습니다.

늑대를 쫓아내고서 빠른길을 닦고 나무를 베고 잿빛집을 올린 사람은 즐겁게 살아가나요? 그처럼 넓디넓은 숲이며 들을 밀어내고 번쩍거리는 큰고장을 세운 사람들은 '서로 땅을 알맞게 나누면서 사이좋고 아름답게' 살아가는가요?

숲이나 들이나 멧골에서 여우가 사라진다면 '여우만 사라지지 않'습니다. 여우를 둘러싼 모든 숲짐승하고 새가 얽혀서 같이 죽거나 괴롭습니다. 이뿐인가요? 풀꽃나무도 '사라진 여우'하고 맞물려 나란히 고달픕니다. 그리고 사람한테까지 이 슬픈 수렁이 찾아들지요. 처음에는 멋모르고 숲이며 들이며 멧골을 밀거나 깎은 사람일 텐데, 한때 주머니에 돈 몇 푼 들어와서 히히덕거릴는지 모르나, 어느새 빈털털이가 됩니다.

'노랗게 반짝이는 돌을 낳는 거위' 이야기를 들은 적 있는지요? 거위는 날마다 '노랗게 반짝이는 돌'을 조금씩 낳아요. 거위가 날마다 낳는 '노랗게 반짝이는 돌'은 가난하던 살림집을 조금씩 일으킵니다. 다만 크게 일으키지는 않아요. 먹고사는 근심을 씻어낼 만큼 일으키지요.

사람으로서 거위를 아끼고 보살피고 다독이는 나날이라면 그 살림집은 내도록 넉넉합니다. 알맞게 받아서 누리고, 알맞게 모아서 건사하는 길이라면, 그 사람이 죽어서 흙으로 돌아간 뒤에도 그 살림집은 넉넉할 테지요. 그리고 '노랗게 반짝이는 돌을 낳는 어미 거위'는 '노랗게 반짝이는 돌을 낳는 새끼 거위'도 낳지 않겠어요? 다만 꼭 한 마리만 낳겠지요.

젊은 날에는 손꼽히는 사냥꾼이었다는 시튼이지만, 늑대 우두머리를 괘씸한 덫을 놓아서 잡아죽인 뒤로는 '사람이야말로, 아니 큰고장에 길든 사람이야말로, 이 푸른별에서 가장 더럽고 못나고 끔찍하고 사납고 나쁜 목숨붙이로구나!' 하고 깨달았다지요. 그때 뒤로 사냥총을 버린 시튼은 붓을 쥐었다지요. 이러면서 '이 푸른별을 물려받아서 살아갈 어린이가 읽을 이야기'를 차곡차곡 써내려 갑니다. 그동안 스스로 벌인 짓을 눈물로 뉘우치는 마음을 담아서 온갖 사랑길을 밝혀요. 《뒷골목 고양이》는 숱한 사랑노래 가운데 하나입니다.

우리는 꽃처럼 말하고 읽는 어른이어야지 싶습니다. 우리 입에서 흘러나오는 말이 꽃답지 않다면 '말답지 않다'는 뜻입니다. 누구를 놀리거나 깎아내리거나 비웃거나 비아냥거린다면, 우리는 어른이 아니지요.

어른이라면, 거짓을 거짓이라 말하고 참을 참이라 말할 줄 아는, 철든 숨결이어야지 싶습니다. 봄에 봄노래를, 여름에 여름놀이를, 가을에 가을웃음을, 겨울에 겨울살림을 짓는 상냥한 몸짓일 적에 비로소 어른일 테고요. 돈을 벌어서 집안을 먹여살리는 일은 나쁘지 않습니다만, 어른스러운 철든 길로 함께 손을 잡고서 나아가 보지 않으시겠어요? 꼭 한 걸음을 내딛으면 어른이라는 자리를 차츰 열 수 있습니다.

헤엄치는 법을 한 번도 배워 본 적이 없는데도 헤엄을 친 것이다. 하지만 그 이유는 간단하다. 고양이가 걸을 때 하는 동작이나 자세가 수영할 때와 똑같기 때문이다. (65쪽)

"내 비둘기, 내 아름다운 아놀프. 아놀프는 중요한 편지를 스무 번이나 전했소. 세 번은 기록을 세우기도 하고, 사람 목숨을 구한 것도 두 번이나 된다오. 그런데 고작 스튜를 만들려고 내 비둘기를 쏘다니. 당신을 법으로 처벌할 수도 있겠지만 난 그런 치사한 보복을 할 마음이 없소. 그래도 이것만은 지켜주었으면 하오. 만약 비둘기 스튜를 먹고 싶어하는 가난한 이웃을 보거든 내게 오시오." (93쪽)

그해 초겨울, (아홉 살) 지미가 열병에 걸려 쓰러졌다. 늑대는 어린 친구가 그리워 마당에서 처절하게 울부짖었다. 아이는 늑대와 같이 있고 싶다고 했고, 결국 그 소원이 이루어졌다. 아이가 아파 누워 있는 방에 들어갔다. 거대한 야생 개, 아니 늑대는 자기 친구의 침대 옆을 한 시도 떨어지지 않고 지켰다. (310쪽)

말을 길들이는 사람에는 두 부류가 있는 것처럼 순록을 길들이는 사람에도 두 부류가 있다. 한 부류는 순록을 사람을 따르도록 만들고 가르쳐서 생기 있고 친절한 조력자로 만드는 사람이고, 다른 한 부류는 순록을 불만이 가득찬, 그래서 언제든 반항을 하거나 증오를 터뜨릴 준비가 되어 있는 노예로 만드는 사람이다. (349쪽)

갇힌 삶, 갇힌 사람, 갇힌 밥

《우리 안에 돼지》
조슬린 포르셰·크리스틴 트리봉도 글
배영란 옮김
숲속여우비
2010.2.5.

《우리 안에 돼지》(조슬린 포르셰,크리스틴 트리봉도/배영란 옮김, 숲속여우비, 2010)가 나올 즈음에는 우리 집 큰아이가 스물한 달이었습니다. 이제 이 책을 펴낸 곳이 사라졌기에 책도 조용히 자취를 감추었습니다. 눈밝은 이웃님이라면 헌책집을 찾아다니면서 이 책을 만나시리라 생각합니다.

큰아이랑 스물한 달째 살던 2010년 2월 즈음을 떠올리면, 큰아이는 밥을 참 안 먹었습니다. 아직 젖떼기를 억지로 하지 않아서일 수 있고, 아이가 밥을 그닥 안 좋아할 수 있습니다. 몹시 배고플 때에는 밥이나 다른 먹을거리를 가리지 않습니다. 그리 배고프지 않으면 이도저도 받아먹을 생각이 없이 고개를 홱 돌리거나 아예 밥자리를 쳐다보지 않습니다. 뒷걸음이나 옆걸음으로 슬금슬금 물러나서 실쭉샐쭉 웃습니다. 이러면서 물만 잔뜩 마십니다.

손님이 있어 커피를 내려서 드리다가 물을 놓고 이야기했습니다. 요즈음 어디를 가나 좋은 커피콩을 갈아서 마시는 사람이 많은데, 커피알은 좋되 물을 제대로 살피는 분이 드물다지요. 해바람비(자연)를 듬뿍 머금으며 흐르는 냇물을 그때그때 길어서 누리는 물이 아닌, 꼭지를 틀어서 누리는 물이 가득해요. 플라스틱에 몇 달씩 가둔 물이 넘쳐요.

예부터 물은 모름지기 그때그때 길었어요. 그때 쓸 물은 '흐르던 냇물'에서 길어요. 나물도 그렇지요. 밭이건 마당이건 뒤꼍이건 해바람비를 듬뿍 마시는 풀을 쓰임새만큼 훑어서 알맞게 누렸어요.

왜 이 나라는 누구나 어디에서나 맑게 흐르는 물을 못 누리는 터전에서 지낼까요? 싱그러운 냇물이 아닌 꼭짓물(수돗물)만 있는 높다란 잿빛집(아파트)은 왜 이렇게 비쌀까요? 플라스틱에 몇 달씩 가둔 물에 붙이는 '먹는샘물(생수)'이란 이름이 어울릴까요? 플라스틱에 가둔 물은 '산물 · 살아서 숨쉬는 물(생수)'이 아닌 '죽은물'이지 않나요?

아이를 돌보는 어버이로서 어떤 살림을 물려줄 적에 서로 아름답고 즐거우며 사랑스러울까요. 첫째는 푸르게 우거진 숲에 둘러싸인 보금자리를 물려주어야지 싶습니다. 둘째는 푸르게 돌보며 누리는 터전에서 손수 짓는 옷밥집 살림살이를 물려주어야지 싶어요. 셋째는 푸른 보금자리에 푸른 터전에 푸른 살림을 바탕으로 푸르게 생각하고 사랑을 꽃피우도록 이끄는 푸른 말글을 물려주어야지 싶습니다.

책을 더 많이 읽히거나, 배움터를 더 오래 다니거나 마침종이(졸업장 · 자격증)를 더 따도록 이끌거나, 돈이나 땅을 더 많이 물려줄 일은 아니라고 생각해요. 푸른집, 푸른숲, 푸른살림, 푸른사랑, 푸른말, 이처럼 푸르게 빛나는 숨결을 물려주는 어버이가 되고 어른으로 오늘을 살아야지 싶어요.

《우리 안에 돼지》가 들려주는 이야기는 단출하면서 쉽습니다. 우리에 가두면 돼지는 안 즐거워요. 시달리며 아프고 슬픈 돼지인데, 이런 돼지를 잡아서 고기로 삼으면 우리 밥살림은 똑같이 안 즐겁습니다. 생각해 봐요. 늘 들볶이고 고달프게 살다가 아프게 죽은 돼지 살점을 밥으로 삼는다면, 갖은 양념을 다 하더라도 맛나기는 어렵습니다.

우리에 가두어 들볶는 돼지마냥, 오늘날 어버이나 어른은 아이를 잿빛집(아파트)하고 배움터(학교)하고 마침종이(졸업장 · 자격증)에 가두어 돈 · 땅(재산 · 부동산)만 바라보다가 죽어갈 바보를 기르는 얼거리는 아닐까요? 오늘 우리는 삶도 살림도 사랑도 잊어버린 채, 스스로 사람인 줄까지 잃어버린 바보이지는 않을까요?

요새는 고기닭 한 마리를 키우기까지 한 달이 채 안 걸린다고 합니다. 먹이를 줄여서 돈을 더 벌려고 이렇게 한답니다. 맨땅을 밟고 풀잎하고 풀벌레를 쪼면서 해바람비를 마주하면서 살던 닭이 아닌, 햇볕 한 조각 없고 비좁은 쇠그물에 갇힌 채 한 달 만에 온갖 길(항생제 · 성장촉진제)에 시달리면서 살덩어리가 되는 닭이라는데, 이런 닭을 겉보기로 양념을 그득그득 바른 대서 아이들 몸에 좋거나 이바지할 수 있을까요?

돼지를 가둔 나라는 아이들도 가둡니다. 아이들을 가두는 나라는 어른들도 가둡니다. 몸뚱이도 가두지만 생각하고 마음하고 느낌까지 가두어요. 모두 틀에 박힌 모습으로 똑같이 굴러가도록 내몹니다. 다 다른 숨결이 다 다르게 피어나도록 할 적에 아름다운 숲이며 들이며 바다라면, 다 다른 아이들이 다 다르게 뛰놀고 노래하고 자라도록 보금자리랑 마을을 돌볼 어른으로 거듭나야지 싶습니다.

"우리 안에 돼지"가 아닌, "우리 사랑 이웃"을 바라볼 수 있기를 바랍니다. "우리 살림 오늘"을 생각하고, "우리 노래 하루"를 지을 수 있기를 바라요. 가두는 삶이나 밥이나 말이 아닌, 날개를 달며 하늘로 뻗는 삶 · 밥 · 말이기를 꿈꿉니다.

돼지의 몸은 창살 안에 갇혀 있으며, 십여 개의 칸막이로 줄지어 늘어선 공간에는 암퇘지 십여 마리가 들어 있습니다. 처음 그곳에 갔을 때는 돼지들이 벌을 받고 있는 줄 알았습니다. 마치 감옥처럼 보였거든요. (15쪽)

쥘리앙 말이 돼지가 움직이지 못해야 몸집이 빨리 불어나고, 그럴수록 돈을 더 많이 벌 수 있는 거라고 하더군요. (30쪽)

두 사람은 어미 돼지의 몸에서 새끼들을 끄집어내기 위해 직접 만든 갈고리 같은 것을 집어들었습니다. 그런데 이번에는 이게 말을 잘 듣지 않자, 둘은 배를 갈라 새끼들을 빼낸 다음 암돼지에게 주사를 놓았습니다. 그리고 그 돼지는 죽었습니다. (36쪽)

요즘에는 간호사들도 돼지 축사의 분만용 우리 같은 '아기 공장'에서 일을 한다고 합니다. 왜냐하면 일을 빨리 처리해야 돈이 모이기 때문입니다. (41쪽)

사실 돼지 축사 건물 전체가 자연과 차단된 구조랍니다. 마치 이 세상에 자연이 없는 것처럼, 공기도 식물도 해도 없는 상태에서 동물을 사육합니다. 그런 것들이 동물에게 해롭기라도 한 양 말이죠. (55쪽)

암돼지들은 움직이고 싶어 하고, 다른 동물들과 함께 있어 싶어 합니다. (79쪽)

암돼지들은 미리 수퇘지에게서 채취한 정액으로 수정을 할 뿐, 수퇘지와 직접 교미를 하지는 않습니다. 그렇게 하는 게 훨씬 더 빠르기 때문이죠. (81쪽)

○ 소년의서

묻어버릴 수 없이 묻힌 이웃들

《묻다》
문선희
책공장더불어
2019.3.8.

《묻다》(문선희, 책공장더불어, 2019)는 숱한 짐승을 파묻고서, 이 일이 그저 묻혀지나가도록 하는 나라살림뿐 아니라 우리 눈길을 맞바로 보면서 찬찬히 물어보는 이야기를 들려줍니다. 묻고 나서 묻으려(파묻으려) 하기에 묻는 책입니다.

'사람들'이 아닌 '우리'는 멋모르고 살아가기 일쑤이지 싶습니다. 이른바 조류독감이나 구제역이 불거진다고 할 적에 고기짐승을 산 채로 땅에 파묻었지요. 아픈 짐승을 돌보거나 낫게 하려는 길을 가지 않았어요.

생각해 볼 노릇입니다. 집에서 돌보는 귀염짐승이나 벗짐승이 아플 적에 어떻게 할까요? '너희가 어디 아프니 너희를 산 채로 파묻어야겠구나!' 하고 여길까요, 아니면 어떻게든 아픈 데가 낫도록 애쓸까요?

조류독감이든 구제역이든 또다른 이름을 붙인 돌림앓이가

휩쓴다고 할 적에 어떻게 해야 할까요? 빨간 줄로 친친 감아서 막기만 하면 될 노릇일는지, 우리 곁에 있는 살뜰한 이웃으로 여겨서 차근차근 돌보면서 나아지는 길을 찾을 노릇인지, 이제는 생각해야지 싶습니다.

무엇을 물을까요? 무엇보다도 고기를 값싸게 사다가 먹을 줄은 알되, 정작 값싼 고기를 키우는 얼거리를 제대로 바라보려 하지 않는 우리 모습을 묻습니다. 무엇을 먹고 싶은지, 어떻게 먹고 싶은지, 먹으면서 가꿀 삶터는 어떻게 돌보려 하는가를 묻습니다.

값싼 고기가 아닌 제값을 치르는 맛나고 좋은 고기를 누리는 길을 갈 수 있기를 묻습니다. 제값을 치르는 맛나고 좋은 고기는 굳이 배불리 안 먹어도 넉넉하지 않느냐고 묻습니다. 생각해 봐야지요. 맛있고 좋은 밥이라면 알맞게 먹어야 몸도 마음도 삶터도 다 좋습니다. 그다지 맛있지 않기 때문에 값싸게 잔뜩 사들여서 먹고 버리는 얼개는 아닐까요?

우리는 무엇을 묻어야 할까요? 씨앗을 묻어야겠지요. 우리는 무엇을 물어야 할까요? 사랑스레 짓는 살림을 서로 물어보고 배우면서 나누어야겠지요.

씨앗을 묻어 새싹이 돋는 땅은 아름답고 싱그럽습니다. 산 목숨을 마구 파묻어 곰팡이가 피고 썩어문드러지는 땅은 슬프고 아픕니다. 산 목숨인 아이들이 꽃으로 피어날 수 있는 터전이 되면 아름답습니다. 산 목숨인 아이들이 꽃으로 필 길을 가로막거나 싹둑 잘라버리는 입시지옥이 되면 끔찍합니다.

우리는 어느 길을 걷는 사람일까요? 우리는 우리가 걷는 길을 제대로 보기는 할까요? 물어야 합니다. 걸음걸이를 묻고, 살림길을 묻고, 꿈자락을 물을 노릇입니다. 바야흐로 묻어야 합니다. 기쁜 노래를 고이 묻고, 밝은 춤사위를 넉넉히 묻을 수 있는 놀이마당으로 거듭나야지 싶습니다.

산 목숨은 이제 그만 묻기를 바라요. 고깃덩이 아닌 이웃을 보는 눈이 되면 좋겠어요. 살덩이 아닌 숨결을 읽는 마음이 되면 좋겠어요. 삶을 묻습니다. 사랑으로 살림을 짓는 삶을 묻습니다. 바로 우리가 우리한테 스스로.

이렇게 좁은 땅에 어떻게 소를 299마리나 묻었을까? 상상만으로도 온몸에 힘이 들어갔다. (85쪽)

1990년 우리 정부는 관련 법을 개정하면서 세계동물보건기구의 국제 규약과 외국 관례 등을 바탕으로 살처분을 구제역 박멸을 위한 기본 모델로 채택했다. '사료 소비', '생산량 감소', '수출 제한', '비용 절감'. 살처분 정책 어디에도 생명에 대한 배려는 없었다. (91쪽)

좁은 공간에 갇혀 살을 찌우는 사료만 먹고 자란 동물은 덩치만 클 뿐 건강하지 못하다. 하지만 동물의 건강은 고려

대상이 아니다. 소 2~3년, 돼지 5~6개월, 닭은 35일, 출하되는 그 순간까지 숨만 붙어 있도록 도축이 가능하다. 인간이 고기를 먹는 건 자연스러운 일인지 모른다. 그러나 고기를 얻기 위한 이 모든 과정을 먹이사슬에 의한 자연의 섭리라고 말할 수 있을까. (105쪽)

오늘날의 전염병 만연 사태에 대한 해결책을 추론해 볼 수 있다. 따뜻한 햇살, 신선한 바람과 맑은 물, 동물이 불필요한 스트레스를 받지 않고 본능에 따라 살 수 있는 농장. 답은 그 안에 있다. (168쪽)

나는 나무, 너는 숲

《나무》
고다 아야
차주연 옮김
달팽이
2017.10.27.

《나무》(고다 아야/차주연 옮김, 달팽이, 2017)를 읽으며 생각했어요. 나무 한 그루가 얼마나 깊은 숨을 품고서 우리 곁에 있는가를 느끼고, 나무 한 그루 곁에서 얼마나 깊은 사랑을 지으면서 새롭게 나누는가를 돌아봅니다. 오롯이 나무한테 바치는 글이자, 옹글게 나무한테서 들은 이야기를 담은 책 한 자락입니다.

우리 집에 있을 적에는 언제나 우리 집 나무 기운을 받아들이고, 우리 기운을 나무한테 보냅니다. 우리 집을 떠나 여러 고장을 돌아다닐 적에는 여러 고장을 싱그러이 보듬는 나무가 퍼뜨리는 기운을 헤아리면서, 여러 고장에서 살뜰히 피어나는 나무한테 반갑다는 눈빛을 띄웁니다.

나무 곁에 서서 줄기를 포근히 안으면 포근한 기운이 가슴을 거쳐 온몸으로 흐릅니다. 나무 앞에 서서 줄기에 손을 고요히 대면 고요한 기운이 손을 지나 온마음으로 물결칩니다. 저는 나무한테서 기쁜 웃음을 받고, 저는 나무한테 즐거운 노래를 띄웁니다.

나무가 있기에 책걸상을 짜고, 집을 짓고, 종이하고 붓을 얻고, 땔감으로 겨울을 나고, 우리 터전을 푸르면서 맑게 돌보는 길을 누립니다. 그렇다면 우리 사람은 나무한테 무엇을 돌려줄까요? 우리 사람은 숲에 무엇을 심을까요?

나무가 살 터를 자꾸 밀어없애거나 짓밟는 사람은 아닌가요? 나무가 자랄 땅을 쉬잖고 밀어붙이거나 짓이기는 사람은 아닌지요? 조그마한 씨앗 한 톨이 우람한 나무가 됩니다. 작은 사람 하나가 아름다운 마을을 이루고 사랑스러운 고을로 피어납니다. 나무도 숲이 되고, 사람도 숲이 됩니다. 이야기도 숲이 되고, 노래도 숲이 됩니다. 모두 숲이면서 빛입니다.

조촐히 나무를 노래하는《나무》를 곁에 둡니다. 하늘빛은 파랗고 들빛은 푸릅니다. 바람빛은 하늘을 닮아 구름을 몰고 다닐 적에는 파랗고, 바람빛은 숲으로 내려앉아 나뭇잎을 살랑일 적에는 들을 닮아 푸릅니다.

파랗다가 푸른 나무처럼, 맑다가 환한 마음으로 나무를 곁에 둔다면 우리 삶길은 얼마나 눈부시게 바뀔까요? 파란하늘을 품고 푸른숲을 보듬는 바람을 마시는 나무처럼, 우리도 하늘을 마시고 들빛을 머금으면 앞으로 우리 살림길은 얼마나 아름답게 피어날까요?

그대는 나무입니다. 저도 나무입니다. 이녁은 나무예요. 나도 나무랍니다. 우리는 모두 다른 나무입니다. 우리는 저마다 다르게 뿌리를 내려서 줄기가 굵고 가지를 뻗는 듬직하고 다부진 나무 한 그루입니다.

똑똑 하는 소리가 드문드문 들려왔다. 사방에서 떨어지는 빗방울이 조릿대잎을 두드리는 소리였다. (14쪽)

나무가 목재로 쓰이기 이전의 살아 있는 모습에도 관심을 가져야 마땅하거늘 왜 관심을 가져주지 않는 것인가. (47쪽)

나는 참지 못하고 나뭇조각 옆에 무릎을 꿇고 앉았다. 자폭한 듯 삼각형으로 갈라진 굽이는 강렬한 편백나무 향기를 내뿜었다. (68~69쪽)

삼나무는 도대체 무엇을 양분으로 삼을까? 그것은 태양과 비, 즉 햇빛과 물뿐이다. (90쪽)

나무는 뿌리를 내리고 서 있을 때의 생명과 잘려서 목재가 된 이후의 생명 이렇게 두 번의 생명을 갖는다고 한다. (163쪽)

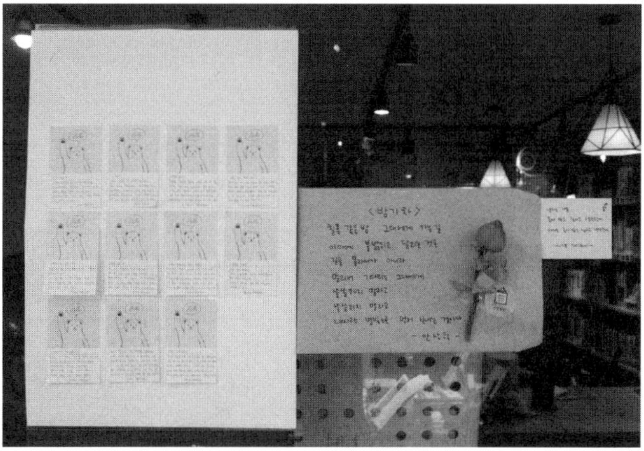

○ 앨리스의별별책방

밥차림은 늘 사랑,
사랑만 있으면 맛있다

《한밤중에 잼을 졸이다》
히라마쓰 요코
이영희 옮김
바다출판사
2017.7.21.

《한밤중에 잼을 졸이다》(히라마쓰 요코/이영희 옮김, 바다출판사, 2017)는 살림살이 이야기를 다룹니다. 이 책을 다 읽고서 책상맡에 그대로 둡니다. 옮김말은 퍽 아쉬워 첫 줄부터 끝 줄까지 온통 연필로 이 말씨는 저렇게 고쳐 놓고 했는데요, 우리 아이들이 앞으로 자라는 동안 이 책을 가만히 읽고 같이 누리면 아름답겠다고 느꼈습니다.

이 책은 대단한 밥짓기를 다루거나 들려주지 않습니다. 글쓴님이 스스로 지어서 스스로 누리는 손맛 이야기를 들려줍니다. 대단한 멋밥이나 맛밥 차리기가 아닌, '모든 사람이 저마다 손수 느긋하게 집에서 밥을 차려서 조촐히 누리면 스스로 몸이며 마음에 가장 빛나는 하루가 된다'는 이야기를 펴요. 책을 읽는 내내 빙긋빙긋 웃었습니다. 이렇게 살뜰히 밥살림을 다루는 밥책(요리책)은 드물구나 하고요. 드문 만큼 한결 값지고, 드물기에 참 곱구나 하고요.

저는 제가 쓴 글을 읽으면서 곧잘 눈물에 젖습니다. 어떻게 이런 글을 내 두 손으로 쓸 수 있었나 하고 돌아보면서 찡할 때가 있습니다. 잘 쓴 글이라서 눈물에 젖지 않아요. 예전 어느 때에 살아낸 어느 하루를 이렇게 고스란히 담아내었네 싶어서 가슴이 벅차오르고, 그무렵 아이들하고 어떤 나날을 지었네 하고 새삼스레 떠올라서 파르르 떨립니다.

글을 쓸 수 있는 힘이 무엇일까 하고 돌아봅니다. 아이들을 곁에서 돌보거나 지켜보는 하루를 살아내며 글을 쓰고 사전을 짓는 마음이 무엇인가 하고 되새깁니다. 아무래도 스스로 제 글을 읽으면서 새롭게 깨어난다고 할 만해요. 스스로 아이들을 바라보면서 새롭게 눈을 뜬다고 할 만해요. 둘레에 아름다운 이웃님 책도 삶도 숱하게 있습니다만, 바로 오늘 이곳에서 스스로 가꾸는 살림이 바탕이 되어 무엇이든 할 수 있구나 싶어요.

저는 '남이 차려 주는 밥'이나 '맛집이라는 곳에서 사다 먹는 밥'보다 손수 지어서 차리는 밥이 가장 맛있다고 느낍니다. 스스로 땅에서 얻어 스스로 땅에서 거두고 스스로 부엌에서 지은 밥이라면 더할 나위 없이 맛있구나 싶어요. 이 얼거리처럼, 다시 말해, 제가 손수 지은 밥을 스스로 먹으면서 몸에 기운이 돌듯, 제가 손수 쓴 글을 스스로 읽으면서 마음에 기운이 돌지 싶어요.

봄에 아이들하고 우리 숲터에서 들딸기를 훑습니다. 이 들딸기는 멋진 밥차림이 되는데, 아이들은 들딸기를 손가락에 살살 꿰며 놀아요. 숲터에서 들딸기를 훑을 적에는 그릇에 담아 모으기보다 입에 넣기 바쁘더니, 집으로 와서 서로 밥상맡에 둘러앉아 접시로 옮기고 '우리 집 나물'을 슬쩍 곁들여서 먹을 적에는 놀이를 끼워 더 재미나게 누리더군요.

밥 한 끼를 빨리 먹어치워야 하지 않습니다. 일터에서는 밥때를 삼십 분이나 한 시간 사이에 끝내야 하니 느긋이 이야기하며 누리기 어렵습니다. 그렇지만 집에서만큼은 두 시간쯤 넉넉히 이야기꽃을 피우며 한 끼를 누려도 즐거워요. 《한밤중에 잼을 졸이다》를 쓴 분은 스스로 지은 밥을 바로 스스로 기쁘게 누린다고 해요. 이 기쁨을, 느긋하면서 넉넉히 누린 하루를, 고스란히 글로 옮겨서 '요리책 아닌 요리책', 그러니까 '고스란히 밥책이자 삶책'을 여민 셈입니다.

잘난 밥이나 멋진 밥을 짓지 않는다고 해요. 기쁘게 누리면서 마음이 환하게 피어오르도록 북돋우는 밥을 느긋하게 짓는다고 합니다. 남한테 자랑하거나 선보이거나 가르칠 새롭거나 놀라운 밥이 아니라, 수수하게 즐기면서 몸을 가꾸고 마음을 다스릴 밥 한 그릇을 지을 뿐이라고 합니다.

글쓰기도 이와 같겠지요. 말하기도 이와 같을 테고요. 모든 살림이, 모든 배움이, 모든 일하고 놀이가 이와 같지 싶습니다. 우리는 대단한 일을 할 까닭이 없습니다. 즐거울 일을 하면 되어요. 우리는 뜻깊은 일을 찾아나설 까닭이 없습니다. 서로 기쁘게 웃고 춤추면서 어깨동무할 일을 하나하나 하면 넉넉하지요.

"씻기 쉬운 솥이 좋은지, 씻기 어려워서도 밥맛에 집착하는지…… 그런 식으로 생각해 보면, 밥 짓는 방법이나 솥의 종류도 자연히 결정되지 않을까요?" (106쪽)

"밥은요, 최종적으로는 애정이에요. 맛있는 밥을 먹이고 싶다는 마음만 있으면 맛있게 지어져요." (108쪽)

'적당히' 또는 '대충', 이것이 제일 어렵다. 생각해 보라. '적당히'란, 즉 '적절한 조절'이기 때문에 좋은 것, 나쁜 것, 맛있는 음식, 맛없는 음식 모두 파악하고 있지 않으면 딱 좋은 곳에 착지할 수가 없다. 주위에서 보면 흐름에 맡기는 눈대중으로 보이기 쉽지만, 손가락과 눈과 코와, 자신의 혀와, 부모로부터 배운 맛과 어린 시절부터 먹어 온 맛과, 모든 감각과 경험과 지혜가 총동원돼야 비로소 냄비에 넣을 고춧가루 한 숟가락의 질과 양이 정해진다. 즉, 개개인의 솜씨가 무서울 정도로 드러난다. 레시피의 숫자를 믿고 만든 요리보다 훨씬 엄격하게. (116쪽)

거룩한 몸한테 밥 한 그릇 바칩니다

《채소의 신》
카노 유미코
임윤정 옮김
그책
2015.4.13.

《채소의 신》(카노 유미코/임윤정 옮김, 그책, 2015)은 밥짓기를 다루는 책이면서, 밥에 얽힌 몸하고 삶하고 넋을 함께 들려주는 책입니다. 고기밥을 먹을 적에만 다른 목숨을 먹지 않고, 풀밥을 먹을 적에도 다른 목숨을 먹는다고 찬찬히 밝힙니다. 그리고 풀이든 고기이든 우리는 늘 다른 목숨을 밥이라는 모습으로 받아들이니, 기쁘게 맞아들이고 고맙게 받아들이자고 이야기해요.

우리 몸은 늘 바뀝니다. 어제하고 오늘은 어제하고 오늘 사이에 먹은 밥에 따라 바뀐다고 해요. 여기에 어제하고 오늘 마신 물하고 바람에 따라 바뀐다고 합니다. 어제하고 오늘 어떤 생각을 했느냐에 따라, 또 어떤 몸짓으로 살았느냐에 따라 바뀐다고 합니다.

"채소의 신"이란, 우리한테 밥이 되어 주는 모든 목숨은 하느님이란 뜻이지 싶습니다. 아무것이나 닥치는 대로 먹는다면, 몸은 '닥치는 대로 들어온 목숨'에 따라서 닥치는 대로 되기 쉽다고 해요. 우리가 먹는 밥을 '안 좋은 것'으로 여긴다면 우리 몸도 안 좋은 쪽으로 바뀐다고 합니다.

《채소의 신》을 엮은 분은 손수 밭에서 기른 남새를 손수 다듬어서 손수 밥을 지을 적에 가장 맛날 뿐 아니라, 몸도 이러한 밥을 가장 반긴다고 하는군요. 손수 기른 남새를 쓸 수 없을 때에는, 또 남이 기른 남새 가운데 농약이나 비료를 잔뜩 친 남새를 써야 할 때에는, 손수 기른 남새보다 더 마음을 쏟고 사랑을 담아서 밥을 지으려고 한다고 말합니다.

'미운 아이 떡 하나 더 준다'는 옛말이 있어요. 미워 보이는 아이한테 더 사랑스레 다가선다는 뜻이에요. 미워 보이는 아이일수록 사랑을 덜 받은 아이인 만큼, 우리가 더 사랑스레 다가서고 아낄 줄 알아야 한다는 뜻입니다. 그러니까 손수 지은 남새가 아닌, 비료하고 농약에 찌든 남새라면 더 사랑을 담아 밥을 지을 적에 우리 몸이 반기리라 느껴요. 이를테면 라면을 먹거나 햄버거를 먹을 적에도 어떤 마음인가에 따라 우리 몸에 다르게 스며들겠지요. 손수 지어서 살뜰히 차린 밥상이라지만, 즐겁지 않거나 누구를 미워하는 마음이라면 우리 몸은 이 밥을 반기기 어려울 테고요.

남새 하나를 고이 여겨 살뜰히 다루어 밥 한 그릇을 짓고자 하는 분은 우리한테 더 나은 밥차림이나 더 멋진 밥차림이나 더 좋은 밥차림을 이야기하지 않습니다. 더구나 이 책《채소의 신》에는 밥차림 사진이나 그림이 하나도 없어요. 오직 글로만 밥차림을 이야기합니다.

밥짓기를 배우기 앞서 '밥을 왜 짓는가', '밥을 왜 먹는가', '밥을 누구하고 먹는가', '밥을 먹고서 어떤 일을 어떻게 하려는가', '밥이 되어 주는 풀이나 고기란 무엇인가', '밥을 짓는 사람을 어떻게 마주하는가' 같은 대목에 마음을 기울여서 이야기를 들려주려고 합니다. '채소님'을 먹는 우리 누구나 '사람님'이 될 수 있기를, 풀님을 먹든 고기님을 먹든 아름답고 사랑스러운 사람님이 되기를 바라요.

밥을 지어 밥상을 차린 다음 아이들하고 둘러앉습니다. 아이들한테 말을 겁니다. "우리가 숟가락을 쥐어 뜨는 이 한 술은 우리 몸이 된단다. 웃으며 먹는 밥은 우리한테 웃음이 되고, 노래하는 마음으로 먹는 밥은 우리한테 노래가 된단다. 우리는 오늘 어떤 밥을 먹을까? 우리는 오늘 어떤 밥을 먹으면서 우리 몸을 어떻게 새로 바꾸는 하루를 누릴까?"

《채소의 신》을 쓴 분이 책끝에 적은 말을 되새깁니다. 우리가 밥을 먹는 몸짓이란, 거룩한 하느님인 우리 몸한테 사랑을 바치는 일이라고 말이지요.

"요리는 채소의 생명을 빌려 완성하는 거예요!" 나는 요리 교실에서 이런 말을 자주 한다. 그러면 학생들은 깜짝 놀란

표정을 짓는다. (33쪽)

초등학생 시절, 눈길 닿는 곳마다 논밭이 펼쳐지는 풍경을 걸어서 학교에 다녔었다. 봄이 되면 분홍색의 연꽃 밭이 펼쳐졌고 여름이면 초록색 융단처럼 변했다가 가을에는 이삭이 황금빛으로 물들었다. 새해가 되면 수확한 쌀로 떡을 만들고 짚은 새끼줄로 엮어서 대문에 걸어두었다. (173쪽)

가끔은 농약이나 화학비료를 친 채소를 사용할 때도 있다. 그럴 때는 무농약 채소보다 더 사랑을 담아 요리를 하려고 신경을 쓴다. (181쪽)

요리를 마무리할 때는 양념을 넣어 간을 맞춘 후 내가 상상할 수 있는 최고로 아름다운 빛과 함께 사랑의 향신료를 듬뿍 뿌려줄 것을 권한다. 사랑은 채소의 영양이나 맛처럼 사람이 정해 놓은 지식이나 감각을 넘어선 곳에서 마법을 부린다. (183쪽)

사람의 몸은 본래 신전 같은 것이 아닐까. 모든 사람의 영혼은 신성해서 우주의 근원과 맞닿아 있다. 따라서 우리들이 음식을 먹는다는 것은 신성한 신전에 공물을 바치는 것과 같다. (189쪽)

새끼 여우가 나비랑 놀던 미나마타 바닷가

《신들의 마을》
이시무레 미치코
서은혜 옮김
녹색평론사
2015.9.1.

이시무레 미치코 님이 쓴 책 가운데 두 가지가 우리말로 나왔습니다. 하나는 2007년에 《슬픈 미나마타》(달팽이)이고, 다른 하나는 2015년에 《신들의 마을》(녹색평론사)입니다. 두 가지 책은 일본 미나마타병을 다룹니다. 그런데 미나마타병만 다루지 않습니다.

두 가지 책은 미나마타라는 바닷마을을 먼저 다룹니다. 바다에 수은을 몰래 버린 공장 때문에 바닷마을 사람들이 얼마나 괴로웠고 힘들었으며 죽어 나갔고 아이들이 아파서 몸부림치다가 죽는 모습을 눈물로 지켜보아야 한 이야기를 나란히 다룹니다. 수은을 버린 공장이 아무런 생각이 없을 뿐 아니라, 일본 정부가 오랫동안 팔짱을 낀 대목을 다룹니다. 미나마타 시골사람을 얕보는 도쿄 도시사람 모습을 고스란히 비추고, 미나마타 시골사람하고 이웃이 되려는 작은 사람들

모습을 함께 비춥니다.

일본 정부와 병원과 대학교와 글쟁이는 '수은 탓에 다치거나 죽는 보기 모으기'에만 마음을 쏟았다고 합니다. 수은 피해로 다치거나 죽는 사람을 '저마다 살림을 지어 살아온 낱낱 사람'으로 바라보지 않았대요. '환자 1호, 환자 2호'처럼 '생체 실험 대상'으로 바라볼 뿐이었다고 합니다.

《슬픈 미나마타》가 나온 지 여덟 해 만에 새로 나온 《신들의 마을》을 읽는 동안 여러 생각이 흐릅니다. 조용하고 정갈한 바닷마을에서 수수하게 바닷살림을 짓던 이들이 갑작스레 마주해야 했던 죽음바다란, 사랑하는 이들이 곁에서 우수수 죽어 나가는 모습을 치러야 했던 죽음마을이란, 가녀린 아이들이 어버이보다 먼저 삶을 내려놓는 나날을 으레 맞닥뜨려야 했던 죽음집이란, 참말로 무엇일까요.

미나마타 바닷마을 사람들은 묻습니다. "어디로 가면 우리나라가 있을까?" 참말 어디에 있을까요. '우리들 나라'란, 우리 마을이란, 우리 집이란, 우리 바다란, 우리 하늘이란, 우리 삶터란, 우리 이웃이란, 참말 어디에 있을까요.

그런데 한두 공장만 수은을 버렸을까요. 이 나라에서 숱한 공장은 꽤 오랫동안 거르개(정화시설)를 제대로 안 갖추었습니다. 거르개를 갖추었어도 공장 굴뚝에서는 언제나 매캐한 바람이 솟구칩니다. 화력발전소 곁에서 사는 이들은 다른 고장보다 훨씬 자주 크게 몸이 아픕니다.

여기에 빠른찻길(고속도로)이 있어요. 자동차에서도 늘 매캐한 바람이 나와요. 자동차가 들끓는 곳에서는 하늘이 뿌옇지요. 자동차가 끝없이 씽씽 달리며 매캐하게 내뿜는 빠른찻길은 시골 논밭을 가로지르기 일쑤예요. 미나마타 바닷가에서 수은을 몰래 잔뜩 버린 화학공장도 말썽이요, 우리를 둘러싼 온갖 위해 · 위험 · 공해 시설도 말썽이라고 느낍니다.

《신들의 마을》은 다른 대목을 더 짚습니다. 애써 미나마타로 와서 바닷마을 사람을 돕겠다고 나선 진보운동가란 사람들이 쓰는 말이 대단히 어려웠대요. 공무원이나 공장 관계자나 병원 의사 · 간호사도 미나마타 시골사람이 못 알아들을 말만 썼고요.

미나마타 바닷가에서 수은중독이 일어난 지 스무 해가 지나도 이를 둘러싼 논문은 보이지 않았다지요. 어쩌면 우리도 이와 같으리라 느껴요. 대추리나 밀양에서 터져나오는 낮고 작은 목소리는 정부한테 얼마나 가 닿았을까요. 나라 곳곳에서 낮고 작은 이들이 털어놓는 낮고 작은 목소리는 벼슬자리(중앙정부나 지역정부) 길턱을 얼마나 넘을 수 있을까요.

공해병만 무섭지 않습니다. 공해병을 일으킨 사람도, 공해병을 일으키고서 뒷짐을 지거나 팔짱을 끼는 사람도, 공해병하고 멀리 떨어졌으니 나 몰라라 하는 사람도, 공해병이건 말건 아랑곳하지 않는 사람도 무섭습니다.

수은으로 망가진 바다는 이제 깨끗할까요. 방사능이 더럽힌 바다는 이제 어떠할까요. 그리고 이 나라 바다는 얼마나 깨끗할까요. 핵발전소하고 화력발전소를 낀 바다는 얼마나 깨끗할까요. 공장이 가득 들어차고 제철소랑 화학공장이 숱하게 늘어선 이 나라 바다는, 햇볕판(태양광 패널)로 멧골과 바다가 뒤덮이는데, 참말로 얼마나 깨끗할까요.

《신들의 마을》은 미나마타 사람들이 치른 슬프며 아픈 이야기를 고스란히 담으면서 새끼 여우 이야기로 끝을 맺습니다. 공해병으로 바다가 더러워지기 앞서 으레 마주했던 모습을 바닷마을 사람 목소리로 차분히 그려냅니다.

새끼 여우가 어미 여우하고 바닷가로 나와 나비를 잡는다며 뛰어놀았대요. 바닷마을 사람들은 봄마다 이런 모습을 바라보면서 가만히 생각에 잠겼대요. 저 여우 집안이란 하느님이 아닐까 하고. 이 바다란 하느님이 살포시 찾아와서 살아가는 터전이 아닐까 하고.

작은 바닷마을이 하느님 마을입니다. 작은 숲마을도 하느님 마을입니다. 작은 냇마을도, 큰고장에 있는 골목마을도 모두 하느님 마을입니다. 우리가 살아가는 모든 곳은 하느님 마을입니다. 다만 잊혀진 하느님 마을이거나 잃어버린 하느님 마을이 아닌가 싶습니다.

사람이 죽을 때 깔아 주는 깔짚이라는 것은 농민들이 고생해서 기른 짚이니, 솜이불보담도 더, 만든 사람의 정성이 들

어가 있지. 시원허믄서두 따뜻허니 이 세상과 저 세상 사이 임시 잠자리로는 딱 좋은겨. (10쪽)

'앞으로 단 5년이나마 더 살 수 있을까 생각은 했어. 그래도 그렇지, 어째서 엄마가 안아 주지도 못하는데 넌 말도 없이 할머니가 졸고 계실 때 죽은 거니.' 아들의 넋이, 더없이 초라한 열세 살의 육체, 아직 따스할 유체로부터 빠져나가버리기 전에 도착하고 싶다고 생각하며, 그러나 허리도 다리도 맥없이 힘이 빠져 풀길 위에 주저앉는다. 아아, 아름다운 하늘이네, 그녀는 생각한다. 하늘이 핑그르르 돈다. 단풍 든 옻나무 잎이 춤을 춘다. (59쪽)

"도쿄에 가믄 나라가 있을 줄 알었더니, 도쿄엔 나라가 읎드라구. 그것이 나라라믄 나라라는 것은 끔찍혀. 미나마타 사람들(공무원 · 공장 관계자)이나 '거기서 거기'드구만. 아니지, 또 쪼금 달러서 더 심허더구먼. 끔찍헌 일이지. 그냥 죽으란 소린지두 몰러. 소름 끼치는 디여. 나라라구 허는 것은. 어디루 가믄 우덜의 나라가 있는 것일까?" (138~139쪽)

(진보운동가들이) 할아버지 할머니 앞에서 하고 있는 걸 보자면 나는 간이 오그라들었다. '정보선전반'도 아마 못 알아들을 거다. '오르그'를 알 리가 없지. '다방면'도 분명히 알

쏭달쏭할 것이다. 그런 용어는 어부들의 생활어와는 거의 인연이 없었다. (164쪽)

'짓소'가 작성한 미나마타병 환자 일람표에 기재된, '자택에서 빈둥빈둥, 보행 약간 곤란'은, 다가미 카츠요시와 그의 발병으로 비롯된 이 집안의 고난에 대해, 잃어버린 세월에 대해, 한마디도 말하지 않는다. (227쪽)

"아무래두 말여, 회사 간부들허구 이야그를 할 때, 우덜은 말두 떠듬떠듬, 뱃사람 말밖에 헐 줄 모르구 말여, 저쪽은 다들 도쿄대학 출신들이구 말두 근대적이구, 주눅이 든다구나 헐까, 뱃사람 차림 그대루로는 뭐랄까, 지저분한 놈들이 쳐들어가는 것 맹키로 그러니께 지대로 만나주지두 않구유." (299쪽)

"누에콩밭에 꽃이 필 무렵이면 새끼 여우들이 부모와 함께 해변까지 내려와서는, 밀물 드는 해변에 나비가 팔랑팔랑하는 것을 고양이 새끼들처럼 손을 뻗어 쫓아다니니까, 부모가 조마조마하며 말리는 것도 보였답니다. 얼마나 보기 좋던지." (317쪽)

아이를 사랑하는 생각이란

《니사》
마저리 쇼스탁 이야기
유나영 옮김
삼인
2008.9.19.

칼라하리 모래벌에서 '수렵채집'을 하면서 살아간다는 '!쿵'사람 이야기를 담은 《니사》(마저리 쇼스탁/유나영 옮김, 삼인, 2008)를 처음 만나던 무렵을 떠올립니다. 큰아이가 2008년 8월에 태어났고, 이 책은 그해 9월에 나왔어요. 갓난쟁이를 어르고 달래고 돌보는 틈틈이 읽다 보니 두 달 만에야 다 읽던 일이 새삼스럽습니다.

'!쿵'사람한테서 이야기를 들은 '마저리 쇼스탁' 님은 1969년부터 1971년까지 '!쿵'사람을 만났으며, 1975년에 다시 찾아가 더 만난 다음 열 해에 걸쳐 '!쿵'사람 말을 영어로 옮기고 갈무리하여 《니사》를 펴냈다더군요. 1991년에 '니사'를 다시 만나서 2000년에 《Return to Nisa》를 냈다지요.

칼라하리 모래벌 사람들은 따로 심어서 먹기보다는 그때그때 들에 나가 훑어서 먹는다고 해요. 이런 살림이라면 집에

싱싱칸(냉장고)이 없어도 됩니다. 보임틀(텔레비전)을 거느릴 일이 없고, 마침종이(졸업장)를 얻으려고 배움터에 몰아넣거나 닦달할 일이 없습니다.

곰곰이 보면 우리도 얼마 앞서까지 누구나 살림을 손수 지으면서 아이를 스스로 가르쳤어요. 따로 배움터가 있지 않아도 아이들은 말뿐 아니라 집짓기 · 옷짓기 · 밥짓기를 어버이한테서 고스란히 물려받아서 알뜰살뜰 여밀 뿐더러, 숲을 가꾸고 마을을 빛냈어요.

솜씨꾼(전문가)한테 맡기는 살림이나 일이 아닌, 누구나 무엇이든 즐겁게 하면서 어깨동무하는 나날이 바로 '수렵채집'으로 살아온 '!쿵'사람이라고 합니다.

둘레에서 하는 말을 들으면, 어린이집에 보내는 데에 다달이 목돈을 들여야 하고, 곁돈이 잔뜩 든대요. 학원을 따로 보내자면 목돈이 더 들고, 아이가 어린배움터(초등학교)에 들라 치면 목돈은 끝없이 든다지요.

어린이집이나 배움터는 왜 보내야 할까요? 삶을 익히도록 보내는 어린이집이나 배움터일까요? 마침종이를 얻어서 나중에 돈을 잘 버는 일자리를 찾도록 이끌려는 어린이집이나 배움터이지는 않나요?

돈을 잘 버는 어른이 되도록 하자면 어릴 적부터 목돈을 옴팡지게 바쳐야 하는 얼거리입니다. 등골이 휘도록 돈을 벌어 배움삯으로 쏟아붓는 판인데, 알맞게 벌어서 마침종이 아닌 살림빛을 일구는 데에 쓴다면 삶이 바뀌지 않을까요? 학원에 안 보내고, 열린배움터(대학교)를 안 노린다면, 우리 어른들이 목돈을 벌어들이느라 너무 바쁜 오늘이 바뀌지 않을까요? 막상 바깥에서 돈을 벌어들이느라 아이 눈을 마주할 겨를이 없고, 아이하고 집에서 놀 힘이 없지 않나요?

아이는 아이답게 자라면서 살아야지 싶어요. 어른은 어른답게 크면서 살림해야지 싶습니다. 아이만 자라지 않아요. 어른도 크는걸요. 저는 2008년에 큰아이를, 2011년에 작은아이를 맞이하면서 똥오줌기저귀를 비롯해 빨래를 날마다 신나게 했어요. 아기를 돌보며 빨랫감이 이렇게 엄청난 줄은 예전에 몰랐으나, 지난날 어버이라면 누구나 손빨래로 옷살림을 건사했어요. 이뿐인가요. 지난날 어버이는 손수 옷을 지어 아이한테 입혔지요. 손수 집을 지어 보금자리를 추슬렀지요.

나중에 아이가 돈을 잘 벌어서 '남이 지은 옷 · 밥 · 집을 사서 누려'도 나쁘지 않습니다만, 앞으로 아이가 손수 살림을 짓는 길을 물려주거나 가르칠 적에 더없이 아름다우면서 사랑스러우리라 생각해요. 돈으로 사는 집이 아닌, 두 손으로 지어서 가꾸는 집을 보여주고 나눌 노릇이지 싶어요.

"어떻게 집을 지어요?"나 "어떻게 옷을 지어요?" 하고 되묻지 않으면 좋겠어요. 누구나 집짓기랑 옷짓기를 할 줄 알았고, 아직 이 살림길은 사라지지 않았습니다. "집 지을 틈이 어딨어요? 돈 벌어야죠."나 "옷 지을 겨를이 어딨어요? 그 틈에 돈을 더 벌어서 옷을 사면 낫죠." 하고 따지지 않으면 좋겠어요. 돈을 버느라, 번 돈을 쓰려고 가게에 다녀오느라, 돈을 버느라 지친 몸을 쉬느라, 우리는 누구나 참말 돈도 품도 겨를도 잔뜩 써요. 이 흐름을 돌아봐요. 돈을 버느라 몸이 괴롭기보다는, 살림을 즐겁고 차근차근 지으면 한결 빛날 만합니다. 가게에서는 틀에 맞춘 옷만 있지만, 옷을 손수 지으면 우리 몸에 맞춤하게 다스려요. 밥짓기도 이와 같지요. 우리 몸에 어울리도록 하나씩 건사할 수 있는 밥살림이에요.

갓난쟁이를 돌보다 보면 으레 고단해 아기 곁에 나란히 눕습니다. 이제 와 돌아보면, 갓난쟁이는 어버이더러 "자, 내 곁에 같이 누워서 쉬어요." 하고 마음으로 속삭였지 싶습니다. 겉보기로는 어버이가 아기를 돌보는 셈이지만, 속보기로는 아기가 어버이를 토닥이는 날이었지 싶어요. 가시내인 큰아이는 온날(100일)까지 날마다 쉰두어 자락에 이르는 기저귀 빨래를 내었고, 사내인 작은아이는 온날까지 나날이 서른 자락에 이르는 기저귀 빨래를 베풀었어요. 날마다 기저귀에 저고리에 바지에 이불에 포대기에 빨랫감은 가득했습니다. 그런데 빨래만으로는 못 살잖아요. 밥도 하고 비질에 걸레질도 하고, 저잣마실도 하고, 또 제가 하는 일인 말꽃짓기(국어사전 집필)도 하고, 하루에 1시간은커녕 10분이라도 눈을 붙이거나 쉴 겨를이 없다시피 하면서 부대꼈어요.

이런 날을 되새기면서 《니사》를 새로 읽자니, 오늘 우리가 스스로 잊거나 잃은 길은 바로 '숲 · 살림 · 사랑 · 사람'이요, 우리가 오늘 붙잡으려는 길은 '돈 · 이름(명예) · 잿빛집(아파트) · 부릉이(자동차)'로구나 싶어요.

하루하루 크는 모습이 남다른 아기처럼, 하루하루 손빛이 자라는 모습이 새삼스러운 어른이라고 생각합니다. 어제하고 오늘 다르게 크는 아이처럼, 어제하고 오늘 다르게 삶을 바라보는 눈썰미가 그윽한 어버이가 되지 싶습니다. 이 눈빛을 헤아리고, 이 낯빛을 바라본다면, 어질면서 상냥한 아이사랑을 누구나 스스럼없이 이녁 보금자리에서 깨달을 만하리라 봅니다. 책이 아닌 삶으로, 앎(지식 · 이론)이 아닌 사랑으로, 배움터(학교)가 아닌 보금자리에서, 모든 사람이 날개를 펴는 살림길로 나아가면 좋겠어요.

진보도 보수도 아닌 숲으로 가요. 왼쪽도 오른쪽도 아닌 살림으로 가요. 돈도 이름도 아닌 사랑으로 가요. 우리는 모두 사람이자, 어른이요, 아이인걸요.

하지만 이 모든 것이 현재의 우리와 무슨 관련이 있을까? 과거 수렵채집 시절에 관한 지식에서 우리가 뭘 얻을 수 있을까? 아마도 가장 중요한 것은 수렵채집민들이 지닌 풍부한 유산일 것이다. 선사시대 우리 선조들의 삶이 끊임없이 궁핍했던 것만은 아니다. 오히려 적절한 식생활, 적당한 노동, 풍부한 여가, 자원의 공평한 분배, 그리고 남성과 여성 모두 가족

과 사회와 경제생활에 실질적으로 기여하는 평등한 상태를 누렸다. (33~34쪽)

!쿵 사람들은 위험에 용감하게 맞서지만, 그렇다고 일부러 위험을 추구하거나 용기를 입증하기 위해 위험을 무릅쓰지는 않는다. 위험한 상황을 적극 피하는 일은 비겁하거나 남자답지 못한 것이 아니라 신중한 행동으로 여겨진다. 더구나 어린 소년들이 공포를 다스리고 어른답게 행동하리라고는 전혀 기대하지 않는다. 불필요한 위험을 감수하는 행동에 대해 !쿵 사람들은 이렇게 말한다. "하지만 사람이 죽을 수도 있잖아!" (124쪽)

!쿵 어린이들은 성별에 따라 분리되지 않으며, 어떤 성도 순종적이거나 공격적으로 행동하도록 훈련받지도 않으며, 사람에게 타고난 감정 표현을 억제하도록 강요받지도 않는다. 여자아이 남자아이 할 것 없이 대판 싸움을 벌이기도 하면서 크는 건 마찬가지지만, 어른들의 공격적인 행동을 모방하는 경우는 드물다. 또한 많은 문화권에서처럼 남자아이들이 싸움 기술을 연습하는 데 시간을 투자하는 일도 찾아볼 수 없다. !쿵 사람들은 아이들에게 어떤 책임도 지우지 않으며 처녀성에 특별한 가치를 부여하지도 않고, 여성의 몸을 특별히 가리거나 숨겨야 한다고 요구하지도 않기 때문에 여자아이

들은 남자아이들과 마찬가지로 자유롭게 나다닌다. 어린이들의 놀이에 경쟁이 개입되는 경우는 거의 없다. 아이들은 같은 활동을 나란히 공유하면서 놀지, 집단의 규칙을 정하고 놀지는 않는다. (157쪽)

!쿵 여성들은 되도록이면 혼자서, 주변 사람들의 도움을 최대한 덜 받고 아이를 낳으려고 애쓰는데 그 덕분에 감염의 위험이 줄어든다는 것이다. !쿵 문화에서는 혼자서 아이를 낳는 것이 가장 이상적인 일로 여겨지지만, 초산일 경우에는 다른 여성들이 도와주는 경우도 많다. 어린 산모들은 되도록이면 친정어머니나 가까운 여자 친척들이 같이 있어 주길 바라지만, 시집 식구들과 함께 살고 있을 때는 시집 쪽 여자 친척들의 도움을 받게 된다. 그러나 다른 사람들이 옆에 있어 준다 해도 진통과 분만 과정에 책임을 져야 하는 사람은 -신이 변덕스럽게 개입하는 드문 경우를 제외하고는- 어디까지나 산모 자신이다. (253쪽)

남성이 채집을 열심히 하는 것은 유별나다거나 남자답지 못하다고 여겨지기는커녕 특별히 언급할 만한 사건조차 못 된다. 식물에 대한 남성들의 지식은 여성들 못지않으며, 남성들도 원하면 언제든지 채집을 할 수 있다. 남성들은 전체 채집 식량의 20퍼센트를 충당한다. (339쪽)

○ 우분투북스

다.

그림에서 꽃을,
글에서 노래를

토끼 그림이 있으면 바다를 싫어할 수 없어
《이 세상의 한구석에 上》

옛날을 오늘로 바꾸는 책
《80세 마리코 10》

그 한 발자국까지
《메종 일각 13》

별을 보며 달리고 싶지 않니?
《카나타 달리다 5》

성교육 아닌 참사랑을 함께
《은빛 숟가락 17》

토끼 그림이 있으면
바다를 싫어할 수 없어

《이 세상의 한구석에 上》
코노 후미요
강동욱 옮김
미우
2017.10.31.

지난 2005년에 《저녁뜸의 거리》라는 그림꽃책(만화책)이 우리말로 나온 적이 있습니다. 이 그림꽃책은 히로시마에서 태어나 자란 분이 히로시마에서 마주한 이웃이자 동무가 어떻게 살았는가 하는 이야기를 다룹니다. 다만 그린이는 피폭 1세도 2세도 아니요, 살붙이 가운데 피폭 이야기를 들려줄 사람이 없었다고 합니다. 히로시마에서 살며 전쟁을 마주하고 원자폭탄을 맞고 전쟁 뒤를 살아간 분들을 찾아다니면서 조곤조곤 이야기를 듣고는 이를 만화로 옮겼다고 해요.

그림꽃책 《저녁뜸의 거리》는 우리나라에서 조용히 나왔다가 조용히 사라졌습니다. 이러다가 2017년에 《이 세상의 한구석에》라는 그림꽃책 석 자락이 한꺼번에 나오는데, 그림꽃책을 바탕으로 빚은 만화영화가 우리나라 극장에 걸렸지요.

"저녁 굶으면 불쌍하잖아. 아무리 도깨비라도." "그 사람 도깨비였어?" (17쪽)

코노 후미요 님 그림꽃책《이 세상의 한 구석에》는 책에 붙은 이름 그대로 '온누리' 가운데 '한 구석'에서 나고 자란 작고 수수한 사람들이 어떻게 삶을 바라보고 살림을 꾸렸는가를 낱낱이 보여줍니다. 그런데 이들 작고 수수한 사람은 누구일까요? 바로 일본 히로시마 한켠에서 가시내로 태어나 온갖 집안일을 도맡아 하다가 짝을 맺어 곁님네로 살림터를 옮기고, 새로운 터전에서 새삼스레 온갖 집안일을 도맡을 뿐 아니라, 마을에서 시키는 마을일까지 함께하는 사람입니다.

초등학교라고 할 만한 데는 다녔으나 배움터를 더 다닌 적이 없는 1930년대 어린 가시내가 그림꽃책에 나옵니다. 배움터를 다니며 샘님(교사) 말씀을 듣기보다는 꾸벅꾸벅 졸지만, 늘 그림을 그리면서 논답니다. 가만 보면 집에서 늘 온갖 집안일을 하는 아이인 터라, 바닷가에서 맨손으로 김을 뜨고 말리고 걷고, 또 이렇게 갈무리해서 띄운 김을 꾸러미로 여미어 큰고을(읍내)로 짊어지고 가서 내다파는 몫까지 하는 아이인 만큼, 배움터에서 꾸벅꾸벅 졸 만합니다.

이 대목에서 더 헤아려 보아야지 싶어요. 저는 1980년대 첫무렵에 국민학교를 다녔는데 그무렵 배움터에서 우리한테 쑤셔넣은 '반공 교육'이라든지 '데모는 나쁜 짓'이라고 하는 말을 고스란히 믿으면서 감쪽같이 속은 채 자랐습니다. 제 또래도 으레 비슷했지 싶습니다. 전두환이란 우두머리가 이 나라를 무섭게 억누르던 그무렵에는 배움터에서 아이들한테 들꽃물결(민주운동)을 안 가르쳤어요. 날마다 툭하면 국민교육헌장 외우기를 시키는데, 토씨 하나라도 틀리면 뺨따귀를 맞아야 했고, 샘님한테 손절(경례)을 올려붙여야 했으며, 1980년대에도 낮 다섯 시가 되면 마을알림으로 국민의례를 하라는 노래가 퍼져서 오른손을 가슴에 척 붙이고 옴짝달싹을 하면 안 되었습니다. 다시 말해서, 철들기 앞서 아이들은 어른이 시키는 대로 따르도록 길들어야 하던 나날이었어요.

"스즈, 여기 놔두고 옷을 개렴. 놔두면 나중에 먹으러 올 거야." "할머니, 옷도 여기 놔두면 입으러 올까요?" "스즈는 마음씨도 참 곱구나." (32쪽)

우리 눈으로 보자면 종살이(일제강점기)인데, 그때 일본에서는 총칼나라(제국주의) 우두머리가 이웃나라로 쳐들어가는 짓을 일삼았으면서 그들 나라(일본) 아이들한테 참모습을 가르쳤을까요? 그무렵 집안일에 바쁜 일본 아이들이 '배움터에서 들려주는 발자취(역사)나 삶터(사회)' 이야기를 얼마나 귀여겨들으면서 얼마나 믿었을까요? 아니 배움터에 마음을 쓸 틈이란 없겠지요. 지난날에는 밥을 차릴 적에도 나무를 해서 불을 피우고 솥에 물을 맞추고 하나하나 손으로 했으니까요.

"(바다에서) 토끼가 뛴다. 전복 사고가 있었던 그 설날도 바다가 이랬는데. 그리고 싶으면 네가 대신 그리든가. 이 개떡같은 바다라도." "미즈하라. 방금 한 말 무슨 뜻이야?" "어? 아, 그런 말 안 써? 봐. 하얀 파도가 일면 하얀 토끼가 뛰는 것 같잖아." (46~47쪽)

"정말이지 쓸데없는 짓만 한다니까. 완성되어 버리면 집에 가야 되잖아. 이런 그림이 있으면 바다를 싫어할 수가 없잖아." (50~51쪽)

그림꽃책《이 세상의 한 구석에》에 나오는 아이(가시내)는 틈이 나면 그림을 그립니다. 이 아이는 대단한 그림을 그리지 않습니다. 동생하고 오빠를 그리고, 마을을 그립니다. 동무를 그리고, 읍내를 그립니다. 하늘을 그리고 바다를 그려요.

드센 물결이 치는 바다를 바라보던 동무가 '토끼 물결'이라고 말하자, 참말 물결이 토끼뜀처럼 보이는구나 싶어 토끼 바다를 그려요.

밥을 짓는 부엌을 그립니다. 김을 뜨고 말리는 바닷가를 그립니다. 갯벌을 그리고, 수박을 그리며, 보꾹에서 산다는 도깨비를 그립니다. 할머니를 그리고 나무를 그리지요.

그림을 좋아하던 아이네 오빠는 군대에 갑니다. 아마 끌려갔겠지요. 그림을 좋아하는 아이네 동무 가운데 사내는 하나같이 군대에 가요. 다들 끌려갑니다. 그리고 군대에 간 사내는 숱하게 죽어 나가니, 집이나 마을에 남는 가시내는 온갖 일을 떠안습니다.

언뜻 보자면 그림꽃책에 흐르는 살림살이는 '살짝 고요하게', 이른바 '평화롭게' 보일 수 있습니다. 1930~40년대가 이토록 살짝 고요하거나 아늑할 수 있으랴 싶지만, 곰곰이 따져본다면 살짝 고요하거나 아늑하다기보다는, 아무리 힘들거나 고되거나 아프거나 슬프더라도 '하루하루 밥을 먹으며 산다'고 할 만합니다. 평화로운 모습이 아닌, 고되어서 씩씩하게 살아가려는 모습이지 싶고, 수수한 사람들이 수수한 마을집에서 수수하게 짓던 살림을 만화로 고스란히 담아내었습니다.

'아아, 역시 너무 흥분이 돼서 잠을 설쳤다. 셋이 바다를 건너는 건 오늘이 처음이라, 엄마 아빠 얘기는 듣지도 않는다.' (21쪽)

날마다 나무를 하고, 날마다 불을 지펴요. 날마다 빨래를 하고, 날마다 비질이며 걸레질을 해요. 날마다 집안일을 할 뿐 아니라 돈을 버는 일(바닷가에서 김 뜨기)을 함께하지요. 한겨울에 맨손이 얼어붙으면서 갖은 일을 합니다.

이런 작고 수수한 사람들한테 일본 우두머리는 싸움질을 시키거나 떠안깁니다. 사내한테는 총을 쥐라 하고, 가시내한테는 집안일에 얽매이게 내몹니다. 젊은 사내는 풋풋한 나이에 총알받이가 되고, 나이든 사내는 군수공장에서 '나라가 시키는 대로' 싸움연모(전쟁무기)를 때려짓는 일을 합니다.

"다 큰 어른이, 6살 애랑 경쟁하겠다고……. 망신은 슈사쿠의 몫이거늘." "자, 자아! 시험 재배는 이 정도로 끝내고 실제로 경작 계획을 짜 볼까." (133쪽)

일본이라는 나라는 틀림없이 몹쓸짓을 저질렀습니다. 그렇다면 우리나라는 어떠했을까요? 우리나라에서 우두머리(권력자)는 사람들을 얼마나 곱게 바라보면서 돌보는 길을 걸었을까요? 조선이라는 나라에서 사람들 사이를 위아래로 가른 금(신분 · 계급)을 되새겨 보아야지 싶어요. 조선이 무너지고 새로 선 나라에서 우두머리나 벼슬아치나 먹물붙이는 오랫동안 무슨 짓을 했는지 찬찬히 짚어야지 싶어요. 무엇보다 이런 우두머리에 벼슬아치에 먹물붙이 밑에서 삶을 짓고 살림을 가꾼 작고 수수한 사람들을 다시 바라볼 수 있어야지 싶습니다.

총알받이로 끌려간 젊은 사내는 바로 우리요, 우리 집안사람이요, 우리 이웃이거나 동무입니다. 배움터를 제대로 다닐 수 없는 채 집안일을 도맡아야 한 모든 가시내도 바로 우리요, 우리 집안사람이요, 우리 이웃이거나 동무입니다.

그림꽃책《이 세상의 한 구석에》는 따로 싸움판(전쟁)을 따지거나 어깨동무(평화)를 노래하지 않습니다. 이 그림꽃책은 작고 낮으며 수수한 목소리로 '바로 이곳에 사람이 살아갑니다'를 이야기합니다. 어른들이 시키는 대로 심부름을 하고 갖은 일을 하던 아이가 살아가던 하루를 이야기합니다. 어른들이 시키는 대로 온갖 일을 하며 자라다가 갓 스무 살이 된 젊은 아가씨가 곁님네에서 새롭게 집안일이며 마을일을 하면서 무엇을 보고 생각하고 그림으로 옮겼는가를 찬찬히 이야기합니다.

"엄마, 나 2전만 줘. 연필을 잃어버렸어." "하나도 없니?" "아직 하나 있긴 한데." "없으면 다음주 용돈 받을 때까지 버텨. 네가 낙서만 안 하면 되잖아." (37쪽)

우리도 우리 스스로 지난 1930~40년대를 '시골 아주머니' 눈길이나 눈높이로 바라보면 어떤 모습이 될 만한가를 그려보아야지 싶어요. 먹물붙이나 우두머리나 벼슬아치나 사내들 목소리나 눈높이가 아닌, 배움터조차 제대로 다닐 수 없이 어릴 적부터 집안일을 하며 자라다가 어른이 되어도 집안일을 그대로 하고 아이를 낳고 밭일 논일 몽땅 하던 '시골 아주머니' 눈길이나 눈높이로 바라볼 수 있어야지 싶습니다. 이러면서 오늘 이곳도 '작고 수수한 서울 언저리 아주머니' 눈길이나 눈높이로 바라볼 수 있다면, 아주 다른 발자취 · 삶터 · 살림을, '남들 발자취 · 삶터 · 살림'이 아닌 '우리 이야기에 흐르는 삶 · 살림 · 사랑'을 들여다볼 만하지 싶습니다.

토끼 물결 그림이 있어 바다를 사랑합니다. 새끼손가락 끝마디보다 짧은 몽당연필을 아껴 가며 글씨를 쓰고 그림을 그리면서 하루를 사랑합니다. 그림꽃책(+ 만화영화)에 나오는 아가씨는 일본이 싸움에서 졌다는 이야기를 라디오로 듣고 난 뒤에 마을에 걸린 태극기를 처음으로 보고는 '배움터와 나라와 마을에서 아무도 안 가르친 발자취와 삶터와 살림이 있'는 줄 비로소 깨달아요. 이때부터 '남이 시키거나 가르치는 대로 따르지 않겠노라'면서 눈물을 흘리며 다짐해요. 남(정치권력)이 무엇을 시키거나 가르치려는가를 헤아려 보지 않고서 그대로 따르던 길을 끝낼 줄 아는 몸짓, 작고 낮으며 수수한 이웃 목소리를 듣기, 우리 앞길을 찬찬히 생각해 봅니다.

옛날을 오늘로 바꾸는 책

《80세 마리코 10》
오자와 유키
이은주 옮김
대원씨아이
2019.12.31.

그림꽃책을 같잖게 보는 눈길이 꽤 있습니다. 왜 그림꽃책을 같잖게 볼까요? 그림꽃책이 무엇인지 들여다보지 않거나, 아름책을 만난 일이 없기 때문 아닐까요? 그림꽃책이라면 그저 안 좋다고만 여기면서 스스로 생각을 닫고 마음을 잠근 탓은 아닐까요? 무엇보다도 그림꽃을 모르기에 같잖게 보는구나 싶어요.

적잖은 사람들은 이웃을 옷차림이나 주머니나 생김새로 따지곤 합니다. 허름한 옷차림이면 마치 사람도 허름하다고 여기고, 자동차가 허름하면 그이도 허름하다고 여기며, 자동차가 없이 걸어다니면 어떻게 요즈음에 자동차도 못 굴리는 허름한 살림이냐 하고 여기기도 해요. 그런데 주머니가 돈으로 가득해야 안 허름할까요? 잘생기거나 예쁜 몸매이면 안 허름한 사람일까요? 겉훑기로 따지는 눈길이란 얼마나 아름답거나 알맞을까요?

"부활한 뒤에 깨달았어. 독자는 작가의 가장 큰 힘의 근원이야! 내가 독자를 똑바로 바라보고 독자가 그걸 받아들여 준다면, 난 백만 마력이라고!" (65쪽)

그림꽃책 《80세 마리코 10》(오자와 유키/이은주 옮김, 대원씨아이, 2019)을 읽으며 새삼스레 생각합니다. 이 책은 틀림없이 그림꽃책이지만 소설 같구나 싶고, 소설을 넘어 고스란히 우리 삶인데다가, 인문책 백 자락이나 오백 자락을 한몫에 담았구나 싶은 이야기꾸러미이네 싶어요.

열걸음째에 이른 《80세 마리코》에서는 여든 살이란 나이가 되도록 미처 제대로 헤아리지 않던, 또는 미처 몰랐던, 또는 새롭게 배우는 이야기가 흐릅니다. 마리코 할머니는 어느 날 '마리코 할머니가 예전에 쓴 소설책을 읽는 아이'를 만나요. 아이는 마리코 할머니 예전 소설이 '옛날 옛적 이야기'가 아니라 '오늘 여기에 있는 내'가 '소설을 읽으면서 새로운 때로 나아가'고, '언제나 새롭게 생각을 키우는 꿈나라로 가는 징검다리'로 느낀다고 수수하게 말합니다.

"옛날 책이 재미있니?" "옛날 아니야. 책을 읽으면 거기에 갈 수 있어. 그러니까 지금이야. 아빠 책장은 모르는 지금이

다

가득 있어." "아빠가 갔던 곳에 너도 가는 거구나." '책은 속도만이 전부가 아니다. 그 장소에서 천천히 시간을 뛰어넘는 거야.' (74~75쪽)

여든 살 소설쟁이 할머니는 가슴이 확 트이지요. 문득문득 마음으로 느꼈을 수 있지만 정작 말로 또렷하게 그려 본 적이 없던 '책이 맡은 일'을 깨달아요. '모든 책에는 아직 모르는 오늘이 가득하다'고, '모든 책은 앞으로 새로 나아갈 그야말로 새롭고 눈부신 오늘을 만날 수 있도록 징검다리가 된다'고 하는, 책읽기가 우리 삶에서 어떤 몫을 하는가를 가만히 되짚습니다.

"있습니다. 미래는 저도 신도 선생님도 모르는 거죠. 그러니까 '있다'고 믿는 사람이 이기는 겁니다." (103쪽)

우리는 나이가 들면서 외려 어리석은 몸이 되기도 하고, 한결 슬기로운 눈길이 되기도 합니다. 우리는 나이가 들기에 늙은 몸뿐 아니라 늙은 마음이 되기도 하지만, 나이가 들면 들수록 반짝반짝 아름다이 빛나는 손길이 되어 이웃한테 어진 말씀을 조곤조곤 들려주기도 합니다. 자, 생각해 보기로 해요. 어느 길로 갈 적에 즐겁나요? 어느 갈래에 깃들면서 스스로 빛나면 신날까요? 어느 마음이 되고 어떤 몸이 되고 싶은가요?

여든 살이기에 여든이란 고갯마루에서 새롭게 배우는 길로 가겠습니까? 여든이니 이제 죽을 생각을 해야겠구나 하고 모든 배움길을 스스로 막고서 폭삭 주저앉아 버리겠습니까?

"여자들은 상대가 부자면 좋겠다는 말을 자주 하던데, 코다 씨도 신데렐라가 되고 싶진 않나요?" "돈이요? 음, 하지만 전 제가 벌어 부자가 되는 게 더 좋아요." (163쪽)

나이가 어리기에 모르지 않습니다. 나이가 많기에 알지 않습니다. 알려고 마음을 먹기에 적은 나이에도 잘 알고, 알려는 마음을 틔우지 않으니 늙은 나이에 도무지 모르곤 합니다.

솜씨꾼이라서 잘 배우지 않아요. 눈을 뜨고 마음을 열기에 잘 배워요. 재주가 없어서 못 하지 않아요. 눈을 안 뜨고 마음을 안 여니 못 해낼 뿐입니다.

옛날을 오늘로 여는 책을 폅니다. 오늘 옛날로 나아갔다가 새날로 날아가 봅니다. 옛날을 살던 이웃을 책에서 만납니다. 오늘을 살며 새날을 꿈꾸는 동무를 책뿐 아니라 숲에서, 구름더미에서, 풀밭에서, 나뭇잎 끄트머리에서 만납니다. 싱그러이 웃으며 스스로 꽃입니다.

그 한 발자국까지

《메종 일각 13》
타카하시 루미코
김동욱 옮김
서울미디어코믹스
2020.9.30.

붓을 처음 쥐고서 글씨를 또박또박 쓰는 사람이 있을까요. 어쩌면 있을는지 몰라요. 다만 웬만한 사람이라면 붓을 처음 쥐고서 글씨를 삐뚤빼뚤 쓰고, 붓을 쥔 지 여러 해가 지나도 글결을 가지런히 추스르지 못하곤 합니다.

칼을 처음 쥐고서 무를 정갈하게 써는 사람이 있을까요. 아마 있을는지 몰라요. 다만 칼놀림이 손에 익지 않을 적에는 가지런히 못 썰기 일쑤요, 때로는 무가 아닌 손가락을 벱니다.

"잘도 저렇게 끝도 없이 사서 고생을 한다니까." "그렇지만, 고다이 씨다워요." (15쪽)

글씨가 춤을 추는 아이들을 지켜보다가 제 어린 날을 떠올립니다. 저도 어린 날에는 '마음에서 쏟아지는 생각'을 주워

담기 바빠서 글씨가 춤을 추었어요. 마구마구 날아오르지요.

이런 글씨를 열 해 쓰고 스무 해를 쓰다 보니, 서른 해를 쓰고 마흔 해를 쓰노라니, 어느덧 글꼴이 서고, 춤짓보다는 얌전합니다. 날갯짓보다는 조용해요. 춤추거나 날고 싶은 글씨한테 마음으로 속삭여요. "글씨야, 네가 춤추거나 날고픈 뜻은 알겠지만, 글씨인 네가 춤추거나 날면 글씨를 쓴 나조차도 나중에 못 알아봐. 그러니까 조용히 천천히 가자."

"엄마가 빨리 돌아오면 좋을 텐데." "별님이랑 약속했으니까 괜찮아." "별님?" "응." …… "그, 그래? 믿고 있구나, 엄마를. 하긴, 별님한텐 거짓말할 수 없으니까." "맞아." "앗! 별님이 떨어졌어!" (35~36쪽)

사랑을 했기에 사랑을 잘 할는지 모르지만, 사랑을 처음 하기에 사랑을 사랑답게 할는지 모릅니다. 알 길은 없습니다. 처음에는 사랑인 줄 알았으나, 사랑이 아닌 마음이기도 하고, 참다이 흐르는 사랑이라서 둘레에서 어떻게 흔들든 조용히 제길을 가기도 합니다. 《메종 일각 13》(타카하시 루미코/김동욱 옮김, 서울미디어코믹스, 2020)을 펴면, 막바지에 이른 줄거리가 조금씩 가닥을 잡습니다. 헤매던 사람이 이제 덜 헤맵니다. 춤추던 마음이 조금은 차분합니다. 날아오르던 마음도 어느새 아무 때나 날아오르려 하지 않고, 뚜벅뚜벅 나아가는 매무새를 익혀요.

"어떻게 하면 저한테 상처를 주지 않고 거절할 수 있을지 생각하고 계신가요? 어떻게 하시든 잔혹한데요." (89쪽)

이 사람을 만나서 살아갈 수 있기에 즐거울는지 몰라요. 저 사람을 만나서 살아가야 한다면 안 즐거울는지 몰라요. 앞길은 알지 못합니다. 다만, 오늘 우리가 스스로 어떻게 마음을 품느냐에 따라 앞길이 바뀌어요.

왜 이 사람이어야 할까요? 왜 나여야 할까요? 왜 저 사람은 안 될까요? 왜 너여야 할까요? 묻고 묻고 새로 묻습니다. 물으며 물으며 다시 묻습니다. 사랑이 맞을까요? 사랑인 척하지 않나요? 마음으로 바라보면서 속삭이려는 숨결인가요? 겉모습에 홀린 채 참길은 아직 안 틔우지 않았나요?

"애당초 관리인님은 그런 여자가……." "무슨 소리야! 한창 때인 남자랑 여자가 밤새 같이 있는데, 아무 일도 없을 리가 있나! 게다가 그 상대는 그 미타카라고! 분명 무슨 일이 있었을 거야!" "저는 관리인님을 믿어요." (100쪽)

어쩌면 바보스럽습니다. 아무래도 어리석습니다. 언뜻 보면 엉터리입니다. 곰곰이 봐도 엉성합니다. 굳이 쳐다볼 일이 없을 만하고, 또 보고 새로 보아도 한결같을 수 있습니다.

어쩌면 우리가 사람이란 옷을 입고 살기에 바보스러운지 몰라요. 아무래도 우리는 사람이란 자리에서 만나기에 어리석구나 싶은 짓을 되풀이하는 듯합니다. 《메종 일각》은 사람이라는 삶에서 무엇을 바라보고서 마음에 품고 오늘을 맞이하려나 하는 대목을 그립니다. 이이는 이이대로 나고 자란 터전에서 디딘 발자국이 모인 오늘입니다. 저이는 저이대로 나고 자란 삶자리에서 밟은 걸음걸이가 모인 하루입니다.

저 사람은 나랑 같지 않아요. 나는 저 사람이랑 같지 않아요. 그런데 끌리는 마음이 있다면 모두 내려놓고서 눈을 감고 바라보기로 해요. 겉모습이 아닌, 둘레에서 떠드는 소리가 아닌, 두 마음에서 흐르다가 만나는 빛줄기를 쳐다보기로 해요.

"공부를 하는 낌새라곤 전혀 없었는데." "아니, 지금 이 모습이 안 보이는 거예요?" "고다이 씨는 지금 중대한 고비라고요!" "중대한 고비라. 이렇게 매년 고비를 맞는 남자도 흔치 않을걸." "내년엔 또 어떤 고비가 올까요." (120쪽)

"남자랑 여자는 말이다, 쫓아가는 쪽이 지는 거야. 달아나고 달아나고 또 달아나다……." "그러다가 안 쫓아오면 어떡해요." "멍청아! 그때는 깨끗하게! 전속력으로 돌아간 뒤에, 무릎 꿇고 싹싹 비는 거야!" (196쪽)

저 사람은 저 사람대로 실마리를 찾습니다. 저 사람이 찾은 실마리를 내가 똑같이 거머쥐어야 하지 않습니다. 나는 나대로 실타래를 풉니다. 내가 푼 실타래를 저 사람도 똑같이 풀 만하지 않습니다.

어떤 마음으로 오늘을 살고 싶은가를 똑바로 보아야 새로 한 발자국을 나아갑니다. 어떤 사랑이 되어 하루를 짓고 싶은가를 제대로 그려야 드디어 한 발자국을 뗍니다. 머뭇거려야 할 까닭이 없지만, 머뭇거리면 좀 어떤가요. 흔들릴 까닭이 없다지만, 흔들리면 좀 어때요.

넘어지면서 다리에 힘이 붙어 잘 걷습니다. 자빠지면서 발에 힘이 붙어 자전거를 잘 달립니다. 삐뚤빼뚤한 글씨를 고스란히 받아들이기에 다시 손에 힘을 붙여 글씨를 정갈하게 다스립니다. 사랑을 모른다면 이제부터 사랑을 알아가기로 하면 되지요. 그이 마음을 못 읽었다면 오늘부터 그이 마음을 읽도록 온힘을 내기로 하지요. 자, 두 사람도, 둘레 모두도 이 너머로 나아갈 새로운 자리에 섭니다.

○ 주책공사

별을 보며 달리고 싶지 않니?

《카나타 달리다 5》
타카하시 신
이상은 옮김
학산문화사
2019.11.25.

'교복 밑에 스포츠 웨어라니, 초등학생이냐? 라고 지적하고 싶었지만, 나는 왠지, 말이 나오지 않았다.' (56쪽)

나이를 먹는다고 어른이 되지 않습니다. 나이를 먹어 초등학교를 마치고 중학교에 가기에 한결 듬직하거나 어른스럽지 않습니다. 나이를 먹을 적에는 그저 '나이먹기'를 할 뿐입니다.

나이를 먹었으니 언니나 오빠나 누나나 형이 될까요? 나이는 먹되 언니답지도 누나답지도 않다면, 나이는 먹으나 오빠스럽거나 형으로서 믿음직하거나 슬기롭거나 아름답지 못하다면 무엇일까요?

어른은 어떤 사람일까요?

'앞서가는 사람의 뒷모습은 저마다 달라. 친구들과 함께 즐거워 보이는 등. 일 때문에 피곤해서 굽어 있는 등. 집에 가기 싫어서 투덜대는 등. 누군가를 만나러 가는 조급한 등.' (73쪽)

철이 들지 않은 사람은 '철바보(철부지)'입니다. 철이 안 들면 철을 모르니 철바보이지요. 다시 말해, 철이 들지 않은 채 나이만 먹을 적에는 '철바보'이면서 '늙은이'입니다. 푸름이 가운데에서도 나이는 먹어 중학교 3학년이나 고등학교 3학년이라는 '자리'는 누리더라도 조금도 철이 들려 하지 않는다면 '철바보이면서 늙은 사람이란 자리'가 되겠지요.

어른이란 자리도 매한가지예요. 나이가 서른이나 쉰이나 일흔이라 하더라도 철이 안 든 채 허튼 짓이나 엉뚱한 짓이나 바보스러운 짓을 하면 '어른 아닌 철바보이자 늙은이'일 뿐입니다.

'아직 네 바퀴나 남았는데 페이스를 계속 올리란 말이야? 카나타 녀석, 빨라졌어!' (92~93쪽)

어쩌다 보니 달리기를 하더라는 아이가 초등학교를 거쳐 중학교에 나아가서도 끝없이 달리는 이야기를 다룬 《카나타 달리다 5》(타카하시 신/이상은 옮김, 학산문화사, 2019)을 읽다으면, 달리기를 하는 마음을 더없이 잘 읽을 만합니다. 그림꽃책을 덮고 생각합니다. 오늘 푸름이로 살아가는 여러분은 하루 가운데 얼마나 달리기를 하는가요? 어릴 적에 얼마나 달려 보았을까요? 배움터 골마루에서 달리다가 샘님한테 꾸지람을 듣거나 꿀밤을 맞지는 않았나요? 그래도 달리기가 신나서, 이마에 맺힌 땀방울이 바람을 타고 훽훽 날아가는 결이 재미나서, 달리기를 못 멈추지는 않았나요?

또는 달린 적이 없을 수 있어요. 얌전하게 어른 말을 듣느라, 고분고분 어른이 시키는 대로 하느라, 골마루에서든 길에서든 뛰거나 달리지 말라고 배우느라, 막상 달리기는 안 한 채 지냈을는지 모릅니다.

치마를 두르고 달려서는 안 된다든지, 달리면 허둥지둥댄다는 말을 듣고서, 그만 달리기를 안 하지는 않았을까요? 무엇보다 운동장이 좁다든지, 자동차가 너무 넘쳐서, 배움터를 마치면 학원차를 타느라, 학원하고 배움터하고 집 사이에서 어머니 아버지가 자동차로 태워 주느라, 달릴 겨를이 없지는 않았나요?

"도쿄에도 여기만큼 가파른 언덕이 많아. 하코네가 그리워서 틈틈이 달렸더니, 푹 빠져 버려서, 요즘 내 취미야! 급경사 오르기." (98쪽)

"도쿄에서는 이게(별이) 보이지 않아. 도쿄로 다시 돌아가고 나서, 처음으로 이 사실을 알았어." (106쪽)

두 다리는 땅을 디디려고 있습니다. 두 팔은 하늘을 안으려고 있습니다. 두 다리는 이 땅을 박차면서 빛납니다. 두 팔은 바람을 품으면서 사랑스럽습니다.

서울 한복판에서 별바라기를 하는 꿈을 키울 수 있을까요? 커다란 서울이 아닌, 숲으로 아름드리가 될 서울을 꿈꿀 수 있을까요?

시골에 발전소나 송전탑이나 군부대나 골프장이나 공장이나 관광단지가 없는, 그래서 어느 시골에서나 느긋하게 숲바람을 마실 수 있는 꿈을 키울 만할까요? 손수 심고 가꾸고 짓고 누리고 나누는 살림살이를 꿈꿀 수 있을까요?

"얼마 전에 하루토와 카나타를 뒤쫓았을 때 말이야, 나호도 아카리도 어느새 엄청 진지하게 뛰더라. 특히 아카리는 가게 일을 돕느라 운동을 그만둔 지 한참 됐는데." (132쪽)

'진짜냐? 뭐지? 이 속도감. 벌써 2km 가까이 달렸는데, 내 몸은 이런 스피드로 달릴 수 있는 건가?' (174~175쪽)

그림꽃책 《카나타 달리다》를 그린 분은 어릴 적에 달리기를 한껏 누렸다고 합니다. 배움터를 다니며 육상부이기도 했다더군요. 스스로 달리기가 좋기도 했고, 달리기를 겨루는 자리에도 즐겁게 나갔다고 합니다. 이 그림꽃책에는 이러한 이야기가 고스란히 녹아납니다.

그러고 보니, 이 그림꽃을 빚은 타카하시 신 님이 빚은 다른 그림꽃책에서도 '달리는 사람'이 곧잘 나올 뿐 아니라, 달리며 땀방울을 송이송이 흩뿌리는 그림을 자주 보았네 싶어요.

스스로 즐거웠기에 스스로 즐겁게 마음에 새깁니다. 마음에 즐겁게 새긴 이야기를 글로도 그림으로도 만화로도 사진으로도 노래로도 춤으로도, 또 숱한 모습으로도 피워냅니다.

"이제 그만 포기해! 너는 나를 못 이긴다고 했잖아!" "포기하지 않아! 나는, 발이 느리니까, 이것밖에 못 하니까, 계속 달리는 것만은 절대로 지지 않아. 질 리가 없어. 나는, 그날부터 하코네로 돌아올 때까지 계속, 계속, 계속 달렸어." "뭐? 그날? 언제?" "학교에 육상부가 없으니까 학원이 끝나고 공원에서 매일 달렸어. 공원에서는, 거기서 뛰고 있던 사람들의 등을 계속해서 쫓아갔어. 처음에는 혼자였지만, 어느새, 이름도 모르는 수많은 사람들이 함께 달려 줬어. 함께 연습해 줬어. 힘내, 힘내라고. 질 리가 없어! 아니, 달려 보지 않은 사람에게는 절대로 지지 않아! 질 수 없어!" (186~187쪽)

별을 보면서 달리고 싶지는 않나요? 별바라기 몸짓으로 달리면 어떤 멋일까요? 꽃을 보면서 달리고 싶지는 않은지요? 꽃바라기 손짓 발짓이 되어 달리면 어떤 맛일까요?

그리고 동무를 상냥히 바라보는 눈길로 달려 봐요. 이웃을 따스히 마주하는 눈빛으로 달려 봐요. 사람뿐 아니라 온누리 뭇목숨을 포근히 얼싸안는 품이 되어 달려 봐요.

혼자만 앞서 나아가는 달리기가 아닌, 다같이 손을 잡는 달리기를 해봐요. 먼저 가서 첫째가 되려는 달리기가 아닌, 이 땅을 두 다리로 의젓하게 밟으면서 높디높은 하늘을 가득 채운 별빛을 두 팔로 넉넉히 껴안는, 그런 달리기를 해봐요.

성교육 아닌 참사랑을 함께

《은빛 숟가락 17》
오자와 마리
노미영 옮김
삼양출판사
2020.3.23.

물 한 모금을 나누어도 하루가 즐겁습니다. 잔칫밥을 차려야 즐겁지 않습니다. 즐거우면서 넉넉히 웃고 노래하면서 이야기를 꽃피울 적에 참으로 즐겁습니다. 웃음도 노래도 이야기도 없이 맨숭맨숭 잔칫밥 곁에 있다고 해서 즐거울 까닭이 없습니다.

우리는 더 먹어야 하지 않아요. 많이 먹어야 하지도 않습니다. 잘 먹어야 하지도 않고, 끼니를 꼬박꼬박 채워야 하지도 않습니다. 먹든 안 먹든 즐거이 하루를 맞아들여야지요. 먹거나 안 먹거나 하루를 노래해야지요.

'가다랑어포밥 만드는 방법을 물었다. 중1 남동생과 초6 여동생한테 가다랑어포밥을 먹이기 위해. 그게 내가 만든 최초의 밥이었다. 그무렵엔 아직 그런 것도 몰랐다. "뭔가, 괴로운 일이 있어도 맛있는 밥 먹으면 우선은 기운이 나잖아." 그 애가 아무렇지 않게 건넨 말로 인해 나는 다시금 조금 더 구원받았다.' (8~9쪽)

언제부터인가 '복지'란 이름을 내세워 배움터에서 도시락이 사라집니다. 이러면서 일본스러운 한자말 '급식'을 내걸어요. 왜 배움터는 아이들 스스로 도시락을 싸도록 이끌지 않을까요? 왜 길잡이는 아이들이 손수 밥을 지어서 차린 다음, 같이 즐기고 나서 함께 설거지를 하고 자리를 치우는 길을 가르치지 않을까요?

오늘날 졸업장학교에는 '조리사'에 '청소부'까지 있습니다. 왜 아이들은 스스로 제 배움터를 건사하거나 가꾸는 데에서 손을 뗄까요? '전문직 조리사'가 굳이 있어야 할까요? '전문직 청소부'를 애써 두어야 할까요? 배움길에는 밥짓기나 걸레질이나 비질을 치워 놓아야 하는지요?

손에 물을 묻혀 밥을 짓거나 살림터 안팎을 정갈히 건사하는 길을 배우지 않고서, 오직 책이랑 교과서랑 시험으로 머리에 지식을 쌓는다면, 이 아이들 앞길은 어찌 될까요? 밥짓기도 걸레질도 비질도 모르는 채 몸뚱이만 무럭무럭 커서 '성교육'만 받는 젊은이가 참다이 사랑을 나눌는지는 알쏭달쏭합니다.

"넌 항상 그런 식으로 기다리기만 하고 우연을 기대하면서 스스로는 움직이려 하지 않더라." (41쪽)

'몇 년이나 우물쭈물했던 것이 거짓말인 듯이, 간단히 문이 열렸다.' (70~71쪽)

졸업장학교 안팎에서 벌이는 성교육은 끝내야지 싶습니다. 어른이자 어버이로서 어린이하고 푸름이한테는 성교육이 아닌 '참사랑'을 보여주고 가르치고 나눌 노릇이라고 봅니다. 《은빛 숟가락 17》(오자와 마리/노미영 옮김, 삼양출판사, 2020)을 읽었습니다. 《은빛 숟가락》은 열일곱걸음으로 모든 이야기를 마무릅니다. 대단한 밥차림이 아니어도 된다는 하루를 그린 수수한 그림꽃입니다. 놀라운 밥짓기가 아니어도 즐겁다는 살림을 담아낸 투박한 그림꽃입니다.

사랑이 피어나는 손길이기에 아이들이 사랑을 배우고, 이 사랑을 받아들여 푸르게 빛나며, 어느새 씩씩한 어른으로 피어난 젊은이가 새롭게 보금자리를 짓는 슬기로운 마음이 된다는 줄거리를 들려주는 그림꽃이에요.

그러니까 성교육 교재는 다 집어치우고, 이런, 참사랑을 속삭이는 그림꽃책을 함께 읽기를 바랍니다. 성평등이나 남녀평등(여남평등)이나 페미니즘 같은 이름도 부질없어요. 참사랑을 노래하는 길을 어깨동무하는 살림으로 나아가는 이야기를 함께하면 됩니다. 자꾸 뭔 이름(프레임)을 내걸지 말 노릇입니다. 무엇보다도 우리 삶자리에서 먼먼 옛날부터 흐르던 즐거운 사랑을 눈여겨볼 일이에요.

"꿈에서는 보기 좋게 차였는데?" "그 정도까지 리허설을 했으면 현실에서 차여도 충격을 적게 받고 끝날 수 있어." "꿈에서도 괴로웠어." "너도 왕자님을 그런 기분이 들게 했어. 그런 식으로 언제까지나 후회하면서 질질 끌 거라면 확 결말을 짓는 게 나아." (58쪽)

소꿉놀이가 왜 재미있을까요? 왜 아이들은 신나게 놀까요? 장난감이나 놀이터가 있어야 놀까요? 아이들을 놀이터에 길들여 놓으면서 아무 사랑도 안 하고 안 보여주고 안 나누는 오늘날 어른이나 어버이는 아닌가요?

아이들은 돈을 치르고 들어가서 이것을 타고 저것을 타야 하지 않습니다. 그런 돈수렁에 아이들을 자빠뜨리지 마셔요. 그런 돈밭에 아이들을 물들이지 마셔요.

오늘날 이 나라를 둘러봐요. 어린이하고 푸름이가 쉴 곳이 조금도 없습니다. 시골이건 서울이건 거님길에 걸상조차 없고, 푹 주저앉거나 드러누울 풀밭마저 없습니다.

빈터는 자동차가 차지해요. 아니, 자동차는 거님길까지 잡아먹어요. 잘 생각해야지요. 자동차는 어린이나 푸름이가 안

몹니다. 모두 어른이 몹니다. 이 나라 어른은 어린이하고 푸름이는 아랑곳하지 않으면서 막나갑니다. 아이들한테 빈터도 쉼터도 내주지 않고, 모조리 '돈으로 흐르는 가게'를 그득그득 채웁니다. 아이들은 하릴없이 떠돌거나 헤매면서 '돈, 돈, 돈' 생각에 사로잡히고 맙니다.

'어제 저녁부터 아무것도 안 먹었네. 이렇게 죽고 싶은 기분인데 어째서 배가 고픈 걸까, 나는?' (88쪽)

'울면서 먹은 오믈렛 볶음국수는, 그런데도 그럼에도 불구하고, 무척 맛있었다.' (98쪽)

틈이 없는 서울은 사람이 살 수 없는 죽음터입니다. 돈을 쓰지 않고는 쉬지도 눕지도 앉지도 못하는 서울은 사람한테서 사람다움을 빼앗는 불구덩이입니다. 끝없이 자동차가 달리면서 귀를 찢는 서울은 사람이 사람길에서 튕겨나오도록 몰아내는 사슬터입니다.

이런 서울에 잿빛집(아파트)을 세워서 비싸게 사고파는 나라라면, 이 나라에는 빛이 없습니다. 잿빛집을 더 세워서 사람들을 가두는 길이 주택정책이라고 외치는 벼슬아치라면, 그런 벼슬아치를 거느린 우두머리한테서는 아무 사랑이 없습니다. 돈을 들이지 않고서 나라를 아름다이 가꾸어야 참다이 꼭두머리입니다. 돈을 쓰지 않고서 마을을 돌보아야 참답게 벼슬꾼입니다.

“그보다 넌 스스로를 걱정하렴.” “시라베도 아직 홋카이도에 있잖아요.” “언제까지고 부모님 집에서 사는 남자는 여자한테 인기 없어!” “그러면 엄마는 혼자 살게 되는데요?” “마마보이라고 생각할 거야!” “이 넓은 집에.” “실은 그거 무척 기대돼! 오히려 후련할 거야. 혼자 하고 싶은 일이 잔뜩 있거든!” (146쪽)

어린이하고 푸름이는 돈벌이를 배워야 하지 않습니다. 어린이도 푸름이도 삶짓기를 배울 노릇입니다. 살림짓기를 배우고, 사랑짓기를 배워야지요. 마음짓기를 배우고, 생각짓기를 배울 길입니다. 꿈짓기를 배우고, 숲짓기를 배울 하루입니다.

오직 하나 ‘돈굴리기’를 보여주고 가르치고 내모는 어른이라면, 그이는 어른이 아닌 ‘늙은이’입니다. 삶도 살림도 사랑도 못 보여주면서 나이만 먹은 그대라면, 참으로 늙은이일 뿐입니다.

‘지난번과는 다르게 유코 언니는 오빠를 축복했다. 왜냐면 만나고 싶으면 이번엔 언제든지 만나러 갈 수 있으니까. 낯선

다

땅에서 새로운 한 걸음을 내딛는 오빠를 가장 이해하고 응원해 주는 사람은, 시작은 했지만 도착점이 보이지 않는 꿈을 향해 지금도 노력을 계속하는 유코 언니일지도 모른다.' (150쪽)

성교육을 받은 아이들은 '성행위'를 할 뿐입니다. 사랑을 배운 아이들은 '사랑'을 합니다. 아이들이 어떤 어른으로 크기를 바라는가 하고 생각할 오늘입니다. 아이들이 어떤 마음으로 하루를 짓는 어른으로 이 별에서 삶을 누릴 적에 즐거울까 하고 생각할 우리입니다.

삶을 짓는 사람은 아름돈을 벌고 꽃돈을 모아서, 아름길에서 넉넉히 나누는 손길이 됩니다. 살림을 짓는 사람은 웃음돈을 벌고 빛돈을 꾸려서, 아름마을에서 즐거이 나누는 눈빛이 됩니다. 서로서로 참어른이 될 수 있도록, 우리 보금자리에 멧새가 찾아들고 개구리랑 뱀이 같이 살면서 풀꽃나무가 흐드러지는 숲을 품는 손짓이 되기를 빕니다.

○ 책먹는돼지

라.

아이한테 물려주며 함께 읽다

고운 생각으로 빚은 고운 삶
《내가 진짜 공주님》

맨발로 흙을 밟는 어린이
《펠레의 새 옷》

다른 길을 가는 다른 둘
《어린 음악가 폭스트롯》

서로 손을 잡고 노래해요
《손, 손, 내 손은》

오늘 하루 어떻게 보냈니?
《하루거리》

고운 생각으로 빚은 고운 삶

《내가 진짜 공주님》
나카가와 치히로
사과나무 옮김
크레용하우스
2001.9.1.

밥을 맛나게 먹고 싶으면, 스스로 밥을 맛나게 차리면 됩니다. 밥을 맛없게 먹고 싶으면, 스스로 골을 부리며 밥을 차리면 됩니다. 정갈하게 거름을 삭혀 논밭에 뿌리고 푸성귀와 곡식을 알뜰살뜰 돌보면, 석 달 뒤에 아름다이 열매를 얻습니다. 풀약을 치며 풀을 잡느라 부산스러우면, 풀약을 치면서 숨이 갑갑하고, 열매를 거둘 적에도 풀약을 함께 먹는 셈입니다.

생각하는 대로 삶이 움직이고, 삶이 움직이는 대로 우리한테 돌아옵니다. 풀약을 안 치면 벌레가 꼬인다지만, 겨울 지나 봄이 오면 다시 겨울이 찾아들 때까지 벌레가 있기 마련입니다. 제비가 봄을 맞이해 따순 나라로 찾아오듯, 이제 벌레도 기지개를 켜며 새롭게 살아가려고 합니다. 곧, 벌레 걱정으로 풀약 칠 일은 없습니다. 벌레는 벌레대로 살되, 사람은 사람대로 어떻게 살아야 할까 하고 생각하면 됩니다. 더구나 벌레는 새한테 먹이가 되고, 이 벌레가 나비나 나방으로 깨어나면 꽃가루받이를 하니, 사람이며 새이며 벌레는 열매를 함께 지어서 나누는 사이가 되기도 합니다.

더 헤아리면, 논둑이고 밭둑에, 숲이나 들에, 벌레들 먹을 맛난 풀이 없으면, 논밭 푸성귀와 곡식을 갉아먹을밖에 없습니다. 논밭에 한 가지 열매나 푸성귀나 나무만 심어 돌보면, 온갖 돌림앓이가 찾아들밖에 없습니다.

생각해야 합니다. 어떤 풀이 골고루 섞여 자라도록 해야 푸르면서 즐겁고 아름답겠는가 하고 생각해야 합니다. 어떤 나무가 골고루 섞여 자라도록 할 적에 싱그럽게 빛나는 푸르게 우거지는 숲이 될 만한가 하고 생각해야 합니다.

풀약을 친들 벌레가 사라지지 않아요. 풀약을 치더라도 '열매나 푸성귀 아닌 풀'은 이내 다시 돋아요. 즐겁게 살아갈 길을 생각하고, 아름답게 어울릴 길을 생각할 노릇입니다.

마리는 늘 공주님이 되고 싶었어요. 그러던 어느 날 아침 일어나 보니, 놀라운 일이 일어났어요. (2쪽)

고운 생각이 고운 삶을 빚습니다. 미운 생각이 미운 삶을 빚습니다. 착한 생각이 착한 삶을 빚습니다. 궂은 생각이 궂은 삶을 빚습니다.

서울로 가고 싶다고 생각하는 이는 어떻게 해서든 서울로 갑니다. 시골로 가고 싶다고 생각하는 이는 어떻게 해서든 시골로 갑니다. 저마다 생각하는 대로 삶을 이룹니다. 대학교 졸업장을 거머쥐고 싶은 사람은 여러 해 애써서 대학교에 가려고 합니다. 시골에서 삶을 손수 짓고 싶은 사람은 여러 해 힘써서 시골살이 밑터를 닦습니다.

아이들을 하루 내내 돌보며 즐겁게 웃거나 떠들거나 노래하고 싶은 사람은, 스스로 책을 뒤지든 스스로 어린 날 놀던 모습을 되새기든 하면서 아이들이랑 신나게 얼크러집니다. 아이들하고 하루 동안 어떻게 지내야 즐거울까 하고 생각하지 않는 사람은, 그냥 아이들을 어린이집에 맡기고 학교나 학원에 보냅니다.

맑은 생각이 맑은 삶을 빚습니다. 스스로 생각을 맑게 가다듬을 적에 스스로 삶을 맑게 보듬습니다. 환한 생각이 환한 삶을 빚습니다. 스스로 생각을 환하게 추스를 적에 스스로 삶을 환하게 밝히기 마련입니다.

좋은 짝꿍을 사귀고 싶다고요? 네, 아주 쉬워요. 언제나 좋은 생각을 하면 돼요. 우리 생각을 언제나 좋은 마음과 이야기로 그득그득 채우면 돼요. 이렇게 하면, 우리 삶은 차츰 좋은 결로 거듭나고, 바야흐로 온통 좋은 마음과 이야기로 넘실거릴 무렵, '내가 사귀고 싶은 짝꿍한테서 느낄 좋은 기운'을 바로 나부터 스스로 갖춥니다. 이리하여, 좋은 삶으로 거듭난 우리한테 좋은 짝꿍이 저절로 찾아옵니다.

진실을 알아내는 공부도 아주 중요하지요. 겉모습은 화려하고 멋있지만 속마음은 나쁜 왕자님이 있을지도 모르잖아요. 왕자님이 얼마나 똑똑하고 지혜로운지 알기 위해서는 어떻게 해야 할까요? 어려운 문제를 내어 풀 수 있는지 시험해 보면 되지요. 그래서 여러 가지 알쏭달쏭한 문제들을 많이 공부해야 해요. (19쪽)

누구나 두 가지 결로 삶을 움직이는구나 싶어요. 첫째, 마음으로 삶을 움직입니다. 마음을 어떻게 쓰느냐에 따라 우리 삶이 바뀌어요. 웃고, 노래하며, 이야기하는 마음으로 하루하루 가꾸면, 우리 삶은 시나브로 웃음과 노래와 이야기가 흐드러지는 무지갯빛이 되어요.

둘째, 몸으로 삶을 움직입니다. 바지런히 땀흘리며 흙을 일구듯, 몸으로 삶을 빛내는 길이 있습니다. 땀에서 보람을 찾고, 구리빛 살결에서 보람을 누립니다. 다른 한켠으로는, 몸으로만 삶을 움직이다가 옷치레 · 밥치레 · 집치레에 끄달릴 수 있어요. 마음 아닌 몸으로만 느끼려 할 적에는, 눈으로 보이는 겉모습에 휘둘릴 수 있습니다.

마음은 사랑을 먹으며 자랍니다. 마음은 사랑을 나누면서 밝게 웃습니다. 마음에 사랑이 있을 적에 몸도 사랑스레 움직일 수 있습니다. 마음에서 우러나오는 이야기는 이웃과 동무한테 웃음꽃을 베풉니다. 마음에서 샘솟는 꿈으로 하루하루

기쁘게 일굴 수 있습니다.

교과서에 나오는 꿈이 아닙니다. 텔레비전이나 인터넷에서 흐르는 꿈이 아닙니다. 사랑은 책으로 배우지 못합니다. 상담교사나 심리학자가 마음을 다스려 주지 못합니다. 사랑은 손짓 발짓 돈짓으로 거머쥐지 않습니다. 사랑은 보드라운 산들바람 같은 마음씨앗을 뿌리면서 나눕니다. 마음은 정갈히 쓰다듬는 손길처럼, 새롭게 돋는 풀잎처럼, 아침에 드리우는 햇살처럼, 아주 천천히 알맞게 넉넉히 누구한테나 이어지는 꿈타래입니다.

함께 생각해요. 어떻게 살아가고 싶은지를, 고운 삶지기하고 하루를 어떻게 누리고 싶은지를, 이 어여쁜 아이들하고 하루를 어떻게 즐기고 싶은지를 생각하는 어른으로 살아가기로 해요. 반가운 이웃하고 하루를 어떻게 빛내고 싶은지를 생각하면서 이 하루를 춤추기로 해요.

마리는 잠깐 생각하다가 깃털 달린 펜으로 이렇게 썼어요.
"우리 집 공주님." (30쪽)

공주님이란 어떤 사람인가를 들려주는 《내가 진짜 공주님》(나카가와 치히로/사과나무 옮김, 크레용하우스, 2001)을 읽습니다. 그림책 《내가 진짜 공주님》에 나오는 가시내는 공주님이 되고 싶다고 합니다. 늘 공주님이 되겠다고 꿈을 꾼답니다. 다만, 공주님이 되고 싶을 뿐, 공주님은 어떻게 해야 되는지 모르고, 공주님은 무엇을 하며, 공주님은 삶을 스스로 어떻게 일구는가도 몰라요.

그림책 가시내는 '공주님이 되도록 가르치는 곳'에 들어간다지요. 공주님이 되도록 가르치는 곳에서 하나부터 열까지 모두 새롭게 배운다지요. 이쁘장한 치마만 펑퍼짐하게 입고서 아무 일 안 하는 공주님이 아니라, 스스로 삶을 지으며 사랑을 나누는 공주님이 되는 길을 걸어요. 오랜 나날 알뜰살뜰 '공주님 되기 배움길'을 닦아야 한대요. 이렇게 애쓴 아이는 이제 모든 길을 거쳐 '참다운 공주님'이 된다고 합니다. 참다운 공주님이 되었기에, 가시내는 '어떤 공주님'이 되겠느냐 하고 이녁 이름을 손수 붙일 수 있습니다. 왜, 공주 참 많잖아요. 백설공주, 인어공주, 평강공주, 엄지공주, ……처럼 온갖 공주가 있어요.

자, 숱한 공주 가운데 '어떤 공주님'이 되면 즐거울까요. 우리는 이 많은 공주 가운데 '어떤 공주님'이 되어 삶을 누릴 적에 아름다울까요.

그나저나 이 그림책은 《のはらひめ》라는 이름으로 나왔습니다. 우리나라에서는 "내가 진짜 공주님"으로 옮겼으나, 하나도 안 걸맞습니다. "のはらひめ"는 "들공주"이거든요. 들에서 들꽃이랑 노닐며 뛰노는 아이란 뜻이에요. 참말로 이 그림책을 보면 처음부터 끝까지 곳곳이 '들꽃차림'입니다. 들꽃을

좋아하면서 들놀이를 누리는 들순이는 '들공주'가 가장 어울리겠다고 스스로 느꼈다고 합니다. 다만, 이런 줄거리는 일본 책을 읽으면서 알아냈고, 한글판은 꽤 뚱딴지같이 옮겼습니다. "우리 집 공주"가 아닌 "들공주", 아니 "들순이 · 들놀이순이 · 들꽃순이 · 들꽃아이"가 되겠노라 씩씩하게 외친 아이가 나오는 그림책입니다. 부디 출판사에서 이름을 바로잡기를 바랍니다. 그린님이 이 그림책으로 어린이하고 어른한테 들려주려는 이야기는 바로 '우리 스스로 들빛 · 숲빛일 적에 누구나 아름답고 사랑스러운걸'일 테니까요.

○ 책방 밭

맨발로 흙을 밟는 어린이

《펠레의 새 옷》
엘사 베스코브
편집부 옮김
지양사
2002.10.1.

스웨덴에서 1874년에 태어나 1953년에 숨을 거둔 엘사 베스코브 님이 빚은 그림책 《펠레의 새 옷》을 아이와 함께 읽습니다. 이 그림책은 2002년에 처음 우리말로 나왔고(지양사), 2003년에 다시금 새로운 판이 나옵니다

엘사 베스코브 님은 그림책을 새로 빚을 적마다 '그림님 딸아들'을 '그림책에 나오는 아이'로 그렸다고 합니다. 그림님 아이는 어머니가 그림책을 선보일 적마다 '내 그림책'을 하나씩 가지는 셈이었다지요. 이 아이들은 어른이 되어서도 어머니가 하나씩 갈마들며 물려준 이 그림책을 자랑스레 여겼다고 합니다.

인천 화평동에는 그림할머니 박정희 님(1923~2014)이 물빛그림을 나누는 조촐한 배움마당을 열어 이웃사람한테 물빛그림을 가르치셨는데, 이 그림할머니도 이녁 네 딸하고 한 아

들이 제금을 날 적에 아이마다 돌봄책(육아일기)을 따로 그려서 기쁘게 주었다고 합니다.

아이한테 잿빛집(아파트)을 사주어도 나쁘지 않겠습니다만, 아이를 어떤 사랑으로 낳아 돌본 살림이었다고 차근차근 글이며 그림이며 사진으로 엮은 꾸러미를 하나씩 물려줄 적에 더없이 아름다우리라 생각합니다. 우리는 대단하다 싶은 글을 쓰거나 그림을 그리거나 사진을 찍어야 하지 않습니다. 사랑으로 함께 살아가며 살림한 이야기를 즐거이 담아서 나누면 됩니다.

펠레는 할머니의 당근밭에서 잡초를 뽑았습니다. 그동안 할머니는 펠레의 양털을 빗어서 솜처럼 부풀렸습니다. (8쪽)

우리 집 아이들은 제멋대로 일어납니다. '제멋대로'란 마음이 가는 대로 일어난다는 뜻입니다. 푹 자고 싶으면 해가 하늘 높이 솟을 적까지도 자고, 일찍 깨고 싶으면 새벽 서너 시에도 자리를 털고 일어나요.

지난밤 열 시가 넘도록 놀다가 잠든 아이가 새벽 네 시에 일어나기에 "어라? 더 자야 하지 않을까?" 하고 물으니 "일어날래." 하면서 기지개를 켭니다. 겨울이라면 새벽 네 시가 어둡지만, 여름이라면 새벽 네 시가 환합니다.

이때에는 어쩔 길이 없습니다. 새벽놀이를 하다가 아침에 자든, 한낮에 꾸벅꾸벅 졸다가 곯아떨어지든 지켜보기만 할 뿐입니다. 새벽바람으로 일어나서 놀겠다는 아이를 어느 누구도 못 말립니다.

새벽에는 새벽바람을 쐬면서 새벽에 스러지는 새벽별을 바라보다가 풀잎마다 맺힌 새벽이슬을 톡 건드리면서 낯을 씻으면 매우 상큼해요. 풀벌레하고 숲짐승은 바로 이 풀잎에 맺힌 새벽이슬로 혀를 축이고서 하루를 살아낸다지요.

새벽잠이 사라진 아이가 몸을 느긋이 건사하며 놀도록 할 적에는 그림책이 매우 좋습니다. 곁에 같이 누워서 "자, 우리 누워서 그림책을 보면 어떨까?" 해봐요.

그림책《펠레의 새 옷》을 들고 아이 곁에 눕습니다. "벼리, 책 읽을래." 하는 아이한테 "그래, 책 읽고 싶으면 여기 누워." 하고 말하며, 아이랑 팔베개를 하고서 누운 채 새벽녘 밝은 빛살을 머리 쪽으로 받으며 한 책 두 쪽 펼칩니다. 왼쪽에 적힌 글을 읽고, 오른쪽에 나오는 그림에 따라 글에는 안 적힌 여러 가지 이야기를 덧붙여 들려줍니다.

그림책에 나오는 오빠는 늘 맨발로 다니는데, 오빠가 어디나 맨발로 다닐 수 있게끔 길은 흙길이고, 길에 깨진 조각이나 헌 못이 없다고 이야기합니다. 오빠가 돼지우리에 들어가 먹이를 주는 그림을 읽으며 오빠가 돼지우리에도 맨발로 아무렇지 않게 들어가는구나, 이렇게 씩씩하고 일 잘하는 오빠이지만, 돼지우리에 들어갔다가 나올 때에는 발을 씻어야겠지,

그런데 돼지란 매우 깨끗하게 있기를 좋아하는 짐승이라서 돼지우리는 아마 매우 깨끗할 테고, 그리 냄새는 안 나리라 생각해, 하고 여러 이야기를 덧붙입니다.

석 쪽 넉 쪽 넘기니 할머니가 나옵니다. 할머니는 나이가 많아 집에서도 추우니까 불을 피우는구나, 바느질꾼 아저씨네 두 아이 가운데 언니는 벼리보다 어려 보이는데 가위를 갖고 노네, 가위로 천조각을 자르면서 노는구나, 한 손에는 가위를 들고 다른 손에는 실패를 들었네, 펠레 오빠가 자작나무 땔감을 지고 나르니까 바느질꾼 아저씨네 두 아이도 가슴에 땔감을 한둘씩 안고 함께 일하는구나, 펠레 오빠는 언제나 맨발로 일하고 놀았는데, 양한테서 얻은 털로 지은 새옷을 입을 적에는 반짝반짝 신을 신었어, 그러고는 양한테 가장 먼저 찾아가서 고맙다고 꾸벅하는구나, 그림책에는 '아기 양'이라고 나오지만, 양한테는 '새끼 양'이라고 해야 어울려, 돼지는 '새끼 돼지'야, 같은 이야기를 줄줄 덧달아 들려줍니다.

펠레는 할머니의 암소를 돌보고, 할머니는 양털을 물레로 자아 실을 뽑았습니다. (12쪽)

천천히 천천히 그림책을 넘기면서 읽습니다. 그림책 하나를 천천히 다 읽고는 내려놓습니다. 아이를 더 재우려면 아버지도 함께 드러누워야겠구나 싶어 그대로 누운 채 팔을 아이한테 뻗습니다. 아이는 마음껏 머리를 요리조리 굴리며 팔베개를 즐깁니다. 아이는 제 어버이 팔이 어떠하든 마음껏 머리를 굴립니다. 팔에 힘을 빼고 아이가 하는 대로 지켜봅니다. 삼십 분 즈음 이렇게 뒹굴거리던 아이는 이윽고 잠이 듭니다. 아이가 조용히 잠들었을 무렵 살며시 일어납니다. 이불을 다시 여미고 발소리를 죽이며 잠칸(침실)에서 나옵니다.

펠레는 어머니한테 갔습니다. "어머니, 이 실로 옷감을 짜 주세요." "그러구 말구. 그동안 네 여동생을 돌보아 주겠니?" 펠레가 여동생을 보살피는 동안, 어머니는 베틀에 앉아 옷감을 짰습니다. (20쪽)

그림책《펠레의 새 옷》을 곰곰이 다시 읽습니다. 어린 펠레는 새 옷을 입었습니다. 어린 펠레는 양털을 고르거나 물레를 잣거나 베틀을 밟을 줄 모릅니다. 가위질이나 바느질을 아직 하지 못합니다. 그래도 어린 펠레는 실을 물들일 줄 알아요. 실을 물들이려고 나무를 해서 불을 붙일 줄 알며, 물그릇을 짊어지고는 불이 옮겨 붙지 않을 만한 물가에서 물을 끓여 실에 파란 물을 들입니다. 파란 물을 들인 실은 나무 사이에 줄을 이어 걸어서 말립니다.

그러고 보면, 어린 펠레는 당근밭에서 당근줄기 아닌 다른 풀을 알아보면서 김매기를 할 줄 압니다. 소를 몰거나 부릴 줄 압니다. 어린 동생한테 뜨거운 죽을 호호 불어 가며 찬찬히 먹이며 귀여워할 줄 압니다. 나룻배를 저어 냇물을 건널 줄 알고, 어른이 돈을 쥐어 주며 심부름을 시킬 적에 알뜰히 해낼 뿐 아니라, 돈셈을 바르게 해서 거스름돈을 받아 제 새 옷에 물들일 물감을 장만할 줄 압니다. 어린 동생들을 이끌며 땔나무를 즐거이 나를 줄 알아요.

무엇보다 고마운 마음을 잘 아는 어린 펠레입니다. 양한테 고맙다고 절할 줄 압니다. 할머니랑 아저씨한테 고맙다고 절할 줄 압니다. 하루하루 몸이 크면서 예전 옷이 작다고 느낄 줄 알며, 새로 옷을 맞추어야 하는 줄 알아요. 펠레는 저한테 작은 옷을 어떻게 할까요. 아마 이웃집 어린 동생한테 "자, 내가 아껴 입던 옷이야. 잘 빨았으니까 네가 더 크면 입으렴." 하고 물려주지 않을까요?

그리고 일요일 아침, 펠레는 새 옷을 입고 아기 양을 찾아갔습니다. "아기 양아, 고맙다. 너의 털로 새 옷을 지을 수 있었어." "음매애-애-애." (28쪽)

할머니는 할머니이기 때문에 양털을 빗질할 줄 알며, 물레를 지을 줄 압니다. 어머니는 어머니이기 때문에 베틀을 밟을 줄 압니다. 그리고 할머니와 어머니는 어린 펠레를 귀엽게 바라보면서 도와줄 줄 압니다.

어린 펠레는 귀여움을 받고 자라면서 앞으로 저보다 어린 동생한테 여러모로 손길을 내밀어 돕겠지요. 어린 펠레가 어른 펠레가 되면, 지난날 저처럼 어린 아이들이 저한테 도와 달라고 찾아오면 지난날 어른들이 저한테 했듯이 '어린 몸에 걸맞게 어떠한 일을 해내'야 좋고, 이러한 일을 해내는 보람과 값과 사랑을 느끼도록 이끌면서 아주 기쁘게 빛(선물)을 하나씩 나누겠지요.

맨발로 흙을 밟으며 살아가는 어린이는 흙 기운을 곱게 맞아들입니다. 맨발로 흙을 밟으며 흙을 좋아할 줄 알고, 흙을 좋아할 줄 아니까 흙을 어떻게 사랑하면서 돌봐야 하는 줄 알겠지요.

고마운 햇볕과 바람과 물과 흙에 둘러싸여 고마운 이웃과 짐승과 푸나무하고 어깨동무하는 펠레한테는 하루하루 새로운 나날이면서 언제나 즐거운 삶입니다. 시골 닭을 시골 닭답게 투박하고 수수하게 흙내가 나도록 지은 그림책이 무척 사랑스럽습니다. 온누리 모든 어버이가 아이를 사랑으로 돌보려는 길에 처음 펴면 즐거울 그림책이라고 여깁니다.

○ 책방심다

다른 길을 가는 다른 둘

《어린 음악가 폭스트롯》
헬메 하이네
문성원 옮김
달리
2003.11.10.

제가 태어나서 자란 집은 조용했습니다. 아버지는 새벽바람으로 일하러 나가서 밤늦게 돌아옵니다. 어머니는 새벽부터 밤까지 쉴새없이 집안일을 합니다. 어머니는 라디오를 켜고서 일하셨어요. 스스로 말을 하거나 노래를 하면서 일하기보다는 다른 소리를 듣기를 즐기셨어요.

집 바깥에는 끝없이 소리가 흐릅니다. 1970~80년대에는 어디에나 아이들이 우글우글해서 아침부터 저녁까지 개구지게 뛰노는 소리가 가득하지요. 온마을을 쩌렁쩌렁 울린달까요.

제가 나고 자란 곳은 인천 바닷가인 터라 갈매기를 늘 보았고, 갈매기 울음소리도 노상 들었어요. 인천 자유공원이나 수봉공원이나 율목도서관이 멀지 않은 터라 이런 곳에서 기르는 비둘기가 언제나 우리 마을뿐 아니라 인천 곳곳을 떼지어 날아다녔어요.

집에서 라디오, 바깥에서 아이들 놀이, 갈매기랑 비둘기, 그리고 경인고속도로 들머리였기에 하룻내 쉬잖고 달리는 무시무시한 짐차가 내는 소리, 이런 소리가 잦아들라치면 듣는 바람소리, 구름소리, 여기에 아지랑이가 피어나는 소리, 비가 오려고 먼 데에서 우릉우릉 하늘이 울며 다가오는 소리들을 으레 품으면서 자랐습니다.

엄마 여우랑 아빠 여우는 다른 여우들처럼 말수가 적었어요. 말을 주고받지 않고도 서로 마음이 통했거든요. 마주보고 웃거나, 이빨을 드러내는 것만으로도 충분했답니다. 어느 날 폭스트롯은 유모차에서 기어나왔어요. 그리고 살짝 문 밖을 내다보고는 깜짝 놀라고 말았어요. 바깥세상은 정말 시끌벅적했거든요. (4~6쪽)

여우네 이야기가 나오는 《어린 음악가 폭스트롯》(헬메 하이네/문성원 옮김, 달리, 2003)입니다. 사람들이 익히 알 듯이 여우는 다른 작은 짐승을 사냥합니다. 다른 짐승을 잡아서 먹어요. '폭스트롯'이라는 새끼 여우도 '여느 여우 집안'에서 태어났어요. 그런데 폭스트롯을 낳은 어미 여우는 매우 조용하다고 해요. 집(땅속에 판 굴)에서 두 어미 여우는 거의 말을 하지 않고 눈빛으로 서로 마음을 읽는다지요.

여러모로 생각한다면 여우로서는 '말이 적'거나 '말이 없'

어야 좋을 수 있어요. 수다쟁이 여우라면 사냥을 하다가 시끄러운 소리를 내어 먹이를 놓칠 테니까요.

어린 여우 폭스트롯은 어릴 적부터 무척 조용한 집안에서 자랐기에 처음에는 말이 없고 조용했다고 해요. 아무래도 그렇겠지요? 어버이가 집살림을 어떻게 꾸리느냐에 따라 아이 모습이 달라질 테니까요.

이러던 어느 날 폭스트롯은 혼자서 집밖, 그러니까 굴 밖으로 고개를 빼꼼 내밀어 보았대요. 이제 폭스트롯도 제법 자라서 혼자 바깥구경을 할 만하기에 조용히 바깥을 살펴보았을 테지요. 이때 폭스트롯은 무척 놀랐다고 합니다. 어쩜 온누리에 이렇게 숱한 소리가 있는가 하고 놀랐대요.

지지배배, 짹짹, 까깍, 쫑쫑. 갖가지 소리에 폭스트롯은 푹 빠져들었답니다. 집에 돌아온 폭스트롯은 밖에서 들었던 소리를 흉내내어 보았어요. 갖가지 소리를 한꺼번에 내면서요. (10~11쪽)

어린 여우 폭스트롯은 어미 여우처럼 '먹이를 좇거나 찾거나 잡는' 데에는 마음을 쓰지 않았다고 합니다. 어린 여우 폭스트롯은 '소리를 좇거나 찾거나 잡는' 데에 마음을 썼대요. 이리하여 어미 여우가 사냥을 할 적에도 폭스트롯은 그만 온갖 시끄러운 소리를 냈고, 폭스트롯 집안은 밥(먹이)이 떨어져서 쫄쫄 굶었다는군요.

그림책을 읽다가 이쯤에서 곰곰이 돌아봅니다. 그림책은 여우네를 이야기하지만, 이는 사람네에서도 비슷합니다. 조용한 집안이 있고 시끌벅적한 집안이 있어요. 아이는 어버이 살림을 고스란히 물려받을 수 있고, 아이는 어버이하고는 동떨어진 새롭거나 다른 살림을 스스로 찾아나설 수 있어요. 어버이는 아이가 어버이하고 다른 길을 걷는다고 할 적에 즐겁게 북돋울 수 있지만, 어버이하고 다른 길을 걷기에 싫거나 밉거나 성날 수 있어요.

그때 폭스트롯의 입에 묶인 줄이 풀어지고 폭스트롯이 노래를 부르기 시작했어요. 꾀꼬리처럼 곱고 아름다운 목소리로 말이에요. 노랫소리에 귀를 기울이던 산지기는 아름다운 목소리에 감동하여 폭스트롯네 식구를 살려 주었어요. (20~23쪽)

그림책 《어린 음악가 폭스트롯》은 두 가지를 짚으려 하는구나 하고 느낍니다. 첫째는 삶을 짚습니다. 집집마다 다른 삶을 짚지요. 그리고 집집마다 다르되 어버이가 아이들한테 물려주는 삶을 짚어요. 아이가 어버이한테서 물려받은 삶을 짚으면서, 아이가 어버이하고는 다르게 스스로 찾으려 하는 삶을 짚어요.

여기에 이 그림책은 꿈을 짚습니다. 어버이가 아이를 낳으면서 살림을 가꿀 적에 품는 꿈을 짚지요. 어버이는 아이를 '사랑스럽고 아름다우며 즐겁게' 보살피고 싶습니다. 어버이는 아이한테 '어버이로서 이제껏 얻거나 익히거나 건사한 모든 살림과 앎'을 물려주고 싶을 만해요. 이와 달리 아이는 '꼭 어버이한테서만 살림과 앎을 물려받지 않겠다'고 여길 만하지요. 아이는 혼자서 제 꿈을 찾을 수 있어요. 아이는 다른 길을 걸을 수 있어요. 아이 꿈은 어버이 꿈하고 다를 수 있어요.

어른이 된 폭스트롯은 슬기로운 여우 청년과 결혼하여 아이들을 많이 낳았어요. 아이들은 하나같이 음악에 뛰어난 소질을 보였어요. 단지 막내아들이 걱정될 뿐이었지요. (30~31쪽)

일자리(직업)가 아닌 꿈을 생각해 봅니다. 돈을 잘 벌거나 흔히 '안정된 직업'이라고 하는 일자리 말고, 아이가 스스로 가장 아름다우면서 사랑스럽고 즐겁게 이을 수 있는 일이란 무엇인가 하는 대목을 헤아려 봅니다. 어버이로서 아이를 학교에 보낸다고 할 적에 아이가 무엇을 배우기를 바라는 마음이 될까요? 아이가 시험성적을 잘 거두기만을 바라는 마음일까요? 아이가 시험성적을 잘 거두지 못해도 아이 나름대로 즐겁게 꿈을 키우기를 바라는 마음일까요? 아이가 받는 시험성적은 바라보지 않고 아이가 짓는 꿈을 바라볼 수 있을까요?

그림책《어린 음악가 폭스트롯》에 나오는 어미 여우는 폭스트롯한테 '여느 사냥꾼 여우'다운 살림을 물려주지 못합니다. 폭스트롯은 스스로 새로운 길을 걸으면서 새로운 살림을 지어요. 그리고 이러한 삶결이 고스란히 흘러서 폭스트롯이 어느새 어른 여우가 된 뒤에 낳은 '폭스트롯네 아이'도 폭스트롯하고 다른 길을 걷는다지요.

참말로 아이들 앞날은 아직 몰라요. 참말로 아이들 앞날은 어른이나 어버이가 섣불리 붙들어 맬 수 없어요. 참말로 아이들은 즐겁게 꿈을 꾸면서 아름답게 꿈을 빚고 사랑스레 꿈을 이룰 수 있기를 바라요.

서로 손을 잡고 노래해요

《손, 손, 내 손은》
테드 랜드 그림
빌 마틴 주니어·존 아캠볼트 글
이상희 옮김
열린어린이
2005.6.20.

아이들이 잠든 집은 조용합니다. 집안에서 나오는 소리가 똑 끊어지니 조용합니다. 그러나 시골마을 보금자리 둘레에는 하루 내내 소리가 이어집니다. 풀벌레, 멧새, 개구리 노랫소리가 이어집니다. 바람, 햇살, 도랑물이 간드러지는 소리가 이어집니다. 더 귀를 기울이면, 나뭇잎과 풀잎이 춤추는 소리를 듣습니다. 더 귀를 쫑긋 세우면, 꽃이 피고 열매를 맺어 씨앗이 터지는 소리를 듣습니다. 더 귀를 바짝 일으키면 벌과 나비가 나부끼는 소리에, 가깝고 먼 숲에서 숱한 숨결이 어우러지는 소리를 듣습니다.

여름날 새벽 네 시 무렵 희뿌윰하게 트는 동을 바라보면 새벽소리가 스밉니다. 하얀 빛살에 소리가락이 살포시 묻어납니다. 아무 소리 없이 찾아오는 새벽이란 없습니다. 햇살이 드리우면서 빛과 볕에 묻어나는 소리가 있습니다. 저녁에 해가 저물 때에도 소리가 있어요. 가만히 눈을 감고 별을 느껴 보아요. 붉게 지는 노을을 물끄러미 바라보아요. 해가 우리한테 들려주는 소리가 있어요.

푸른별은 날마다 돌고, 달은 푸른별 둘레에서 언제나 돕니다. 사람 귀로는 푸른별이나 달이 내는 소리를 못 듣는다고 해요. 그런데 우리 스스로 귀를 기울일 수 있으면 푸른별이 구르는 소리를 들을 수 있어요. 우리 스스로 귀를 기울이면, 개미가 걷는 소리, 진딧물이 복닥거리는 소리까지 들을 수 있습니다. 참말 시골 흙일꾼은 이삭 패는 소리를 들어요. 벼가 자라는 소리를 듣는다는 흙일꾼이 있어요.

발, 발, 내 발은 또박또박 걷고 우뚝 멈춰요. (4쪽)

소리는 귀로만 듣지 않습니다. 소리는 마음으로 함께 듣습니다. 마음으로 듣는 소리가 있기에 귀로 소리를 나란히 들어요. 마음을 닫을 때에는 귀로도 소리가 스미지 못해요. 한귀로 흘러들어도 다른 한귀로 빠져나가요. 한쪽 귀로 아예 못 들어오기까지 해요.

숲소리를 듣는 사람은 숲한테 마음을 열었기 때문입니다. 바람과 구름 소리를 듣는 사람은 바람과 구름한테 마음을 열었기 때문이에요. 노을빛과 함께 노을소리를 듣는다면, 노을한테 마음을 열었기 때문이지요.

아이들 노랫소리를 들어 보셔요. 귀로만 듣지 말고, 마음으로 들어 보셔요. 아이들이 말마디 하나하나에 얼마나 깊이 사랑과 꿈을 담아 노래를 부르는지 마음으로 들어 보셔요. 가락이나 높낮이가 틀린 대목이 아닌, 노래를 부르는 사랑과 꿈을 들어 보아요. 하늘소리를 듣고 흙소리를 들어요. 물소리를 들으며 바람소리에다가 꽃소리와 풀소리를 들어요.

우리 곁 나무는 언제나 사람한테 이야기를 건넨다고 해요. 다만, 오늘날 사람들 가운데 나무가 들려주는 이야기를 제대로 알아듣는 사람은 아주 드물다고 해요. 멧새와 들새가 지저귀는 노랫소리조차 제대로 알아듣지 못하는 사람투성이예요.

그렇지만 오늘날 사람들은 어떤 다른 소리는 잘 알아듣습니다. 이를테면, 어떤 이는 바퀴 소리만 듣고도 '어느 곳 자동차'인지 알아차려요. 여닫이나 미닫이 소리로도 '어느 곳 자동차'인지 알아내는 사람이 있어요. 아이들도 이와 같아요. 아이들은 저희 어버이가 모는 자가용 소리를 알아차려요. 어르신도 이녁 아이들(어른이 된 아이들)이 모는 자동차 소리를 곧 알아차리지요. 저 멀리에서 자동차가 달려오는데, 아마 1~2킬로미터쯤 떨어졌을 텐데, '어라, 우리 딸내미가 오는겨?' 하고 알아차리지요. 왜냐하면, 소리를 귀로만 듣지 않고 마음으로 함께 듣기 때문이에요.

코, 코, 내 코는 흠흠 냄새 맡고 쌕쌕 숨쉬어요. (8쪽)

날씨는 눈으로만 읽지 못해요. 날씨는 살갗, 코, 귀, 머리, 마음에다가 눈으로 읽어요. 모든 느낌을 살려서 날씨를 읽어요. 구름결만 보아서는 날씨를 제대로 읽지 못해요. 구름이 흐르는 소리를 들어야 날씨를 읽어요. 다시 말하자면, 오늘날 사람들은 구름결도 못 읽고 구름 소리도 못 읽지요. 오늘날 사람들은 구름을 빤히 쳐다보아도 날씨가 어떻게 바뀌는 줄 알아차리지 못합니다.

아이들 마음은 아이들 눈동자를 빤히 쳐다본대서 읽지 못합니다. 눈으로만 읽으려 하면 못 읽어요. 눈, 코, 귀, 입에다가 살갗과 머리와 마음 모두 써서 따사롭게 어깨동무하려고 할 적에 비로소 아이들 마음을 읽을 수 있어요.

서로 손을 잡고 노래해요. 서로 꿈을 키우면서 노래해요. 서로 사랑을 가꾸면서 노래해요. 가장 아름답게 살아갈 나날을 노래해요. 가장 즐겁게 이야기꽃 피울 하루를 노래해요.

우리 몸에 눈이나 코나 귀나 입이 왜 있을까 생각해 봐요. 우리 팔과 다리와 손과 발은 어떤 구실을 하는지 생각해 봐요. '빰따귀를 갈기려고 빰이 있지' 않아요. '빰에 살며시 뽀뽀를 하며 사랑을 속삭이고 싶어서 빰이 있'어요. 이러한 얼거리처럼, 풀이 왜 있고, 나무가 왜 있으며, 해와 달과 별과 무지개와 아지랑이가 왜 있는지 생각해 봐요. 오늘날 큰고장에서는 왜 무지개와 아지랑이가 사라지는지, 큰고장에서 별을 제대로 못 보는 삶이란 무엇이 사라지면서 무너지는 삶인 줄 생각각해 봐요.

빰, 빰, 내 빰은 쪽 뽀뽀해 주면 발그레 빨개져요. (19쪽)

푸른별 여러 어린이가 사이좋게 나오는《손, 손, 내 손은》(테드 랜드 그림, 빌 마틴 주니어 · 존 아캠볼트 글/이상희 옮김, 열린어린이, 2005)을 아이들하고 읽습니다. 사랑스러운 그림을 아이들하고 함께 누릴 수 있어 반갑습니다. 살가운 글을 아이들한테 들려줄 수 있어 고맙습니다. 아이들하고 그림책을 한 벌 읽고, 두 벌 읽으면서, '이야 그림책 읽는 맛은 바로 이러한 맛이로구나' 하고 깨닫습니다. 그림을 가만히 들여다보기만 하더라도 즐겁습니다. 글을 여러 벌 되읽으면서 재미납니다.

이 눈을 생각하고, 이 코를 생각합니다. 이 귀를 헤아리고, 이 발을 헤아립니다. 우리 몸 어느 자리도 참 아름답습니다. 우리 마음 아주 조그마한 자리도 아주 애틋합니다. 푸른 숨결을 머금은 바람이 불어 시골마을 조그마한 집으로 스며듭니다. 아이들이 새근새근 낮잠을 자는 마루로 여름바람이 드나듭니다. 큰아이가 하품을 하고 기지개를 켭니다. 벌써 일어나려나. 일어나려면 일어나렴. 또 신나게 놀고, 또 기쁘게 밥먹으며, 또 달콤하게 밤잠 누리렴.

책봄

오늘 하루 어떻게 보냈니?

《하루거리》
김휘훈
그림책공작소
2020.1.30.

누구는 학교를 다니며 받는 '개근상'이 대수롭지 않을 만합니다. 그러나 고삭부리라는 몸을 타고난 아이라면 한 해 내내 학교를 안 빠지기란 너무 어렵습니다. 아주 고삭부리가 아니더라도 곧잘 끙끙 앓는 여린 몸이어도 개근상이란 까마득할 만합니다.

저는 고삭부리인 몸으로 태어난 터라 툭하면 앓았고, 걸핏하면 드러누웠습니다. 겉보기로는 멀쩡한 듯하지만 몸 곳곳이 말썽인 채 태어났구나 싶더군요. 마흔 해가 조금 못 되는 지난날, 병원에서 의사가 그러더군요. "수술을 해도 완치될 가능성은 없지만, 수술을 하는 편이 좋겠습니다." 하고. 어머니는 의사 말대로 몸에 칼을 대려 하셨고, 저는 몸에 칼을 대기가 끔찍하게 싫어 꽤 오래 울며불며 매달렸어요. 몸에 칼을 대도 낫지 않는다면 몸에 칼을 대야 할 까닭이 없지 않을까요.

순자는 일만 했지 노는 걸 못 봤어.
늘 머리에 광주리를 이고 다녔지.
"쑥 사세요! 콩밭열무 사세요!"
나물해다가 골목골목 팔러 다니는 거야. (7쪽)

배움터나 마을에서 들려주는 옛이야기에서는 '옛날에는 집집마다 아이가 많아, 골골거리는 몸으로 태어나면 쉽게 버린다'고 했어요. 이런 옛이야기를 들려주는 어른이 참 미웠습니다. 그 어른 스스로 얼마나 골골거려 보았기에 그런 옛이야기를 들려줄까요?

그러나 그 옛이야기를 들었기 때문인지, 끙끙 앓으며 드러누워 죽는지 사는지 알 길이 없이 꿈에서 헤맬 적에 아스라한 옛날 모습이 머리에 환하게 떠올랐습니다. 꿈에서 본 모습인데, 골골거리는 동생 곁에 언니들이 둘러앉아서 걱정을 하지요. 골골거리는 동생은 '나는 곧 죽을 테니 난 안 먹어도 돼.' 하면서 밥을 물리고 조용히 숨을 거둡니다.

날이 저물면 밀린 집안일은 좀 많아?
그러니 동무들은 마당에 멍석 깔아놓고
"야! 별똥 떨어진다!"
이래가며 노는데
순자한테는 그게 아주 딴 세상 얘기란 말이지. (11쪽)

할머니가 들려준 삶이야기를 곰곰이 헤아려 새롭게 담아낸 《하루거리》(김휘훈, 그림책공작소, 2020)를 읽었습니다. '하루거리'를 놓고서 이야기를 엮은 그림책이라고도 할 만하지만, 이보다는 '하루거리'를 그림감으로 삼아 온갖 이야기를 한 올 두 올 엮었구나 싶습니다.

무엇보다 동무 이야기를 다룹니다. 다음으로 놀이 이야기를 다룹니다. 다음으로 들이며 숲 이야기를 다룹니다. 다음으로 살림 이야기를 다룹니다. 다음으로 마음이란 이야기를 다룹니다. 다음으로 마을 이야기를 다룹니다. 다음으로 꿈하고 사랑이란 이야기를 다룹니다. 다음으로 오늘 우리가 누리는 하루가 어떠한 길을 나아가느냐 하는 이야기를 다룹니다. 다음으로 별빛을 받으며 마음을 달래는 이야기를 다룹니다. 다음으로 삶하고 죽음 사이에는 오직 한 가지 빛줄기가 있다는 이야기를 다룹니다.

"물 할머니, 물 할아버지! 순자 몸이
덜덜 떨려서 꼭 설맞은 닭 같습니다.
좀 낫게 해 주셔요."
그런데 어째 순자가 조용한 거야.
"순자야, 너 잘 따라했지?"
"아니, 죽게 해달라고 빌었어."
"뭐! 참말이니? 참말 죽고 싶어?"

"응……." (20~21쪽)

그림책《하루거리》는 '순자'란 아이를 둘러싼 마을살이 한 토막을 짚습니다. 이 그림책에 흐르는 마을을 보면 집집마다 풀로 이은 지붕이니, 이즈막에는 딱히 학교란 데가 없겠지요. 마을이 고스란히 학교인 셈입니다. 따로 아이들을 이끄는 교사란 어른이 없습니다만, 아이들은 서로서로 길잡이가 되고 길동무가 됩니다.

엉뚱하다 싶은 길로 빠지기도 하지만, 뭔가 어그러지면 다시 머리를 맞대고, 차근차근 이야기를 해요. 가장 나은 길을 찾으려고 머리를 쥐어짜고, 무엇보다도 이웃집 동무하고 어깨를 겯고서 함께 놀고 함께 일하고 함께 꿈꾸고 함께 웃고 함께 떠들고 함께 낮잠을 자고 함께 별바라기를 하는 하루를 그리려고 합니다.

정혜는 순자를 자기네 집 뒷간에 밀어넣고 말했어.

"여기서 이 달걀을 다 먹어.

그럼 밤사이에 병이 뚝 떨어질 거야."

동무들은 달걀 먹이려다 괜히 애먹이면 어쩌나 싶었지. (29쪽)

어쩌다 보니 순자란 아이는 곁에 피붙이가 하나도 없습니다. 크지도 작지도 않은 집에 덩그러니 혼자입니다. 말을 섞을 사람이 없고, 말을 걸 사람이 없습니다. 때 되어 밥을 먹으라느니, 심부름을 하라느니, 몸을 씻으라느니, 옷을 빨라느니, 이부자리를 깔라느리, 이불을 개라느니, 마당에 비질을 하라느니…… 잔소리도 군소리도 살림소리도 사랑소리도 노랫소리도 들려줄 사람이 없습니다.

말을 걸어올 사람이 없으니 스스로 나서서 말을 할 일이 없습니다. 이런 나날을 보내는 순자는 마음에 한 가지 생각을 심어요. 바로 '죽음'입니다. 죽음처럼 사느니, 삶을 마감하고 죽음으로 가는 길이 낫다고 여깁니다.

이때에 마을 또래는 순자한테 살그마니 다가가서 말을 섞어요. '하루거리'에 걸리지 않았나 걱정하면서, 또 순자하고 놀고 싶은 마음에, 또 스스로 배우고 살림하는 마을이란 터전을 얼결에 복닥복닥 가꾼다고 할까요.

> 그때 분이 눈에 하얗게 열린 박이 보였어.
> "잠깐, 애들아! 어디 참인지 볼래?
> 순자가 참말 죽고 싶은지 아닌지." (41쪽)

삶이 아닌 죽음을 바라는 순자라는 동무한테 마을 아이들은 무슨 말을 하거나 무엇을 해줄 만할까요. 그런가 하고 지나치면 될까요, 어른한테 이르면 될까요, 씨나락 까먹는 소리라 여기며 귓등으로 흘리면 될까요, 벼랑에서 등을 밀면 될까요?

그림책《하루거리》에 나오는 아이들은 곰곰이 생각하고 또 생각합니다. 서로서로 이야기를 하고 자꾸자꾸 이야기를 합니다. 어떡해야 할까, 순자랑 동무로 지내고 싶은데, 순자가 별똥도 함께 보고 나무도 함께 타고 온갖 놀이도 함께 누리면 좋을 텐데, 참말로 어떡해야 하나 하고 생각하지요.

"어머, 순자 너 몸이 튼튼한가 보다."
"그거 먹으면 다 죽는데, 너만 안 죽는다 야."
"우와, 순자 참말로 오래 살려나 보다!"
"다행이지 뭐야, 너 죽었으면 우린 어쩔 뻔했니?" (48쪽)

그림책을 일군 분 할머니는 지난날 어떤 하루를 보내셨을까요? 그림님 할머니는 순자였을까요, 아니면 여러 마을 아이들 가운데 하나였을까요? 그림님 할머니는 어떤 눈빛에 마음으로 이녁 아이한테 옛이야기를 들려주었을까요?

그림님 김휘훈 님은 어제를 바탕으로 오늘을 새로 들려주는 그림책을 갈무리했습니다. 마을 어른이 그냥그냥 보는 눈길이 아닌, 마을 아이가 차근차근 보는 눈길에서 피어나는 마음을 살짝 얹습니다. 근심걱정으로는 아무것도 바꾸지 못하지만, 즐겁게 놀이하며 나무랑 별하고 가까이 지내는 하루가 얼마나 즐거우면서 놀라운가 하는 발걸음을 가만히 옮깁니다.

흙빛을 담은 그림책입니다. 흙빛에 드리우는 별빛을 사랑하는 그림책입니다. 흙빛에 깃드는 빗물빛을, 냇물빛을, 바닷물빛을 꿈꾸는 그림책입니다.

앓는 사람한테는 하루가 그지없이 길며 끔찍합니다. 몸앓이도 몸앓이일 테지만, 마음앓이로 힘든 사람한테 하루는 가없이 까마득하면서 쓸쓸합니다. 우리는 오늘 하루를 어떤 보금자리가, 마을이, 길이, 살림이, 사랑이, 노래가, 놀이가, 이야기가 되도록 보내는가요?

낮에 나무를 타며 매실을 따다가 나무를 쓰다듬으면서 큰 소리로 말했어요. "우리 집 나무는 참 튼튼하고 아름답고 사랑스럽지." 이 말소리를 들은 나무가 파르르 춤추면서 휘잉휘잉 바람을 불러서 머리카락을 쏴아아 날려 주더군요. 우리 입에서 터져나오는 모든 말은 오늘 하루를 살리기도 하지만, 죽이기도 하는, 무엇보다도 사랑으로 나아가도록 하는 별빛 같은 씨앗이 되는구나 싶습니다.

○ 호수책장

마.

하루를 읽고 쓰다

2017.5.25.《나의 유서 맨발의 겐》

나카자와 케이지 글·그림/김송이 옮김, 아름드리미디어, 2014.1.6.

마실길에는 짐을 단출히 해야 어깨에 다리가 가볍다만, 내 마실짐은 언제나 묵직하다. 무릎셈틀(노트북)하고 사진기도 챙기지만 언제나 책집마실을 하느라 등짐이며 끌짐이 가득한데, 시골집에서 길을 나서며 챙기는 책도 만만찮다. 대전 · 서울을 거쳐 순천을 들러 고흥으로 돌아오는 길에 읽으려고 챙긴 책 가운데 하나는《나의 유서 맨발의 겐》. 한꺼번에 다 읽기 아쉬워서 야금야금 읽는다. 읽다가 쉬고, 읽다가 수첩을 펴서 생각을 적고, 읽다가 동시를 두 꼭지쯤 써 본다. 그러나 대전에서 서울로 가는 시외버스에서 다 읽었고, 서울서 순천으로 가는 기차에서 새삼스레 더 들춘다. 가슴에 꽁꽁 숨기려고 했던 생채기하고 아픔을 만화로 담아내고 또 담아낸 이야기가 따사롭게 흐른다. 생채기하고 아픔을 마치 부아를 터뜨리듯이 글로 적어내는데 이러한 글이 더없이 따사롭다. 전쟁이 아닌 평화를 바라는 생채기이고, 바보스러운 극우 일본이 아니라 슬기로운 한 사람이 되기를 바라는 아픔이기에, 만화님 한 분이 죽음을 앞두고 마지막으로 남긴 이 삶책은 이녁 온사랑을 쏟아낸 빛(선물)이라고 할 만하다. 아픈 가슴을 사랑으로 적시려고 하는 눈물로 만화를 그린 손길이란 무엇인가. 이 땅이 곱게 피어나는 꽃으로 흐드러지기를 바라는 꿈을 다시금 아로새긴다. 참 아름다운 책이다.

2017.6.14.《가와구치 요시카즈의 자연농 교실》

아라이 요시미·가가미야마 에츠코 글/최성현 옮김, 정신세계사, 2017.1.31.

요 며칠 동안 밥을 짓는 틈틈이《가와구치 요시카즈의 자연농 교실》을 읽는다. 흙을 살리는 길을 걸으면서 논밭을 가꾸는 이야기를 다루는 책이다. 사진하고 그림을 매우 알맞게 넣으면서 새내기 시골지기도 즐겁게 흙살림을 익히도록 북돋우는 책이라고 느낀다. 다만 옮김말은 매우 아쉽다. 아무래도 '유기농 · 관행농 · 자연농' 같은 이름도 일본 한자말이고, 유기농이든 관행농이든 자연농이든 일본에서 빚어서 쓰는 한자말이 매우 많다. 이 책에서는 이런 일본말을 거의 못 거른다. "갈지 않다 · 무경운"이 뒤섞여 나오고 "손수 받는 씨앗 · 자가채종"이 뒤섞여 나오며 "제때에 씨뿌리기 · 적기 파종"이 뒤섞여 나온다. 흙을 '진압한다'고 자꾸 나오기에 뭔 소리인가 했더니, '누르다'를 일본 한자말로는 '진압'으로 적더라. 흙을 살리면서 우리 몸을 살리는 길을 서로 즐겁게 걷는다면, 말을 살리면서 우리 마음을 살리면서 함께 기쁜 삶이 된다면 참으로 아름다우리라 생각한다. 아무튼 옮김말은 매우 아쉬워도 아주 멋진 책이기에 밥을 짓는 부엌 한쪽에 놓고서 차근차근 읽는다.

2017.7.22.《KERTESZ ON KERTESZ》

Andre Kertesz 글·사진, Abbeville, 1983.

'모나미' 글붓(볼펜)을 참 오래 썼으나, 이제 더는 안 쓴다. 마흔 해 가까이 썼지만, 잘 안 나가고 똥이 많고 조금만 추워도 얼어붙는다. 열 해쯤 앞서 이웃님이 "글 많이 쓰시는데 좋은 펜 쓰셔야 합니다." 하면서 '제트스트림'이라는 글붓을 열 자루 건네주셨다. 그때에는 '그냥 모나미로도 좋은데' 하고 생각했으나, 이웃님이 건넨 글붓을 몇 해 만에 써 보고 깜짝 놀랐다. 그때부터 '모나미' 것은 싹 걷어서 버렸다. 그토록 오래 '모나미'를 써 주었건만, '값싼 나라사랑(애국심)'을 더는 펴지 못하겠더라. 글을 쓰다가 종이가 망가지고, 겨울엔 못 쓸 뿐더러, 한숨이 나왔으니까. 생각해 보니 내가 쓰는 사진기는 일본 것이다. 사진기는 일본이 처음 만들지 않았으나 "사진 = 일본"이 되었다. 그들은 얼마나 땀흘렸을까? 가만 보면 볼펜뿐 아니라 연필도 제대로 못 깎는 우리나라이다.《KERTESZ ON KERTESZ》를 장만해서 읽다가 흠칫했다. 적잖은 우리나라 사진쟁이가 케르테츠 흉내나 베낌질을 했구나 싶더라. 왜 그럴까? 왜 우리 스스로 땀흘리거나 갈고닦지를 않을까? 투박하거나 못생겨도 좋다. 우리 깜냥껏 사랑으로 지으면 즐겁다. 케르테츠는 그저 케르테츠일 뿐이듯, 우리는 오롯이 우리답게 삶꽃이 되어야 빛난다.

2017.8.26.《엄마 냄새 참 좋다》

유승하 글·그림, 창비, 2014.8.25.

밥을 짓는다. 아침저녁으로 밥을 짓는다. 하루에 두 끼니를 짓기에 밥 한 끼니를 짓고 나서 쉴 겨를이 있다. 하루에 세 끼니 밥을 짓는다면 쉴 겨를이 있을까? 아마 조금도 없으리라. 밥을 지어 밥상을 차리면 밥상맡에 앉기 힘들다. 되도록 빨리 그릇을 비운 뒤에 자리에 눕고 싶다. 밥을 다 짓고서 아이들하고 밥상맡에 둘러앉아서 도란도란 차분하게 수저를 들며 말꽃을 피울 줄 아는 어버이란 얼마나 대단한가 하고 돌아본다. 그런데 우리나라에서는 아직 너무 많은 사내가 밥살림을 모른다. 만화책《엄마 냄새 참 좋다》에도 이런 이야기가 여러모로 흐른다. 곁에 있는 살가운 한집사람 빛이나 숨결, 이른바 '권리나 인권이나 평등이나 평화'를 헤아리지 못하는 사내 모습이 언뜻선뜻 비친다. 허울뿐인 아버지만이 아니라 철거용역 깡패 노릇을 하는 사내도, 미혼모한테 아기를 떠넘기고 사라진 미혼부도, 가시내를 깔보는 숱한 사내도, 손수 밥을 지어서 먹는 살림을 꾸린다면 무언가 좀 달라질 수 있을까. 어쩌면 사내들은 밥상맡에 앉아 수저질은 할 줄 알아도, 정작 부엌에서 밥살림을 지을 줄 모르기에, 아직 이 땅에 참다운 평등이나 평화나 인권은 너무나 먼 나라 이야기일 수 있다. 부디 같이 조물딱조물딱 노래하면서 밥살림을 펴 보자.

2017.9.21. 《맛의 달인 2》

테츠 카리야 글·아카리 하나사키 그림/장수영 옮김, 대원씨아이, 1997.4.17.

도화중학교 1학년 푸름이하고 '장래취업탐방' 이야기를 했다. 이곳 1학년은 모두 열다섯. 참 작지. 이 가운데 '사전 쓰는 이'라는 일을 궁금하게 여기는 아이가 있다. "우리 푸른벗이 낱말책을 쓰는 사람이 되고 싶다 하더라도, 나중에 이 일로 일자리를 잡을 수는 없어요. 왜냐하면, 낱말책을 쓰는 사람이 들어갈 곳은 한 곳도 없거든요. 몇 해에 한 사람을 뽑을까 말까 하니, 아예 처음부터 일터를 찾을 생각을 할 수 없어요. 그렇지만 이런 길을 걸어온 사람이 코앞에 있으니 새로운 길을 찾을 수 있어요. 남이 짓는 낱말책을 돕는 곁일꾼이 아닌, 스스로 낱말책을 짓는 일꾼이 될 수 있어요. 다만 이렇게 하자면 적어도 열 해는 모든 낡은 버릇을 버리면서 새로 배우는 날로 삼아야 해요. 스스로 열 해를 새롭게 배우려 하면 얼마든지 스스로 새 낱말책을 쓸 수 있어요." 읍내 우체국에 가서 《새로 쓰는 겹말 꾸러미 사전》 '거의 마지막 손질종이'를 서울로 부친다. 저울에 달아 보니 5킬로그램이 넘는다. 엄청난 낱말책을 곧 새로 내는구나. 돌아올 적에 이웃 봉서마을에서 내려 걷는다. 들길을 걸으며 느긋하게 《맛의 달인》 두걸음을 읽는다. 111자락까지 나온 이 만화책을 처음부터 다시 읽어 보기로 한다. 오래되고 긴 꾸러미에 깃든 맛 · 멋 · 삶 · 사랑 · 사람을 잇는 길이란 무엇인가 하고 돌아본다. 가을볕이 흐드러진다.

2017.10.5.《말썽꾸러기 로라》

필립 뒤마 글·그림/박해현 옮김, 비룡소, 1999.11.3.

하동에서 책숲으로 손님이 오신다. 집에서 골골거리는 두 아이는 책숲으로 따라나서고 싶다. 골골대도 놀고 싶은 대단한 마음이기에 어른보다 훨씬 빨리 털고 일어날 뿐 아니라 늘 신나게 놀겠지. 책숲 손님하고 고흥읍 사이를 오가는 길에 책을 안 챙기고 움직이는 줄 나중에 알아챘다. 책 없는 몸으로는 길을 안 나서 버릇하면서 가끔 빠뜨린다. 오늘은 시골버스에서 책읽기 말고 글쓰기를 하라는 뜻으로 삼고서 붓을 쥔다. 골골대는 아이들한테 들려줄 노래꽃을 새로 쓴다. 손님은 하동으로 돌아가고 나는 집으로 와서 노래꽃을 아이들한테 읽어준 다음,《말썽꾸러기 로라》를 다시 편다. "어때? 이 책 재미나지 않니?" "재미? 글쎄, 그냥 뭐." 큰아이한테는 좀 시큰둥한가. 꽤 재미있지 않나. 그러나 아이가 재미없다고 하면, 아니 그냥 그냥 그렇다고 하면 그냥그냥 그렇겠지. 책이름에 붙은 '말썽꾸러기'란 말이 달갑잖을는지 모른다. 로라는 그저 로라일 뿐 '말썽꾸러기'는 아니니까. 어른 눈으로 자꾸 갈라서 말썽꾸러기이거나 개구쟁이로 바라보려 하지만, 아이는 언제나 아이로 사랑스럽다. 가만히 생각하니 나라밖에서 나온 책은 수수하게 이름을 붙이곤 한다. 우리말로 옮기면서 곧잘 꾸밈말을 붙이지. 어린이책은 안 꾸며도 곱다.

2017.10.20. 《할머니와 친구가 될 순 없나요?》

프랑크 비주 글·이혜진 그림/윤정임 옮김, 책그릇, 2007.4.2.

해 떨어지기 앞서 자전거를 달리기로 한다. 이제 ㄱ도의회 공문서 손질은 모두 예순다섯 꼭지 남는다. 오늘하고 이튿날까지 열다섯 꼭지를 마무르고 다음주에 쉰 꼭지를 마무르자고 생각한다. 이 일에 매달리느라 이 가을에 아이들하고 마실도 제대로 못 다니지만, 면소재지 놀이터라도 다녀오려고 한다. 겨울을 앞두고 해가 짧으니 네 시를 넘을 무렵에도 멧자락에 해가 달랑달랑. 바지런히 자전거를 달렸고, 한 시간쯤 아이들을 놀린다. 나는 아이들 놀이를 지켜보다가 《할머니와 친구가 될 순 없나요?》를 읽는다. 처음에는 책이름에 끌려서 장만했고, 큰아이가 먼저 읽었다. 큰아이가 다 읽고서 내가 읽는데 옮김말은 여러모로 아쉽다. 어린이책이란 말이지! 논문이 아니고 말이지! 줄거리랑 이야기는 아름답다. 키 작은 가시내하고 키 큰 할머니 사이에 피어나는 아름다운 마음이 곱게 흐른다. 서로 아끼는 마음은 꼭 한집안이어야 샘솟지 않는다. 피가 안 섞였다는 아주 다른 남남이라 하더라도 불현듯 마음으로 이어져 두고두고 너른 사랑이 샘솟을 수 있다. 두 사람이 조용히 울타리를 걷어내어 이웃 아이하고 할머니 할아버지한테까지 기쁜 웃음이 자라도록 이끄는 이야기란 얼마나 이쁜지. 어느새 판이 끊어졌지만 언젠가 다시 살아나겠지.

2017.11.18. 《이제 나는 없어요》

아라아나 파피니 글·그림/박수현 옮김, 분홍고래, 2017.10.23.

토요일 낮에 택배가 왔다. 토요일에 오는 택배는 더없이 고맙다. 우리야 시골사람이라 요일 없이 살지만, 요일에 맞추어 일하시는 분들이 토요일에까지 짐차를 달리시니. 낮에는 유자를 땄고, 저녁에는 밥을 지으면서 그림책을 편다. 오늘은 밥하면서 느긋하게 책을 읽으려고 저녁거리 밑손질을 모두 마쳐서 손에 물을 안 묻히고 냄비가 끓기를 기다리면서 천천히 움직인다. 밥냄비도 국냄비도 천천히 끓고, 나도 천천히 간을 보면서 저녁을 짓는다. 《이제 나는 없어요》라는 그림책을 읽는데, 이제 이 지구라는 별에서 자취를 감춘 여러 숲짐승 이야기가 흐른다. 이제 지구에 없으나, 저 하늘나라에 있으나, 또 사람말을 하지 않으나, 이 그림책 《이제 나는 없어요》는 사라진 숲이웃이 사람한테 어떤 말을 짤막히 남기고 싶은가를 가만히 헤아리면서 들려준다. 책을 다 읽을 무렵 저녁짓기를 마친다. 큰아이만 배고프다 해서 큰아이 혼자 밥상맡에 앉아 수저를 들고, 나는 그림책 줄거리를 더 돌아본다. 이제 지구에 없는 이웃이란? 아직 지구에 있는 이웃이란? 여기에서 우리란? 사람은 얼마나 오래오래 '있을' 만할까? 몸이 있기에 있는 셈인가, 마음이나 사랑이 있기에 있다고 할 만할까? 우리는 어떤 숨결로 이 땅에 '있는' 사람일까?

2017.11.26.《기지 국가》

데이비드 바인 글/유강은 옮김, 갈마바람, 2017.10.20.

오늘은《기지 국가》를 읽는다. 여러 날째 조금씩 읽는다. 매우 아프면서 슬픈 이야기를 다룬다. 이제 이런 책이 우리말로 나올 수 있으니 대단하구나 싶으면서도, 얼마나 많은 이가 이 책을 알아보려나 싶기도 하다. 나는《기지 국가》를 2017년 올해 으뜸책으로 삼고 싶다. 이웃님이 이 책을 슬기롭게 사랑해 주기를 바란다. 책값은 3만 원이요, 572쪽이다. 이 책을 펴면 미군이 이 지구 곳곳에 군사기지를 얼마나 무시무시하도록 때려지었는가를 낱낱이 알 수 있다. 게다가 이런 군사기지를 짓고 건사하느라 돈을 얼마나 무섭게 써야 하며, 그 돈을 다 어디에서 뽑아내야 하는가를 생각하면, 더없이 아찔하다. 이 푸른별에 군대가 끔찍하게 많기에 어깨동무(평화 · 평등)가 없구나 싶다. 과학기술은 으레 전쟁무기나 군사기지에 이바지하면서 아름다움하고 사랑이랑 멀어지는구나 싶다. 미국은 군사기지를 없애고 군대랑 군인을 없애면 '미국 세금'만으로도 미국사람 모두 넉넉하게 살아갈 수 있단다. 우리도 그렇겠지. 푸른별 모든 나라가 그렇다. 총을 들지 않기만 해도 배곯을 사람이 몽땅 사라진다. 탱크나 미사일이나 전투기나 잠수함을 치우면, 모든 사람이 '마당 있는 집'에서 숲을 노래하면서 어깨동무할 수 있다.

2017.12.7.《시골에서 살림 짓는 즐거움》

숲노래 기획, 최종규 글·사진, 사름벼리 그림, 스토리닷, 2017.12.7.

태어난 날이란 무엇일까. 어릴 적에, 그러니까 국민학교란 데를 다니던 1980년대 열 몇 살 즈음에, 동무들은 서로 태어난 날에 맞추어 "왜 태어났니? 왜 태어났니? 이 힘든 세상에 왜 태어났니?" 하고 손뼉치며 노래하면서 까르르댔다. 참말 어릴 적에 모두 힘들었다. 좀 잘산다 싶은 동무는 그 동무대로 집에서 받는 짐이며 짜증이 대단했고, 가난한 동무는 이 동무대로 집안일에 장사를 거들며 놀 틈이 없이 고단했다. 또래끼리 "왜 태어났니?" 하고 노래하면서 웃음꽃을 피울 만했다. 올해에 태어난《시골에서 살림 짓는 즐거움》을 돌아본다. 진작부터 써내고 싶던 책이다. '육아일기'가 아닌, '아이들하고 사랑으로 살림을 짓는 길을 숲으로 가꾸려면 어떤 눈빛이 되면 아름다울까'를 담아내고픈 책이다. 나는 '평등'이나 '평화'란 말조차 쓰고 싶지 않다. 오롯이 '사랑'이 되기를 바란다. 살림을 노래할 수 있기를 바란다. 이 삶에서 서로서로 따사로이 얼크러지면서 하루가 언제나 기쁜 웃음꽃이자 눈물꽃으로 스며들도록 돌보고 싶다. 왜 이곳에 태어났느냐고 물으면 "너희랑 웃으며 놀려고!" 하고 대꾸해야지. 어떤 터전에서 하루를 마주하더라도 활짝 기지개를 켜고 훨훨 날아오르는 마음이 되고 싶다고 춤을 추어야지.

2018.1.10. 《파란 만쥬의 숲 3》

이와오카 히사에 글·그림/오경화 옮김, 미우, 2017.11.30.

출판사는 거의 모두 서울에 있고 우리 집은 시골이기에 서로 글월로 계약서를 주고받는다. 출판사에서 도장을 찍어서 보내면 내가 마저 도장을 찍어서 다시 글월로 띄운다. 우체국 일꾼이 아침에 글월을 가져다주어 낮에 읍내를 다녀오려 하는데 고흥에까지 눈이 제법 내린다. 비록 안 쌓이는 눈이지만 아이들은 혀를 내밀며 눈을 받아먹느라 부산하다. 버스를 내려 우체국에 닿기까지 눈사람이 된다. 저자마실을 하다가 버스를 놓쳐 택시를 잡는데 길바닥에 눈이 쌓인다. 군청 일꾼은 안 보이고 운전기사가 오르막에서 내려 길에 모래를 뿌린다. 아슬아슬한 모습이다. 벼슬아치(공무원)는 이제껏 뭘 하는가. 읍내와 달리 우리 마을은 눈이 안 쌓인다. 저녁을 차려서 먹은 뒤 만화책을 편다. 여러 해 만에 석걸음이 나온 《파란 만쥬의 숲》. '바람님'을 둘러싼 '사람님'하고 '숲님' 이야기가 어우러지는데, 셋째 자락에 이르니 모든 님은 하나이면서 다 다르다고 하는 수수께끼를 살짝 건드린다. 어쩌면 첫째 자락부터 이 대목을 건드렸다고 하겠지. 사나운 바람은 모두 부술 수 있으나 아무것도 못 낳는데, 부수면 부술수록 바람님조차 스스로 부서지기 마련이다. 그렇다면 사람은? 사람 스스로 사랑을 낳으면 언제나 사랑이 샘솟는 님이 되리라.

2018.2.10. 《닭들이 이상해》

브루스 맥밀란 글·귀넬라 그림/서혜영 옮김, 바람의아이들, 2007.2.15.

일산마실을 가는 길에 그림책을 하나 챙긴다. 우리 아이들이 즐겁게 읽으며 새로운 이야기꽃을 가슴에 피울 수 있기를 바라며 《닭들이 이상해》를 고른다. 아이슬란드라는 아름다운 나라에서 하늘을 훨훨 나는 닭무리가 물어다 날라서 우리나라에 살포시 내려놓아 준 멋진 그림책이다. 글이며 그림이 얼마나 사랑스럽고 눈부신지 모른다. 우리 집 곁님도 이 그림책을 보며 빛깔이며 결이 참 좋다고 말한다. 반가우면서 고맙다. 사랑스럽고 눈부신 그림책을 알아보는 사람은 늘 멋님이요 길벗이며 꿈지기라고 느낀다. 일산마실은 만만하지 않지만, 만만하지 않으니 느긋하게 다녀오려 한다. 그러나 우리는 서울 고속버스나루에서 내려 베트남 쌀국수집에 들렀는데, 밥은 설익어서 딱딱하고 말랐으며, 고기는 너무 짜고 단데다 질기다. 이런 밥이랑 고기를 아이한테 먹이라고? 우리는 꾸역꾸역 먹었다. 다 먹고 나서 저녁에 이런 말을 나누었다. "다음에는 엉터리로 나온 밥을 보면 도로 가져가라 하고서 그곳에서 나와야겠어요." 늘 사람으로 북적대며 바쁜 곳에서는 얄궂은 얼거리가 되어도 그곳 일꾼 스스로 모른다. 삶터를 사랑으로 가꾸려 하는 데에서는 씩씩한 텃사람이 이웃하고 어깨동무를 하면서 기쁨을 넉넉히 짓는다.

2018.3.3.《우리도 크면 농부가 되겠지》

이오덕 글, 양철북, 2018.2.2..

아이들은 앞으로 자라서 어떤 어른이 되면 좋을까? 아이들은 회사원이나 공무원이 되면 좋을까, 아니면 이름을 날리거나 돈을 잘 벌면 좋을까? 어버이 된 사람으로서 아이들 앞날을 어떻게 그릴 만한가? 이오덕 어른이 멧골 아이 글을 갈무리한《우리도 크면 농부가 되겠지》는 1979년에 처음 나왔으나, 그때 이 책을 펴낸 청년사는《일하는 아이들》이 불티나게 팔리자 팔림새를 속였고, 이를 둘레에서 알려주어 이오덕 어른이 출판사에 몇 판째 따지다가 도무지 안 되어 그곳 모든 책을 그만 내도록 했다. 그 뒤 2005년에는 보리 출판사에서 유족 허락을 안 받고 이 책을 다시 내놓았다. 다들 왜 그랬을까? 돈을 많이 거머쥐고 싶기 때문에? 펴낸곳(출판사) 이름을 높이고 싶기 때문에? 이오덕 어른은 1979년에는 '농부'라는 낡은 이름을 미처 못 느낀 바람에 그냥 냈으나 나중에는 '농사꾼'으로 고치기를 바랐다. 2001년에 써낸《농사꾼 아이들의 노래》를 보면 잘 알 만하다. 2018년에《우리도 크면 농부가 되겠지》가 새로 나오는데 '농부'를 '농사꾼'으로 바로잡지 못했네. 그래도 이 책이 다시 나오니 반갑다. 애틋하고 그리운 시골지기 아이들, 두멧골 노래를 가만히 되읽는다.

2018.3.30. 《부디 계속해 주세요》

한·일 젊은이 열 사람 이야기, 마음산책, 2018.3.20.

일본 도쿄 진보초에 마실을 와서 한글책을 볼 줄이야! 그러나 한글책을 어김없이 만났고, '책거리'라는 책집을 꾸리기도 하는 '쿠온(CUON)'이라는 곳에서 펴내려는 책을 우리나라에 있는 마음산책에서도 한글로 옮겨서 함께 낸 판을 본다. 다만 몇 가지 아쉽다. 일본책은 펴낸날이 3월 31일, 한글책은 3월 20일. 한글책에는 일러두기에 깨알같은 글씨로 '쿠온' 이야기가 한 줄로만 나오고, 일본책 이름이 《今, 何かを表そとている10人日本と韓國の若手對談》이라고 밝히나, 정작 책자취에 이 대목을 안 밝힌다. 왜? 이 멋진 책이 제대로 빛나도록 '쿠온'이나 '도쿄 진보초 책거리'가 그동안 선보인 눈부신 발걸음을 몇 줄이라도 책 어디엔가 무엇인가 적어 놓아야 하지 않을까? 나는 일본에서 이 책을 '일본책'으로만 사고, 우리나라로 돌아와서 한글책을 따로 사려 했다가, 일본에서 두 가지를 다 사기로 했다. 책거리에서 이야기꽃(강의)을 마치고 느긋하게 읽다가, 길손집에 들어 찬찬히 두 책을 읽는데, 수수하면서 정갈히 나온 일본책에 견주어 한글책이 많이 아쉽다. 아쉽다는 말을 안 할 수 없다. 한글책을 낸 곳이 '마음산책'이라면, 젊은 열 사람이 나라를 넘어 이야기꽃을 피운 뜻을 '마음'으로 되돌아보아 주기를.

2018.3.31.《Korean Boxer》

佐藤ヒデキ 사진, リトル·モア(little more), 2003.3.10.

2009년에 서울 회기역 앞쪽에 있는 헌책집에서 처음 만난 《Korean Boxer》인데 거의 열 해가 지난 오늘 일본 도쿄 진보초에 있는 책집에서 새삼스레 다시 만난다. 반갑고 놀랍다. 일본 도쿄 진보초 책집에서 이 사진책에 붙인 값은 내가 열 해쯤 앞서 우리나라에서 장만하던 값하고 거의 같지 싶다. 다만 우리나라는 살림값(물가)이 끝없이 오르나 일본은 안 오른다. 어느새 열다섯 해를 묵은 사진책이 되는데, 처음 나올 무렵만 해도 '남녀 권투선수' 가운데 나이가 많이 들어 흙으로 돌아간 분이 제법 있다. 이제는 흙으로 돌아간 분이 더 많을 테고, 한결 늙었을 테지. 맨주먹으로 살아남아 돈을 벌고 이름을 날린 그들은 할아버지 나이가 되어서 무엇을 보거나 느꼈을까? 더는 주먹힘을 쓸 수 없도록 늙은 나이가 되어 조용히 눈을 감을 무렵 권투선수라는 삶을 보낸 나날을 어떻게 돌아볼까. 가만히 보면 운동선수는 목숨이 매우 짧기 일쑤이다. 한창 날리며 선수로 열 해나 스무 해를 있기란 참으로 힘들다. 그런데 왜 운동선수가 되려 할까? 젊은 나이에 마루(무대)에 서 보아야 비로소 별처럼 빛날 수 있을끼? 맨주먹이라면 운동선수 아닌 길은 없을까? 맨주먹으로 땅을 일구어 보금자리를 짓는 길에 힘을 쓰는 삶을 일러주거나 가르치는 어른은 없는가?

2018.4.1.《チンプイ 1》

藤子·F·不二雄 글·그림, 小學館, 2017.11.28.

어쩐지 본 듯도 하지만 어쩌면 못 보았을 수 있는 후지코 후지오 님 만화책《チンプイ》넉 자락을 도쿄 진보초 '書泉'에서 본다. 우리나라에서도 살 수 있겠거니 여기면서 1권만 골랐는데 2~4권까지 다 골라야 했을까. 도라에몽에 나오는 진구가 영민이 같은 얼굴이지만 가시내 모습이 되어 나오는 듯한 'チンプイ'라고 할 만하려나. 그러나 진구보다는 한결 씩씩한 아이라고 할 만하지 싶다. 씩씩하게 달리고, 기운차게 뛰놀며, 즐겁게 심부름을 할 줄 아는, 이러면서 삶을 새롭게 사랑하는 길을 배우는 아이들이 온누리 곳곳에서 무럭무럭 자라겠지. 오늘 하루는 아름답다. 오늘 하루는 언제나 오늘 하루뿐이다. 곰곰이 생각하고 찬찬히 돌아보면서 몸이며 마음을 가다듬는다. 꿈으로 그리면 무엇이든 하거나 지을 수 있다. 어린이일 적뿐 아니라 어른이 된 뒤에도 매한가지이다. 눈을 들어 하늘을 보자. 하늘을 보며 바람을 마시자. 바람을 마시면서 파란 숨결을 느끼자. 파란 숨결을 느끼면서 우리 몸에 흐르는 고요한 넋이 얼마나 환한가 헤아리자. 대나무 헬리콥터가 아니어도 가볍게 몸을 띄워서 어디로든 갈 수 있다. 즐거이 꿈꾸는 마음이면 언제나 홀가분하다.

2018.4.10.《동심언어사전》

이정록 글, 문학동네, 2018.3.12..

316가지 낱말을 바탕으로 이야기를 엮은《동심언어사전》을 읽는다. 생각이 좋구나 싶으면서도, '동심언어'라는 이름에서 걸린다. '동심언어'라는 이름을 붙인 사전이면서 시집이라면, 이 책은 어린이가 읽을 사전이나 시집은 아닌 셈이다. 어린이가 안 쓰는 말로 이름을 붙였으니까. 어린이한테 읽힐 사전이나 시집이라면 '마음 읽기 사전'쯤으로, 또는 '마음말 사전'쯤으로 이름을 붙이면서 이야기를 풀어내어야 어울리지 싶다. 책을 읽어 보아도 이 시집을 아이한테 읽히기는 어렵다. 시에 쓴 낱말도 아이하고 안 맞고, 줄거리도 어른 삶터를 보여준다. '어린이 마음'이란 무엇일까? 어느 것에도 얽매이지 않고, 언제나 홀가분하며, 서로 아낄 줄 알고, 늘 사랑을 바탕으로 삼는 숨결이지 싶다. 즐겁게 놀이하듯 심부름을 하고, 어른 곁에서 어깨너머로 일손을 배우다가도, 야무진 손놀림으로 멋지게 하루를 지을 줄 아는 넋이 바로 어린이 마음이라고 느낀다. 어린이는 나이가 적을 뿐, 고스란히 하느님이다. 어른은 나이가 많을 뿐, 어린이가 자란 사람이다. 시를 쓰거나 말을 다루어 사전을 엮는 분들이 이 대목을 곰곰이 살펴 주면 좋겠다. 시에서 일본 말씨나 일본 한자말이 드문드문 나오는데 요즘 다른 시집하고 대면 퍽 점잖다.

2018.4.27.《제주도의 흙이 된다는 것》

김창생 글/양순주 옮김, 전망, 2018.4.3.

어제 마을 할머니가 빨래터 물이끼를 살짝 걷어내셨지 싶은데 빨래터 바닥은 긁지 않으셨다. 겉으로 보기에 물이끼만 걷으면 안 지저분해 보이니 이렇게 하셨구나 싶다. 이러면서 빨래터에 돋은 풀꽃을 모조리 뽑으셨네. 수세미로 바닥을 박박 문지르고 물갈이를 한다. 오늘은 이만큼 해 놓고 이튿날 아이들 신을 챙겨서 빨자고 생각한다. 발을 말리려고 담벼락에 타고 앉아 볕바라기를 하며《제주도의 흙이 된다는 것》을 읽는다. 발이 다 마른 뒤 집으로 돌아와서 바깥마루에 모로 누워 더 읽는다. 마당에 이불을 널었기에, 책을 읽는 틈틈이 뒤집어 준다. 요즈막에는 유채꽃가루가 잔뜩 날린다. 솔꽃가루도 함께 날린다지. 바깥에서 조금만 일하거나 움직여도 팔뚝이 노랗다. 우리가 마시는 바람에 이 꽃가루가 듬뿍 묻어나리라. 봄이란 꽃가루를 마시면서 새롭게 피어나는 철이라고 할 수 있다. 곰곰이 돌아보면 오늘날 서울에서는 매캐한 먼지가루를 마시며 몸이 닳는 셈이다. 숨을 쉰다고 할 적에는 바람뿐 아니라 바람에 실리는 모든 기운을 받아들이지 싶다. 일본 오사카에서 살아가다가 제주로 터전을 옮겨 삶 막바지를 갈무리한다는 김창생 님은 이녁 뿌리를 되읽고 되새기며 되돌아본다고 한다. 어느덧 4월이 저문다. 5월도 6월도 아름답기를.

2018.5.23. 《행여 공부를 하려거든》

정경오 글, 양철북, 2018.5.21.

바다를 다녀온다. 아이들이 바다 가자고 노래할 적에는 며칠 미루었는데, 곁님이 바다에 가자고 노래하기에 냉큼 택시를 불러 길을 나선다. 아이들아, 너그러이 헤아려 주렴. 너희 어머니가 집밖으로 마실을 나가자고 하는 날은 한 해에 며칠 없잖니. 바닷물에 몸을 담그며 큰아이한테 헤엄질을 가르친다. 아직 헤엄질을 못 치는 몸이지만, 지난해부터 바닷물하고 사귀는 길을 깨달았기에, 내가 깨달은 대로 "몸에서 힘을 다 빼고 물살에 네 몸을 맡기렴. 바다는 너를 사랑한단다." 하고 들려주면서 찬찬히 이끈다. 큰아이는 어느새 엎드려서 힘을 빼고 물에 뜨는 길을 알아챘다. 이 길을 알아채며 짓는 함박웃음이란! 몸을 말리고서 《행여 공부를 하려거든》을 읽는데 픽 숨이 막힌다. '배움(공부)'이란 대학입시만 있지 않을 텐데, 글쓴이인 교사는 너무 대학입시에만 눈길을 맞추었다. 내로라하는 대학에 안 가더라도 즐겁게 배우는 길을 함께 다루면 푸름이한테뿐 아니라 어른한테도 길동무가 될 텐데. 이 책에서 '입시 공부'라는 힘을 아예 다 빼고서 '푸른 나날을 누리는 벗님'으로서 배우는 기쁨을 가만히 노래하듯이 다룬다면, 어려운 사자성어를 따서 말하기보다는 더 쉽고 상냥한 말씨로 배움길을 노래하는 배움빛이 된다면…….

2018.6.25. 《여루사탕》

이종호 글, 사색의정원, 2014.2.14.

글을 쓰기 어렵다고 하는 이웃님이 있으면 꼭 한 마디를 들려준다. "글을 쓰기 어려우시면 시를 쓰셔요." 이 말에 고개를 더 절레절레 젓는다면 말을 바꾸어 "시를 쓰기 어려우시면 노래를 부르셔요." 이 말에 고개를 더욱 절레절레 젓는다면 또 말을 바꾸어 "노래를 부르기 어려우시면 춤을 추셔요. 그리고 이야기를 하시고요, 밥을 짓고요, 조용히 주무셔요." 글을 쓰기 어려운 까닭은 하나일 뿐이다. 글이 익숙하지 않으니까. 글이 익숙하도록 삶을 바꾸면 되는데, 시이든 노래이든 춤이든 이야기이든 모두 같다. 하다 보면 누구나 잘 한다. 다른 이 눈에 들도록 훌륭히 해낸다기보다 스스로 즐겁도록 할 줄 알기 마련이다. 시집 《여루사탕》은 첫머리를 똑똑 맞추는 놀이를 하듯 이야기를 풀어낸다. 그야말로 즐겁게 쓴 시를 즐겁게 읽도록 이끈다고 할 만하다. 마음이 맞는 벗하고 도란도란 이야기를 한다고 생각하면서 글을 쓰면 되기에, 반가운 동무한테 글월을 띄우듯이 시를 쓰면 된다. 모든 노래는 삶자리에서 태어난다. 작은 걸음걸이로 웃음을 짓고, 밥 한 그릇으로 사랑을 나누며, 아이랑 손을 맞잡고 벌이는 춤사위에서 새로운 숨결이 자라난다. 글을 쓰기란 매우 쉽다. 오늘 하루를 사랑하면, 글은 샘물처럼 펑펑 솟는다.

2018.7.1. 《모모네 자수 일기》

몬덴 에미코 글·실/편설란 옮김, 단추, 2018.4.25.

쏟아지는 비를 안고서 시흥에서 인천으로 택시를 불러서 달린다. 13000원쯤 나왔던가. 인천 배다리에 닿아 짐을 풀고 다리를 쉬려는데, 택시삯이 얼마였는지 가물가물하다. 빗길에 고맙다는 뜻으로 20000원을 드렸다. 인천 배다리 〈나비날다〉를 지키는 '반달이 어머님'은 밀린 일을 하느라 밤 열 시까지 자리를 지키신단다. 밤 열 시라는 때를 어림해 보며 '어떻게 그리 늦게까지 견디며 일을 하지?' 하고 놀란다. 시골사람 눈이나 마음으로는 저녁 여덟 시만 되어도 졸음이 온다. 도시는 사람들이 늦게까지 씩씩하게 버티도록 하는 고장이려나. 도시에서는 누구나 밤늦도록 자리를 지켜야 할 만큼 일이 너무 많으려나. 〈나비날다〉에서 《모모네 자수 일기》를 선뜻 장만한다. 두 아이는 이제 아버지가 씻기지 않아도 스스로 씻는다. 다만 작은아이는 목에 끼는 때를 제대로 벗기지는 못하는데, 머잖아 목도 잘 씻겠지. 둘째 아이를 낳고서 넷이 함께 살아가는 이야기를 한 땀 두 땀 실밥으로 들려주는 얼거리가 퍽 부드러우면서 상냥하다. 어쩐지 나는 부드러우면서 상냥한 책에 끌리는구나 싶다. 나는 말이나 글이 부드럽거나 상냥할까? 하루를 잘 놀고서 고단하게 잠든 아이들 이마에 맺힌 땀을 훔치고 가볍게 부채질을 해준다.

2018.7.21. 《시간 상자》

데이비드 위즈너 그림, 시공주니어, 2018.2.25..

때는 있을까? 어릴 적부터 언제나 궁금했다. 때란 참말 있을까? 나이란 무엇일까? 나이를 먹는다고 하는데, 우리는 참으로 몸이나 마음에 나이를 새기는 삶일까? 이런 생각을 어릴 적부터 늘 하며 하늘을 바라보는데 한 해 삼백예순닷새는 모두 달랐고, 아침 낮 저녁은 다 달랐으며, 새로운 해가 되면 날은 지난해하고 같아도 하늘이며 볕이며 별이며 몽땅 달랐다. 같은 날이란 있을 수 없지만, 달력 숫자는 같구나 싶었다. 사람들은 숫자로써 나이가 다르는지 모르나, 마음으로는 다 같은 숨결이로구나 싶더라. 그림책이자 사진책이자 이야기책인 《시간 상자》는 그림으로 사진을 보여주는 얼거리인데, 이 책은 이야기가 여기에서 더 뻗어 나간다. 삶이란 무엇이고, 별이란 무엇이며, 생각하고 꿈하고 사랑은 또 무엇인가를 새롭게 바라보자고 이끈다. 틀에 박힌 생각이 아닌, 나라(사회)에서 밝히는 생각이 아닌, 교과서나 책에 나오는 생각이 아닌, 지식인이나 전문가가 읊는 생각이 아닌, 우리 눈으로 보고 우리 마음으로 느끼며 우리 꿈으로 길을 걷자고 하는 이야기를 들려준다. 틀에 스스로 갇히면 아무것도 못 본다. 몸에 날개를 스스로 달면 홀가분하게 하늘을 날고 바다를 가르며 별누리 어디로든 훌쩍 다녀올 수 있다.

2018.8.2.《시골에서 도서관 하는 즐거움》

최종규 글, 스토리닷, 2018.7.31.

새로 써낸 책을 드디어 받다. 8월 3일부터 지리산 기스락으로 배움마실길을 간다. 두 자락을 짐에 꾸린다. 배움벗 두 분한테 책을 드릴 수 있겠다. 책숲(도서관)이라는 곳을 나라에서 지어 주지 않아도 스스로 일군 살림을 적었고, 책숲이라는 곳이 책만 있는 터전이 아니라는 뜻을 적었으며, 시골에서 아이들이 신나게 뛰놀다가 새롭게 배우는 길벗으로 책숲이 곁에 있으면 즐겁다는 마음을 적었다.《시골에서 도서관 하는 즐거움》이란, 굳이 서울에 안 살아도 넉넉하고 재미있다는 이야기라 할 만하다. 서울 떠나 시골로 가면 뭘 해야 할는지 모를 이웃님한테 건네는 이야기도 되고, 꼭 목돈이 있지 않더라도 요모조모 누리면서 지을 보금자리를 생각할 수 있다는 걸음을 보여주는 이야기도 되겠지. 책숲을 마실하는 이웃님이 책숲에서 종이책만 더 많이 읽지 않으면 좋겠다. 종이책이란 숲에서 자란 나무를 얻어서 지은 책이니, 숲이라는 책도 함께 읽고, 숲을 살찌우는 바람이라는 책도 같이 읽으며, 숲을 노래하는 사람이 사랑하며 살아가는 길을 새로 읽는다면 좋겠다. 온누리 곳곳에 '시골 책숲'이 늘기를 빈다. 그러면 책숲 살림은? 책숲지기가 손수 쓴 책을 팔면 되지. 책숲 손님은 책숲지기 책을 한 자락씩 사 주면 된다.

2018.8.23. 《식물도시 에도의 탄생》

이나가키 히데히로 글/조홍민 옮김, 글항아리, 2017.4.17.

서울에서 하룻밤 묵고서 전남 광주를 거쳐 담양에 왔다. 언제나 그렇지만 서울이며 큰고장은 대단히 어지럽다. 모텔이란 이름인 길손집은 술집거리에 있고, 호텔이란 이름인 길손집은 찻길 한복판에 있다. 오늘날 큰고장이란 어떤 곳일까? 이렇게 시끄럽고 어지러운 모습이 좋아서 다들 이렇게 왁자하게 살까? 《식물도시 에도의 탄생》을 시외버스에서 한참 읽다가 문득 생각한다. 서울이며 부산을 비롯한 웬만한 큰고장은 '술집도시' 아닐까? 문화나 문명이 아닌 막나가는 걸음이 아닐까? 지난날 일본뿐 아니라 온누리 어디를 보아도 큰고장 한 곳을 세우자면 들이며 숲이며 냇물이며 멧자락을 찬찬히 보면서 알맞게 다스리는 얼거리였다고 한다. 그런데 오늘날 이 나라는 들이나 숲이나 멧자락을 마구 밀어붙이는 삽질만 있다. 정갈하면서 곱게 어우러지는 삶터가 아닌 시멘트로 빠르게 올려세우는 삽질 아니고는 찾아보기 어렵다. 시골은 어떨까? 시골 군수는, 시골 군청 벼슬아치는, 얼마나 제대로 길(정책)을 살피거나 헤아릴까? 도시 한 곳을 새로 닦으려고 논밭이며 냇물이며 똥오줌이며 저잣거리이며 살림집이며 낱낱이 따지고 헤아린 일본 에도 이야기를 읽으면서, 아직 우리나라는 우두머리도 여느 벼슬아치도 생각머리가 매우 얕은 줄 새삼스레 느낀다.

2018.9.15. 《블랙 벨벳》

온다 리쿠 글/박정임 옮김, 너머, 2018.6.10.

용인으로 간다. 용인에 있는 이웃님을 만나러 간다. 곁님도 아이들도 저마다 짐을 꾸려서 간다. 그런데 곁님이 시골버스 지나는 때를 잘못 안 나머지, 너무 느긋하게 나서느라 시골버스를 놓친다. 고흥살림 여덟 해인데 여태 버스 때를 잘 모르는구나. 이토록 바깥일에는 어두운 곁님을 지켜보면서 생각에 잠긴다. 삶을 참답게 가꾸려는 길을 즐겁게 익히는 데에 마음을 쓸 줄 안다면, 버스 때야 뭐 몰라도 좋지 않을까? 삶을 사랑으로 짓는 길을 새롭게 배우는 데에 온힘을 쏟을 줄 안다면, 모둠자리(사회)란 데에 굳이 발을 들이지 않아도 넉넉하지 않을까? 《블랙 벨벳》을 읽는다. 작고 센 출판사 '너머'에서 온다 리쿠 님 문학을 석걸음째 내놓는다. 앞선 두걸음을 재미있게 읽었고, 이 책도 즐겁게 읽는다. 의약품에 얽힌 기업 · 정부 검은손 이야기를 찬찬히 짚는데, 한낱 문학에만 흐르는 이야기가 아닌, 우리 삶터에서 가려진 이야기라고 느낀다. 가만히 보면 기업 · 정부는 으레 한통속이 되는데, 이들은 서로 지키고 감싸려고 군대라는 힘을 부린다. 나라(정부)는 늘 "나라를 지키는 군대하고 애국"을 맞물려 놓는데, 군대는 '사람'이 아닌 '기업 이익 · 정부 권력'을 지키는 구실만 하는데, 우리가 이 속내에 아주 캄캄한 노릇 아닌가 싶다.

2018.9.29.《도쿄의 부엌》

오다이라 가즈에 글·사진/김단비 옮김, 앨리스, 2018.7.20.

먹는 삶이란 무엇일까. 사람은 먹지 않으면 죽을까? 그렇다면 무엇을 어떻게 어디로 먹는가. 밥을 지어 입으로 넣어야 먹는 살림이 될까? 우리는 입으로 넘기는 밥이 아닌, 다른 결로 몸을 살찌우거나 살리는 목숨은 아닐까. 우리 집은 시골에서 시골물을 마시지만 마을에서 살기에 오롯이 숲물은 아니다. 시골물을 숲물로 바꾸어 주는 연장을 마련해서 쓰니 물맛이 한결 다른 줄 느끼면서, 덩이가 진 곡식을 줄이고 풀잎하고 우리 집 나무에서 맺는 열매로 밥차림을 바꾼다. 아마 옛날에는 누구나 어디에서나 손수 거둔 열매에 손수 훑은 잎에 손수 기른 집짐승만 밥으로 삼았겠지. 《도쿄의 부엌》을 읽으며 큰 고장이라는 터전에 맞게 살아가려는 몸짓을 들여다본다. 즐겁게 살아가려는 길에 부엌살림은 어찌 건사해야 좋을까. 느긋하면서 넉넉히 살림하려는 길에 부엌일은 어떻게 가누어야 기쁠까. 아이들이 물려받거나 배울 부엌을 헤아려 본다. 어른부터 스스로 즐겁게 다스리면서 아이들이 앞으로 새롭게 돌볼 부엌을 생각해 본다. 그릇이며 수저이며 냄비이며 어떻게 건사해야 하고, 칼이며 도마이며 행주이며 어떻게 챙겨야 하는가를 곱씹는다. 요새 유튜브로 '리즈치(李子柒)'라는 분 삶결을 들여다보며 몹시 반가웠다. 참부엌이 여기 있네.

2018.10.1.《새로 쓰는 비슷한말 꾸러미 사전》

숲노래 기획, 최종규 글, 철수와영희, 2016.6.21.

시월로 접어드니 한가을이로구나 싶다. 우리 집 무화과나무에서 얻는 무화과알도 얼마 안 남았네 하고 생각한다. 이러던 저녁나절 손전화 쪽글이 온다. 교육방송 라디오에서 한글날맞이 이야기판을 마련한다고, 방송국으로 찾아올 수 있겠느냐고 묻는다. 고흥에서 일산을 하룻밤 오가야 하는데 일삯은 10만 원. 찻삯도 안 되네. 가지 말까 하고 생각하다가, 방송국에서 말결하고 글넋을 헤아리는 때는 한글날 하루뿐이지 싶어, 다리품을 팔기로 한다. 방송국 일꾼이나 사회자는《비슷한말 꾸러미 사전》이나《겹말 꾸러미 사전》이나《읽는 우리말 사전 1 · 2 · 3》이나《마을에서 살려낸 우리말》같은 책을 읽고서 나한테 이야기를 들려주기를 바랄까? 안 읽고서 뻔한 이야기를 묻는다면 재미없을 텐데, 뻔한 말을 물어도 슬기롭게 받아들이자. 쳇바퀴 삶에서 뻔한 말 아니고 무엇을 묻겠는가. 손수 짓는 기쁜 살림일 적에 싱그러운 말을 물을 수 있다. 삶을 즐거이 가꾸면서 사랑으로 짓는 걸음일 적에 말을 날마다 새로 배우면서 눈부시게 피어난다. 억지로 고운 말을 쓸 노릇이 아니다. 즐겁게 하루를 지으면서 활짝 날개를 펴듯이 노래하는 말을 나누면 된다. 삶말이 사랑말이요, 사랑말이 숲말이며, 숲말이 슬기말이고, 슬기말이 사람말이다.

2018.10.8.《행복한 고통》

김기중 글, 글로세움, 2014.6.2.

두 다리를 바지런히 굴려야 비로소 탈 수 있는 자전거이다. 멀뚱히 서서는 탈 수 없는 자전거이다. 기름을 안 먹고 달리는 자전거이다. 기름을 안 먹되 우리가 내는 즐거운 기운을 받아서 씽씽 바람을 가르는 자전거이다. 자전거라고 하는 탈거리는 두 다리로 이 땅을 디디는 마실길이 즐거운 줄 느끼는 사람이 빚은 재미난 살림 가운데 하나라고 본다. 하늘을 날 적에는 하늘바라기가 재미있고, 바다를 가를 적에는 바닷물하고 한몸이 되어 재미있다면, 자전거로 달릴 적에는 이 땅을 더 가까우면서 넓게 누릴 수 있어 재미있다.《행복한 고통》은 이 삶에 어떤 뜻이 있는지 잊거나 잃은 채 살아야 했던 분이 자전거를 어느 날 문득 만난 뒤 확 달라진 걸음걸이를 보여준다. 때로는 너무 빠져들어서 그만 자전거가 되레 짐이 되었고, 때로는 알맞게 떨어지면서 사랑하는 길을 걸으며 삶을 새로 사랑하는 하루를 지을 수 있었다고 한다. 이 책을 쓴 분은 몇 해 앞서부터 경북 구미에서 〈삼일문고〉라는 책집을 열어서 매우 재미난 책꽃을 피우는 길을 간다. 즐겁게 몸을 쓰고, 즐겁게 새 이웃을 만난다. 즐겁게 하루를 열고, 즐겁게 새로운 책을 펼쳐 놓는다. 지난날까지는 '읽는 자리'였으면 이제는 '나누는 자리'로 거듭난 책길이다.

2018.10.29.《보리 국어사전》

윤구병 감수·토박이 사전 편찬실 엮음, 보리, 2008.5.10.

《보리 국어사전》이라고 하는 어린이 사전을 마주하기까지 열 해쯤 걸린 듯싶다. 이제 나는 이 어린이 사전 첫 편집장 · 자료조사부장 노릇을 했다는 말까지는 하지만, 아직 이 어린이 사전 알맹이가 얼마나 허술한가까지는 딱히 밝히지 않는다. 허술한 대목이 대단히 많기 때문이기도 하고, 허술한 대목을 짚는 데에 힘을 쓰기보다는 새로운 사전을 내 손으로 즐겁게 짓는 일을 하고 싶기 때문이기도 하다. 생각해 보라. 엉성하거나 허술한 사전이나 책을 따지는 데에 아무리 애쓴들 사람들이 얼마나 알아보랴? 그런 대목을 짚거나 알려준다고 해서 엉성하거나 허술한 사전이나 책을 사람들이 안 사거나 안 읽거나 밀쳐내거나 도리질을 할까? 그런 대목을 짚거나 알려주면, 제대로 빚거나 짓는 사전을 기꺼이 사서 읽거나 즐거이 배우는가? 잘 모르겠다. 다만 몇 가지만 옮겨 보겠다. 《보리 국어사전》을 보면 일러두기에서 몇 낱말을 적어 놓는데(첫판하고 고침판이 좀 다르긴 하지만), 일러두기에 나온 낱말 가운데 몇 가지 뜻풀이가 어떻게 엉성한지부터 옮긴다.

가지런하다 : 여럿이 늘어선 꼴이 한결같이 고르고 나란하다

고르다 1 : 서로 차이가 없이 한결같거나 가지런하다

고르다 2 : 울퉁불퉁하거나 들쭉날쭉한 것을 가지런히 하다

나란하다 : 줄지어 늘어선 모양이 가지런하다

차갑다 : 1. 살갗에 닿는 느낌이 차다

차다 : 1. 몸에 닿은 물건이나 공기 온도가 낮다

이런 뜻풀이로는 낱말을 알 수 없다. 다음은 몸글에서 몇 군데 살핀 엉성하거나 허술한 뜻풀이인데, 사전은 이쁘장한 그림을 잔뜩 집어넣으면서 눈가림을 할 수 없다. 사전이 사전인 까닭은 바로 '뜻풀이'이다. 뜻풀이를 해야 사전이다. 사전이 그림책은 아니지 않은가? 사전이 도감은 아니지 않은가? 이런 엉성하고 허술한 뜻풀이만 짚어내는 데에도 '사전 한 권 부피'가 될 만하다. 다시 말해서 사전 뜻풀이가 통째로 엉성하고 허술하다. 《보리 국어사전》을 사서 읽으실 분이라면, 제발 미리 뜻풀이를 곰곰이 따지거나 살피고서 '살는지 말는지'를 생각하시기를 빈다. 아니, 다른 사전도 똑같다. 사전을 사기 앞서 제발 뜻풀이가 제대로 달렸는지 살펴야 한다. 책꽂이 구석에 모셔 놓으려고 목돈을 쓰고 싶은 분이라면 뜻풀이를 안 살피고 어떤 사전이든 그냥 사셔도 무어라 하지 않겠다.

익히다 : 1. 모르는 것을 배우다

나쁘다 : 1. 상태가 좋지 않다

기쁘다 : 기분이 좋고 즐겁다

즐겁다 : 마음이 흐뭇하고 기분이 좋다. 또는 어떤 일이 기쁘고 재미있다

신나다 : 재미있고 즐거운 기분이 들다

재미있다 : 즐거운 기분이 들다

거듭 : 같은 일을 되풀이하여

되풀이 : 같은 말이나 행동을 자꾸 거듭해서 하는 것

반복 : 같은 일을 거듭해서 하는 것

지저분하다 : 1. 때나 먼지가 묻어 더럽다

반드시 : 틀림없이 꼭

꼭 : 어떤 일이 있어도 반드시

틀림없다 : 조금도 어긋나지 않고 꼭 그렇다

세밀하다 : 자세하고 꼼꼼하다

자세하다 : 작은 데까지 분명하고 꼼꼼하다

뚜렷하다 : 1. 모습이나 소리가 흐릿하지 않고 분명하다

분명하다 : 1. 모습, 소리 들이 흐릿하지 않다

밝다 : 1. 어둡지 않고 환하다

환하다 : 1. 장소, 빛, 색깔 들이 아주 뚜렷하고 밝다

맑다 : 1. 물이 깨끗하다 2. 공기가 탁하지 않아서 숨쉬기에 상쾌하다

깨끗하다 : 1. 때나 먼지 들이 없어 더럽지 않고 말끔하다

2. 물이나 공기에 잡것이 섞이지 않아 맑다

데 : 1. 곳이나 장소를 뜻하는 말

곳 : 사물이 있는 자리. 또는 어떤 일이 일어나는 자리

자리 : 1. 사람, 무건이 있거나 있을 만한 공간

공간 : 1. 아무것도 없이 비어 있는 곳

2. 정해진 테두리가 없이 모든 방향으로 뻗어 있는 곳

3. 어떤 일을 하거나 어떤 일이 벌어지는 곳

장소 : 어떤 일이 일어나는 곳

불쌍하다 : 형편이 딱하다. 또는 남의 형편이 딱해서 가슴이 아프다

딱하다 : 1. 처지나 형편이 불쌍하다 2. 일을 어떻게 하기 어렵다

가엾다 : 딱하고 불쌍하다

안쓰럽다 : 어렵고 힘든 처지에 있는 사람이 가엾고 딱하다

아깝다 : 1. 소중한 것을 놓치거나 잃어서 섭섭하고 아쉽다

2. 어떤 것이 소중하고 귀해서 쓰거나 버리기 싫다

3. 사람이나 물건이 가치에 걸맞게 쓰이지 못해 안타깝다

안타깝다 : 마음대로 되지 않거나 보기에 딱하여 속이 타고 갑갑하다

휘다 : 곧은 것이 힘을 받아 구부러지다

구부러지다 : 한쪽으로 굽거나 휘어지다

굽다 : 1. 한쪽으로 휘거나 꺾이다 2. 한쪽으로 휘어 있거나 꺾여 있다

2018.11.11. 《어서 오세요 베짱이도서관입니다》

박소영 글·그림, 그물코, 2018.11.10.

산청에서 만난 이웃님은 '산책여(산책녀)'라는 모임을 한다. "산청에서 책을 읽는 여신들"이라고 한다. 이름이 멋스럽다. 스스로 여신인 줄 알면서 이름에 당차게 넣은 모습이며, 이분들이 산청이란 시골자락에서 살림을 짓는 이야기 모두 멋스럽다. 이 나라가 아름답거나 사랑스럽다면, 바로 이렇게 숲이며 마을에서 조촐히 살림을 짓는 사랑스러운 손길이 곳곳에 있기 때문이리라. 낮 두 시에 연 이야기는 밤 열 시에 마무리를 한다. 서로 새롭게 배우면서 나누는 생각은 저마다 마음자리에 씨앗으로 드리우리라 본다. 밤에 잠자리에 들 무렵 《어서 오세요 베짱이도서관입니다》를 마저 읽는다. 고흥에서 길을 나서며 시외버스에서 거의 읽었고, 산청 별빛을 올려다 보면서 마지막 쪽을 넘겼다. 경기도 광주에서 서재도서관을 꾸리는 이웃님은 달삯이 자꾸 오르며 이 짐을 더 버티기 벅차서 도서관을 접기로 하신단다. 이러면서 '도서관을 신나게 가꾸었다가 접는 마음'을 책으로 여미었다. 도서관 꾸릴 책이 넉넉하고, 도서관 가꾸는 일손이 살뜰하며, 도서관 드나드는 아이하고 어른이 왁자지껄하다면, 이제 살림돈쯤은 지자체에서 '달삯 걱정 안 해도 넉넉하도'록 한손을 보탤 만하지 않을까? 살림 모르는 행정은 머리 없는 허수아비이다.

2018.11.27. 《마산·진해·창원, 여행자를 위한 도시 인문학》

김대홍 글·사진, 가지, 2011.11.30.

마실하는 사람은 무엇을 보면 좋을까. 마실하는 사람은 어느 길을 어느 눈으로 거닐면 즐거울까. 마실하는 사람은 무엇을 보고 느끼고 먹고 쉬고 누리면 아름다운 마음으로 피어날까. 마실길이란 새로운 삶결을 느끼려는 길이지 싶다. 널리 알려진 유적이나 시설이 아닌, 조용히 오래도록 깊고 넓게 스미던 마을자취를 새삼스레 누리려고 하는 마실이라고 본다. 커다랗게 세운 탑이나 유적지나 시설도 때때로 볼 만하겠지. 그러나 마을사람이 손수 한 땀 두 땀 가꾼 발자취를 따라가면서 '이곳은 이러한 사람들이 이러한 사랑으로 일군 마을이네' 하고 느낄 수 있으면 한결 흐뭇한 발걸음이 되리라 본다. 《마산 · 진해 · 창원, 여행자를 위한 도시 인문학》은 마산하고 진해하고 창원이라는 터전에서 자그마한 어린이가 어떻게 자라면서 무엇을 보고 느낀 나날이 겹겹이 모여 '인문 · 역사 · 사회'로 다시 태어났는가 하는 이야기를 들려주는구나 싶다. 관광안내책자는 누가 엮을까? 관광안내책자를 엮는 이 가운데 그 고장 텃사람은 누구일까? 밥집이나 여러 시설하고 줄을 안 댄, 오롯이 그 마을을 마음으로 사랑하고 보듬으려는 눈길로 이야기를 여미는 이는 어디에 있을까? 나고 자란 사람들 이야기 아닌, 사랑으로 삶을 누린 이들 이야기가 반갑다.

2018.12.8. 《박남옥, 한국 첫 여성 영화감독》

박남옥 글, 마음산책, 2017.10.30.

어제 무슨 날인가 싶더니 내가 태어난 날이라네. 음성에 계신 어머니가 김치를 보내셨다. 고맙다. 배추김치는 안 했는데 마침 잘되었다. 통이 모자라 저잣마실을 가야겠네. 작은아이하고 순천으로 달린다. 먼저 중국집에 들르는데 너무 맛없다. 깜짝 놀랄 만큼 맛없는 가락국수에 짜장국수가 다 있네. 시내버스로 중앙시장 쪽으로 가고, 그곳에서 스텐김치통을 장만하고서 〈생각구름〉을 들르고 〈골목책방 서성이다〉를 들른다. 이 안골에 마을책집이 새로 열었다. 반가우면서 고맙다. 책집 한켠에 '전남국어교사모임' 알림판이 서서 남다르다. 저녁나절 고흥으로 돌아가는 길에 작은아이가 까무룩 잠들어 어깨에 기댄다. 한손으로는 토닥이고, 다른 손으로는 《박남옥, 한국 첫 여성 영화감독》을 읽는다. 한손에 기저귀주머니를 들고서 다른 손으로 촬영기를 든 분이라고 하는데, 내 살림살이도 꼭 이 모습이다. 아이를 업고 목에 사진기를 걸고 다닌 나날이요, 아이를 안고 밥을 지으며 틈을 내어 글을 쓰고 사전을 엮은 살림이니. 돌아볼수록 용하다 싶은데, 박남옥이란 분이 걸어온 길이 눈앞에 선하면서 애틋하다. 일제강점기 적에도 돈이 있을 적마다 헌책집에 들르셨고, 밀항선 타고 일본에 가서도 책집부터 찾아보셨다니, 참 대단하시네.

2018.12.17.《들꽃들이여 대지를 품어라》

이케베 아오이 글·그림/김진아 옮김, 애니북스, 2018.11.30.

나는 사내라는 몸을 입고 살기에 사내라는 사람이 얼마나 재미없는가를 늘 새삼스레 느끼고, 이 재미없는 몸을 어떻게 바꿀 수 있을까 하고 언제나 생각한다. 그런데 이 나라에서는 어릴 적에는 배움수렁(대학입시)에 길들거나 나이 들어서는 일터에 물들면 사내뿐 아니라 가시내도 따분하다. 그러나 사내로서 어떤 길에도 물들거나 길들지 않는다면 홀가분하면서 신나는 마음이랑 몸으로 거듭날 만하다고 느낀다.《들꽃들이여 대지를 품어라》를 읽었다. 만화님 가운데 이런 줄거리를 그린 사내는 아직 못 보았지 싶다. 있나? 없는 듯하거나 내가 못 떠올리지 싶은데. 있다면, 테즈카 오사무 님하고 후지코 F 후지오 님하고 미즈키 시게루 님쯤 있으려나. 아무것도 아닌 듯하지만, 바로 아무것도 아닌 듯한 걸음걸이, 수수하면서 투박한 사람들이 수수하면서 투박한 살림에서 길어올리는 작은 씨앗 같은 빛줄기를 담아내는 만화, 이런 만화 가운데 하나로 꼽을 만한 책을 오랜만에 만났구나 싶다. 문득《미카코》가 떠올랐다. '쿄우 마치코(今日 マチ子)' 님 그림을 만나려면 아무래도 한글책이 나오기를 더는 기다릴 수 없을는지 모르겠다. 온누리를 품을 들꽃 이야기를 읽고 나니 물감을 풀어서 물빛 그림을 그리고 싶다는 생각이 든다.

2019.1.21. 《발밑의 혁명》

데이비드 몽고메리 글/이수영 옮김, 삼천리, 2018.7.13.

우리 발밑에서 놀라운 일이 벌어진다. 발을 들어서 흙바닥을 바라본다면 엄청난 살림살이를 읽을 만하다. 우리 눈밑에서 대단한 일이 생겨난다. 눈을 감고서 하늘을 올려다본다면 새로운 꿈결을 느낄 만하다. 땅을 파서 흙알갱이를 살펴도 놀라운 흙살림을 읽을 테지만, 땅뙈기를 물끄러미 바라보기만 해도 빛깔이나 냄새나 숨결로 얼마든지 흙결을 알아내기 마련이다. 꾼(전문가) 아닌 누구나 말이지. 살아숨쉬는 흙하고 메말라 죽은 흙이란, 삶을 생각하는 사람이라면 누구라도 알아채리라. 아무리 죽은 흙이라 해도 마른풀을 덮어 주고 풀씨를 날려 주면 어느새 싱그럽게 깨어나 기름진 땅으로 거듭나는 모습을 볼 수 있다. 《발밑의 혁명》은 어떤 책일까. 흙지기라면 수수하게 몸으로 익힌 이야기를 들려준다고 할 만하다. 이제 나라 안팎에 흙지기가 부쩍부쩍 줄어드니 이러한 책이 새삼스레 태어나서 읽힐 때가 되는구나 싶다. 지난날에는 누구나 삶에서 삶으로 물려준 이야기요, 두 손에서 두 손으로 물려받은 이야기이다. 발밑이 얼마나 아름다운가를, 흙 한 줌이 얼마나 사랑스러운가를, 눈밑이 얼마나 밝은가를, 저 하늘이 얼마나 빛나는가를 책 하나 곁에 두면서 차근차근 다시 배울 수 있어도 참 좋으리라 본다.

2019.2.8. 《은빛 숟가락 15》

오자와 마리 글·그림/노미영 옮김, 삼양출판사, 2019.1.17.

2018년 3월에 일본 도쿄에 갔을 적에 아마 도쿄에 머무는 마지막 밤이었을 텐데, 늦게까지 문을 여는 책집이 있어, 드넓은 터에 빼곡히 꽂은 만화책을 반가이 바라보며 책시렁을 휘휘 둘러보다가 내가 바라는 그린이 책은 하나도 안 보여서 짧은 일본말로 여쭈었다. "이곳에 '오자와 마리' 님 만화책이 있을까요?" 하고. 안타깝게도 그토록 드넓은 만화책집에 오자와 마리 님 책은 하나도 없더라! 우리말로 나온 책이라 하더라도 그곳에서 사고 싶었는데. 아직 한글판은 매우 더디게 옮기지만, 드디어 열다섯걸음이 나온 《은빛 숟가락》을 읽으면서 이 만화가 얼마나 고운가를 새삼스레 느낀다. 줄거리라든지 꽃맺음은 훤히 보인다. 그렇지만 모름지기 모든 만화이든 글이든 그림이든 사진이든 '줄거리나 꽃맺음' 때문에 들여다보지 않는다. '훤히 보이는 줄거리나 꽃맺음'이든 말든, 이 이야깃감을 어떻게 풀어내고 다루어서 어떻게 사랑으로 길어올리는가 하는 손길을 만나려고 들여다본다. 이 대목에서 보자면 테즈카 오사무 님은 그저 하느님이요, 타카하시 루미코 님은 하느님 곁에 앉은 새로운 님인데, 오자와 마리 님은 이들 곁에 곱다라니 봉오리를 올린 함박꽃 같다. '그린이'라는 사람은 사랑을 그리는 일벗이다.

2019.2.15.《우리말 동시 사전》

최종규 글, 사름벼리 그림, 스토리닷, 2019.1.15.

고등학교를 다닐 적에 '시'라는 글을 처음 썼다. 마음을 담아내는 생각을 짤막하면서 즐겁게 간추려서 노래로 엮는 글이 무척 마음에 들었다. 아마 열일곱 살이었을 텐데, 언제 어디에서나 춤추고 웃으면서 노래하는 사람으로 살아가는 어른이 된다면 참 아름답겠네 하고 생각했다. 이런 모습이라면 아주 사랑스럽겠지 하고 여겼다. 이러다가 스무 살 무렵 동시다운 동시를 처음 만났다. 이오덕 어른이 멧골마을에서 가르친 아이들이 쓴 1960년대 글이었고, 그 뒤에 이원수 어른 글을, 권정생 어른 글을 만났고, 탄광마을 아이들 이야기를 담은 임길택 어른 글을 만났다. 동시이든 어른시이든 '시'라는 이름을 붙이려면 이만큼은 써야 하는구나 싶어 1995년부터 시쓰기는 너무 어렵다고 여겼다. 2008년, 큰아이가 두 살이 되던 해부터 동시를 쓴다. 큰아이는 아버지가 들려주는 이야기라면 눈빛을 밝히면서 듣는다. 다른 어느 책보다 아버지랑 어머니 입에서 흐르는 노래를 반긴다.《우리말 동시 사전》은 이렇게 태어났다. 아이들이 어버이 스스로 새롭게 사랑을 길어올려 활짝 피어나는 꽃님처럼 눈부시기를 바라는 뜻을 맞아들여 열한 해를 갈고닦아서 비로소 도톰하면서 작은 '동시 사전'으로 여미었다. 내가 썼지만, 내가 쓰지 않은 글꽃이다.

2019.2.23. 《미카코 7》

교우 마치코 글·그림/이청 옮김, 미우, 2019.2.28.

곁님이 서울마실을 마치고 고흥으로 돌아온다. 서울에서 16시 고속버스를 탔다 하고, 고흥읍에서 20시 30분 마지막 시골버스로 갈아탔다고 한다. 마을 어귀에 내릴 즈음 맞추어 아이들을 부른다. "얘들아, 겉옷 입고 별 보러 가자!" 낮에는 살짝 후끈하다 싶은 볕이지만 밤에는 아직 설렁한 겨울 끝자락. 별빛이 곱다. 별에서 흐르는 소리를 들으려고 귀를 기울인다. 어느새 시골버스는 마을 어귀에 이르고, 작은아이는 바로 버스 내리는문 쪽으로 달려가서 어머니를 폭 안는다. 아이들은 어머니가 없는 새 뭘 했고 배웠는가를 조잘조잘 노래하면서, 어머니가 서울마실길에 무엇을 하고 봤는지 묻는다. 오늘은 다들 늦게 자겠네. 《미카코》 일곱걸음을 읽었다. 첫걸음부터 일곱걸음까지 이토록 차분히 물빛그림을 펼치는 만화가 있으니 참 새삼스럽다. 더 길게 그릴 까닭이 없고, 더 톡톡 튀게 그릴 일이 없다. 그저 물빛으로, 바람빛으로, 별빛으로, 꽃빛으로, 하늘빛으로, 흙빛으로, 웃음빛으로 한 칸씩 적시면 된다. 요즈음 우리나라 만화는 거의 누리만화(웹툰)로 넘어갔지 싶은데, 셈틀을 닫고 붓을 쥐어 하늘을 닮은, 하늘을 담은, 하늘을 노래하는 만화를 그리는 분이 나타난다면 어떠하랴 싶다. 후다닥 잔뜩 그려야 만화가 되지 않는다.

2019.2.25.《마야는 텃밭이 좋아요》

레나 안데르손 글·그림/김민철 옮김, 청어람미디어, 2014.11.15.

새벽 두 시에 일어나 부엌을 치우고 짐을 꾸린다. 오늘 서울로 낮 두 시 무렵까지 가려고 하다 보니 부산히 움직여야 한다. 고흥읍에서 타는 고속버스로는 좀 어림없는 때라 순천으로 건너가서 고속버스를 타기로 한다. 새벽바람이 포근하다. 고흥은 봄이 확 퍼진다. 서울에 내려 전철을 갈아타거나 길을 걸으며 보니 사람들 옷차림이 참 두툼하다. 달력으로가 아니더라도 환하거나 따스한 기운을 잘 느끼지 못하는구나 싶다. 올봄에는 지난 아홉 해 동안 묵히며 지켜본 뒤꼍에 아이들하고 새롭게 씨앗을 심을 생각이다. 두 아이가 즐거이 흙살림을 놀기를 바라며 《마야는 텃밭이 좋아요》를 새삼스레 들춘다. 텃밭일을 배우도록 돕는 상냥한 이야기책일 수 있지만, 이보다는 흙살림을 신나는 놀이로 맞아들이는 마음을 잘 밝힌 이야기꾸러미라고 느낀다. 밭놀이, 흙놀이, 씨앗놀이, 호미놀이, 갈퀴놀이, 낫놀이, 삽놀이…… 모두 놀이로 여길 만하다. 마음껏 놀면서 보듬은 푸성귀를 손수 다듬어서 밥을 차린다면, 매우 맛나겠지. 아니, 맛나다기보다 기쁘겠지. 우리 집 앵두나무 곁에 갈퀴덩굴이 잘 오른다. 봄까지꽃하고 두 가지를 봄나물로 먹어야지. 그러니까 서울일 마치고 고흥으로 돌아가면. 우리 보금자리에서 포근히 쉬면서 흙이랑 소꿉하면.

2019.3.17. 《책벌레의 하극상 1부 7》

카즈키 미야 글·스즈카·시이나 유우 그림/강동욱 옮김, 대원씨아이, 2019.3.31.

두 아이는 일산 이모네에서 다섯 살 동생 장난감을 함께 갖고 논다. 다섯 살 동생은 오랜만에 만난 누나랑 형하고 즐겁게 어울린다. 신나게 놀고서 쉬며 동생 그림책을 읽고, 아버지가 챙겨 온 만화책을 읽는다. 이 가운데 하나는 《책벌레의 하극상 1부 7》. "책벌레" 꾸러미는 일곱걸음으로 첫 자락을 마무리한다는데, 먼먼 앞날에 사람들이 손쉽게 누리는 살림솜씨가 어느 다른 자리에서는 엄청나게 돈을 벌어들일 만한 장삿거리가 된다지. 그도 그럴 만하겠다고 고개를 끄덕인다. 그리고 어떤 밥을 짓는 손길도, 연장을 다루는 손길도, 작은 연장 하나도, 이 모두를 처음 보거나 겪는 사람으로서는 아주 엄청나기 마련일 테니, 여느 사람 한두 해치 일삯만큼 돈을 받을 수 있겠지. 오늘날에는 이른바 특허권이나 독점판매권이라 할 텐데, 이는 살림자리에서만 말할 만하지는 않는다고 느낀다. 우리를 둘러싼 모든 것은 누구인가 슬기로운 사랑으로 지어내기 마련이다. 글 한 줄이나 책 하나도 이와 같다. 그냥 쓸 수 있는 글이 있을까? 그냥 나올 수 있는 책이 있을까? 저작권은 그냥 하는 말이 아니다. 같이 살아가는 이 터에서 서로 아끼며 보살피려는 즐거운 눈길로 보듬어 주는 마음이 바로 저작권이리라.

2019.4.7. 《일본적 마음》

김응교, 책읽는고양이, 2017.11.30.

일본에서 핵발전소가 터진 지 여러 해 되었으나 방사능 때문에 일본을 꺼리는 목소리가 높다. 그러면 우리는 어떤가. 우리는 아직 핵발전소가 안 터져서 방사능이 깨끗할까? 방사능은 핵발전소에만 있을까? 방사능 못지않게 온 하늘을 매캐하게 뒤덮은 먼지구름은 무엇일까? 중국이나 일본 탓을 하기 앞서 우리는 무엇을 할까? 1986년에 체르노빌 핵발전소가 터져 유럽에서는 '방사능 가루젖'을 어떻게 해야 할는지 모르다가 우리나라에 웃돈을 얹어서 넘겨주었고, 그무렵 이 나라 어린이는 '방사능에 흠뻑 젖은 유제품'을 잔뜩 먹으며 자랐으니, 이 땅은 '아토피 범벅판'이 되었는데, 이를 읽어내는 눈썰미는 얼마나 있을까? 《일본적 마음》을 읽는다. 일본이 우리 역사를 비튼다고 말이 많다만, 우리 스스로도 우리 발자취를 제대로 못 적고 못 가르치는 삶은 아닐까? 더구나 우리는 일본 발자취를 얼마나 제대로 가르칠까? 중국이나 러시아나 미국이나 여러 아시아 발자취를 우리는 얼마나 제대로 가르칠까? 일본이라는 마음이나 우리다운 마음을 넘어서, 푸른별이라는 마음하고 사랑스러운 마음을 가꾸고 배우며 나누면 좋겠다. 별빛이라는 마음에 햇볕다운 마음으로 서로 손을 잡을 수 있는 길을 그려 본다.

2019.5.7.《여행하는 말들》

다와다 요코 글/유라주 옮김, 돌베개, 2018.9.7.

작은아이가 짐꾼이 되어 주기로 하면서 같이 읍내마실을 한다. 읍내 놀이터에서 기다리며 산양젖을 받는다. 그런데 내 손짐을 차에 놓고 내리는 바람에 손짐을 되찾으려 하면서 집으로 돌아가는 시골버스를 놓친다. 어찌할까 한동안 생각하다가 큰아이가 바라는 수박싹을 찾기로 한다. 어제까지만 해도 수박싹을 파는 집이 여럿 있었으나 오늘은 으째 동이 났는 감. 시들한 수박싹을 다섯 뿌리 장만하고서 택시를 부른다. 해거름에 큰아이하고 수박싹이랑 오이싹을 옮겨심는다. 비록 시들한 채 데려왔어도 우리 밭자락에서 기운을 찾기를 빌며 입을 맞춘다. 며칠째 조금씩《여행하는 말들》을 읽는다. 이야기는 무척 알차며 곱다고 느낀다. 옮김말은 매우 아쉽지만. 옮김말 탓에 대번에 끝까지 못 읽는다. 생각해 보면 그렇다. 이웃말을 배우고 이웃살림을 들여다보는 겨를만큼 우리말이나 숲살림을 들여다보거나 배우는 일꾼이 얼마나 될까? 굳이 낱말책을 씹어먹어야 하지는 않으나, '눈 눈 눈'이나 '배 배 배'를 마음껏 다룰 줄 알 만큼 우리말을 건사할 적에 비로소 글쓰기나 옮기기를 할 만하지 싶다. 말이 바람을 타고 나들이를 다닌다. 낱말이, 말씨가, 말마디가, 말결이, 말밭이 덩더쿵 춤추면서 온누리를 휘젓는다. 홀가분하게.

2019.5.17. 《데즈카 오사무의 만화 창작법》

데즈카 오사무 글·그림/문성호 옮김, AK hobbybook, 2015.10.25.

두 아이가 조각그림을 빚었다. 저희끼리 노는 조각그림을 먼저 새로 빚더니 이모 이모부 조카 할머니 할아버지 큰아버지한테도 이 재미난 조각그림놀이를 누리도록 하고 싶다면서 어제그제 신나게 빚었다. 이렇게 빚은 조각그림을 글월자루에 따로 넣어서 우체국으로 간다. 큰아이더러 손수 주소를 적으라고 이른다. 나는 나대로 글월을 띄울 이웃님한테 드릴 동시를 우체국에 앉아서 쓴다. 모두 마치고서 글월을 다 부치고는 저자마실을 살짝 하고, 버스나루 곁에 있는 빈터로 가서 걸상에 앉아 들딸기를 먹는다. 어제 미리 딴 들딸기가 도시락이 되네. 《데즈카 오사무의 만화 창작법》은 우리 아이들한테 만화그리기에 이바지를 했을까? 틀림없이 이바지를 했다. 다만 아직 이 길잡이책에 흐르는 모든 맛을 다 누리지는 못한다. 마땅한 일이지. 하나씩 받아들이면 되고, 차근차근 익히면 되며, 스스로 새길을 헤아리면 된다. 만화 하느님인 데즈카 오사무님도 대단하지. 날마다 만화책이며 만화영화를 엄청나게 그려내면서 이런 길잡이책은 언제 또 쓰셨을까. 하기는. 없는 틈을 내어 영화를 보았고 책을 읽은 이녁 아닌가. 틈이 없으니 "틈을 짜내"는 몸짓이며 걸음걸이로 꿈을 오롯이 일군 사람이 바로 이녁 아닌가.

2019.5.18. 《오! 한강 1》

김세영 글·허영만 그림, 원정출판사, 1988.3.10.

《오! 한강》이 새로 나왔단다. 달책 《만화광장》하고 원정출판사 낱책으로 벌써 까마득히 옛날이라 할 무렵 읽었기에 줄거리가 가물가물해서 차근차근 되읽어 보기로 한다. 첫걸음을 지나 두걸음을 읽는데 자꾸 한숨이 나온다. 그무렵이든 요즈음이든 이 만화책은 그린이 이름값을 내세워 사람들한테 '달콤하게 던져 준 미끼'로구나 싶다. 불꽃이 튀도록 부딪히는 이들 사이에서 연속극을 빚어내어, 이 연속극에 사로잡히도록 줄거리를 엮고, '삶이 아닌 연속극'을 쳐다보고 생각하도록 이끄는 틀이지 싶다. '그들'이 무엇을 했고, 무엇을 하며, 어떤 길을 갔는가를 살그마니 지나치는 틀이다. 우리가 가야 할 길을 스스로 찾도록 이끌거나 생각을 건드리지 않고서, 이 물결하고 저 바람에 휩쓸릴 수밖에 없는 풀포기로 보여주는 틀이다. 일하는 사람은 누구였을까. 일은 어떻게 했을까. 두레란 무엇이고 품앗이란 무엇이었을까. 소작이란, 공출이란, 군대란, 권력이란, 총부리를 잡고서 마치 모든 것을 다 억누르면서 제멋대로 할 수 있으리라 여긴 그들 총칼나라 군홧발하고, 이 군홧발을 고스란히 이은 독재자하고 재벌하고 문화 · 교육 권력이란 무엇일까. 모두를 잇는 실마리 하나를 짚지 않을 적에는 어떤 '허수아비 각시탈'이 될까.

2019.5.29. 《메리와 생쥐》

비버리 도노프리오 글·바바라 매클린톡 그림/김정희 옮김, 베틀북, 2008.3.10.

우리는 늘 우리 이야기를 서로 들려준다. 우리가 살아가는 이야기를 쓰고 그리고 찍는다. 우리가 살림하는 사랑을 노래로 짓고 춤으로 빚는다. 네가 네 이야기를 안 하고 딴사람 이야기를 하면 따분하다. 내가 내 이야기를 않고서 뜬금없는 사람들 이야기를 토달면 심심하다. 우리는 서로 우리가 오늘 이곳에서 어떤 기쁨으로 하루를 지으면서 노래했나 하는 이야기를 들려주기에 반가우면서 아름답다. 그림책 《메리와 생쥐》는 어쩌면 그린이가 보낸 어린 나날이요, 그린이네 어머니나 할머니가 보낸 어린 삶길 이야기일 수 있다. 또는 그린이네 딸아이가 새롭게 걷는 길일 수 있을 테고. 처음에는 메리하고 생쥐가 서로 알아볼 길이 없었고, 나중에는 생쥐하고 메리가 서로 알아보고, 이윽고 메리하고 생쥐는 서로 그리고, 나중에 생쥐하고 메리는 만난다. 다만 하루아침에 만나지는 않는다. 퍽 기나긴 날을 거쳐서, 꽤 오랜 사랑을 담고 실어서, 좀 그윽히 살아내고 이야기를 지은 끝에라야 만난다. 요 며칠 동안 제비 두 마리가 우리 집 처마 밑에서 바지런히 헌집을 손질한다. 사나흘쯤 걸렸을까? 이제 튼튼하고 꼼꼼하게 잘 다스렸으니, 알을 낳고 새끼를 돌보아 멋진 날갯짓을 물려주는 처마밑살림을 지어 보렴.

2019.6.23. 《작은 책방 꾸리는 법》

윤성근 글, 유유, 2019.6.24.

숨이 가쁘다고 할 만큼 요 여러 달 사이에 글갈무리하고 글손질로 빠듯하게 흐른다. 마무리를 지어서 보낸 글꾸러미를 피디에프로 앉힌 판으로 여러 벌 살피고, 다시 살핀다. 한글날을 앞두고 선보일 새로운 사전은 아직 마무리가 안 되어 글갈무리로 눈썹을 날린다. 이러면서 오디잼을 졸이고, 집안일을 하고, 아이들하고 놀고, 동시를 써서 이웃님한테 드리고, 여름쑥을 훑어 쑥차를 덖으려 한다. 틈이 거의 없는 하루이지만, 이 틈을 쪼개어 《작은 책방 꾸리는 법》을 읽었다. 작은 책집을 꾸리는 길을 놓고서 작게 여민 이야기이니, 작은 틈을 쪼개어도 느긋하게 누릴 만하구나 싶다. 작은 책집이어도 알뜰히 꾸리며 살뜰히 북돋우는 길을 1000쪽이나 2000쪽이 되도록 풀어낼 수 있다고 여긴다. 숱한 이야기를 추리고 덜어서 조그맣게 여미느라 얼마나 손길이 갔을까. 고흥이란 두멧시골에 살기에 가장 가까워도 순천에 마을책집이 있어, 순천을 다녀오려면 하루를 다 써야 한다. 다른 고장은 바깥일이 생기면 살짝 들른다. 새로 피어나는 마을책집, 곧 작은책숲은 저마다 눈부시게 흐드러지겠지. 이제 우리나라에 있는 모든 작은책숲을 돌아보기만 하려 해도 여러 해가 걸릴 듯하다. 아름다운 나라로 거듭나는구나 싶다. 이 길목에 작은 책이 있다.

2019.7.21. 《안녕, 물!》

앙트아네트 포티스 글·그림/이종원 옮김, 행복한그림책, 2019.4.15.

어제 낮에 구미 〈삼일문고〉에서 이야기꽃을 마친 뒤에 어떻게 해야 좋을까 하고 한참 망설였다. 구미서 대전을 거쳐 순천을 찍고 고흥으로 돌아가는 길이 있으나 까마득하다. 이렇게 하면 고흥에 돌아가겠으나 한밤. 찻삯도 찻삯이지만 제대로 못 쉬며 달리겠네 싶어 대구로 건너가기로 한다. 기차를 탄다. 짧은 길이지만 단잠을 이룬다. 자리를 옮긴 〈서재를 탐하다〉로 걸어간다. 빗줄기가 시원하다. 삼십 분 남짓 비를 고스란히 맞으면서 몸씻이를 한다. 이 비란 얼마나 아름다운가. 그러나 나처럼 함박비를 맞으며 걷는 사람은커녕 빗길을 걷는 사람도 안 보인다. 그림책 《안녕, 물!》을 떠올린다. 그제 수원 〈마그앤그래〉에서 장만한 그림책이다. 물이 이 별에서뿐 아니라, 이 별에서 사는 뭇목숨한테 얼마나 대수로운가를 따스하게 밝힌다. 우리 몸이건 푸나무 몸이건 벌레나 짐승 몸이건 온통 물이다. 우리가 먹는 밥은 '꼴을 달리한 물'이라 할 만하다. 물을 물 그대로 먹거나 밥으로 삼아서 먹으니 숨을 얻는 셈이다. '흐르는 물'이어야 목숨을 살린다. 그런데 우리 곁에 '흐르는 물'이 있을까, '고인 물'이 있을까? 물을 마시면서 물한테 "반가워! 고마워! 같이 놀자!" 같은 말 한 마디를 마음으로 들려줄 수 있을까?

2019.8.21. 《아이들은 왜 그림을 그릴까》

매릴린 JS 굿맨/정세운 옮김, 책과함께어린이, 2019.4.30.

작은아이하고 읍내마실을 다녀오는 사이에 큰아이가 물감 그림 여섯 자락을 그려 놓는다. 새삼스럽게 곱다고 느끼면서, 붓을 쥐며 그림을 누린 숨결을 헤아린다. 날마다 신나게 그림놀이를 즐기는 큰아이가 피워낸 꿈자락을 그림으로 돌아본다. 이러며 생각한다. 《아이들은 왜 그림을 그릴까》라는 책에서 아이들이 그림을 그릴 뿐 아니라 즐기는 까닭을 찬찬히 짚는데, 거꾸로 물어보고 싶기도 하다. 자, "어른은 왜 그림을 안 그릴까?" 어른이 되면 왜 "스스로 전문가로 여기는 이를 빼놓고는 그림을 안 그리려 할까?" 돈으로 사고팔거나 예술이 되도록 할 뜻으로 붓을 쥔다면 재미없다. 오늘 하루를 기쁘게 맞이해서 새로운 사랑으로 지피고 싶다면 붓을 마음껏 쥐고 얼마든지 이야기를 짓는구나 싶다. 어른이 그림을 안 그리거나 못 그린다면, 까닭이란 참 쉽다. 어느새 마음자리에서 꿈이 시들거나 사랑이 메마른 탓이리라. 꿈이 푸르거나 사랑이 파랗다면, 푸른 꿈이랑 파란 사랑이 숲빛이랑 하늘빛으로 어우러진다면, 아이도 어른도 홀가분하게 붓을 쥐어 그림을 짓는다고 느낀다. 글붓을 쥐기에 글을 쓰고, 그림붓을 쥐기에 그림을 그린다. 하루를 짓는 손길로 이야기를 짓고, 사랑을 짓는 눈길로 꿈을 짓는다.

2019.9.20. 《하하 HaHa》

오시키리 렌스케 글·그림/강동욱 옮김, 대원씨아이, 2018.5.31.

하루하루 얼마나 재미난 놀이잔치인가를 그릴 수 있지만, 하루하루 왜 아무것도 안 바뀌거나 안 나아지는가 하고 투덜댈 수 있다. 둘 모두 우리가 고르는 길이다. 오늘은 어제하고 사뭇 다르네 하고 여길 수 있고, 똑같이 따분하고 고된 하루를 여는구나 하고 툴툴댈 수 있다. 만화책 《하하 HaHa》를 보면 '어버이하고 아이' 사이에 두 눈길이 엇갈리는 이야기가 흐른다. 어떻게 할 적에 즐거울까? 어떻게 하기에 재미난가? 아이로서 어떤 어버이가 어떤 사랑을 나한테 보여주기를 바라지? 어버이로서 어떤 아이가 어떤 사랑을 나한테서 받기를 바라지? 이렇게 갖은 생각이 갈마드는 갈림길이란 무엇일까? 한낱 만화책 이야기인가, 아니면 오늘날 거의 모든 사람들이 여느 삶자리에서 늘 부대끼면서 마음을 앓고 멍울이 지는 이야기인가? 어제 홍성에 닿아 풀무학교(풀무농업기술고등학교)에서 하루를 묵었다. 하루 내내 풀벌레가 노래하는 숲터에 깃든 배움터란 얼마나 아름다운가? 농업고 아닌 여느 고등학교도 이런 곳에 배움자리를 마련할 노릇이리라. 이른아침부터 저녁까지 풀무학교 배움벗을 만나 끝없이 이야기꽃을 폈다. 초롱초롱한 푸름이 눈빛을 매우 오랜만에 보았다. 삶을 지피는 이야기를 귀담아듣는 푸른 숨결이여, 너희 꿈을 사랑하렴.

2019.9.22.《커럼포의 왕 로보》

윌리엄 그릴 글·그림/박중서 옮김, 찰리북, 2016.10.14.

그림책《커럼포의 왕 로보》를 익산에 있는 〈그림책방 씨앗〉에서 즐겁게 장만했다. 나는 익산을 거쳐 홍성을 지나 서울을 찍고 시흥을 돌았으며, 이제 용인에 와서 길손집에서 묵는다. 비로소 느긋하게 이 그림책을 펴서 읽는데, 아무래도 아리송하다. 설마 '어니스트 톰슨 시튼' 님이 "커럼포의 왕"이라고 글이름을 적었을까? 아닌 듯하다. 책자취를 들춘다. "The Wolves of Currumpaw"이다. 하, 아무렴. 그렇지. 그저 수수하게 "커럼포 늑대(늑대들)"일 뿐이다. 왜 우리말로 옮긴 책은 이런 이름을 붙이지? '로보'는 '임금(늑대 임금)'이 아니다. 로보는 뭇 늑대 가운데 사람들한테 '숲짐승이 어떤 숨결이자 넋'인가를 온몸으로 보여준 슬기로운 길잡이라고 할 수 있다. '우두머리'가 아닌 '이슬떨이'로서 '바보 사람'이 '참한 사람'으로 거듭나도록 이끌어 준 벗님이라고 할 만하다고 본다. 생각해 보라. 어린이는 '임금(왕)'이 아니다. 어린이를 임금으로 모시거나 섬길 까닭이 없다. 어린이를 엉뚱히 치켜세울 까닭도, 마구 다그치거나 옭아매거나 들볶을 까닭도 없다. 늑대는 늑대다이 숲이며 들에서 마음껏 달리고 노래하면서 살아간다. 사람들 곁에서 '숲길'을 가르치는 길잡님일 뿐이다.

2019.9.29.《손바닥으로 하늘 가리기》

박연 글·그림, 대교출판, 1995.7.21.

어제 전남 광주에서 아침을 맞이했다. 시내버스 타는 곳을 찾아서 천천히 걸었다. 날이 갈수록 길에는 걷는 사람이 줄어들고, 멀뚱히 선 자동차가 늘어난다. 자동차를 건사한 어른들은 이곳에서 저곳으로 자동차로 움직인 뒤에 으레 아무 데나 세운다. 걷는 사람도 드무니 거님길에 자동차가 서거나 말거나 아랑곳하지 않는 듯하다. 마을책집 한 곳을 찾아가는 길이었는데 마침 오늘은 쉰단다. 버스에서 내려 걸어가던 길을 거슬렀고, 토요일을 맞아 엄청나게 붐비는 시내버스에서 땀을 쪽 빼고서 고흥 가는 시외버스가 있는 나루에 닿는다.《손바닥으로 하늘 가리기》를 새로 장만했다. 1995년부터 오늘에 이르도록 이처럼 참하면서 맑은 우리나라 만화를 만나기가 참으로 어렵다. 만화를 읽는 이가 참하거나 맑지 않아서일는지, 만화를 그리는 이가 안 참하거나 안 맑아서일는지는 모른다. 다만, 참하거나 맑은 만화를 요새는 이쪽저쪽 다 내키지 않아 하는구나 싶다. 안 팔린다고 생각한달까. 한 손에는 흙을 묻히고, 다른 손에는 바람을 묻히다가, 한 손에는 풀꽃을 쥐고, 다른 손에는 햇살을 묻히는 하루를 지은 시골 아지매가 빚는 만화란 남다르다. 이렇게 사랑스레 살림살이가 흐르는 만화를 언제쯤 다시 만날까. 앞으로 우리 아이들이 그리려나.

2019.10.9.《우리말 글쓰기 사전》

숲노래 기획·최종규 글, 스토리닷, 2019.7.22.

한글날에 국립한글박물관으로 간다. '어린이 손편지 공모전' 심사평을 어린이 앞에서 들려준다. 어린이가 쓴 글을 놓고서 어떤 어른도 점수나 등수를 매길 수 없다고, 책을 읽은 느낌을 담은 글에 줄거리는 조금만 적어도 좋다고, 책을 읽으며 무엇을 느끼고 생각하여 스스로 오늘을 새롭게 바라보는가 하는 이야기를 담으면 한결 즐겁다고 말한다. 여러 어린이는 '작가 선생님'이란 분을 처음 본다며 수줍어서 말도 못하지만 '글쓰기에 힘이 되고 앞으로 이루고 싶은 꿈을 북돋워 주는 한 마디'를 적어 주면 좋겠다고 수첩을 내민다. 이 아이들한테 모두 새 동시를 한 자락씩 써서 준다. 넉줄시도 따로 써서 건넨다. 웃음짓는 아이들 마음이 환히 보인다. 반가우며 고맙다. 올해에 '여느 사전 틀을 왕창 깨는' 새로운 사전인《우리말 글쓰기 사전》을 선보였다. 왜 여느 사전 틀을 이렇게 깨느냐고 묻는 이웃님이 있다. '우리는 표준말도 서울말도 교양 있는 말도 아닌, 스스로 하루를 사랑으로 지은 살림을 즐겁게 노래하듯 이야기로 엮으면, 저마다 새로운 우리말로 마음을 밝힐 테니, 이런 글이 모두 새로운 올림말이요 뜻풀이에 보기글이 되니, 다 다른 사투리 사전을 다 다른 보람으로 지어 보자'는 뜻이라고 그분한테 말씀을 띄웠다.

2019.11.20.《동물은 전쟁에 어떻게 사용되나?》

앤서니 J 노첼라 2세와 세 사람 엮음/곽성혜 옮김, 책공장더불어, 2017.11.30.

큰아이하고 바닷길을 걷다가 문득 쑥꽃을 본다. 조그맣고 짙붉은 꽃송이를 줄줄이 매다는 쑥이다. 쑥꽃을 알면 가을날 들길이나 골목길을 거닐면서 문득 걸음을 멈추고 들여다볼 만하다. 쑥꽃을 모르면 얘가 어떤 숨결이나 이웃인지 하나도 알 턱이 없다. 느끼지도 못하겠지. 우리 집 쑥은 이모저모 알뜰히 훑어서 쓰느라 꽃을 피울 겨를이 없다. 뜻밖에 쑥꽃은 바깥마실을 하며 알려주는 셈이네. 아이가 코에 대고 큼큼하더니 냄새가 참 좋단다. 곧이어 다른 들꽃을 보면서 아주 좋은 냄새를 느끼고, 산국 곁에서도 한참 냄새를 누렸다. 가만 보면 화장품이나 향수를 비롯한 것들은 이런 들꽃이며 들풀이며 나무가 베푸는 수수하면서도 푸르고 그윽하면서도 정갈한, 더구나 우리 몸이며 눈을 틔우는 냄새를 흉내낸 화학덩이일 테지. 우리 곁에 숲을 두면 화장품이나 향수가 아예 없어도 될 노릇 아닐까.《동물은 전쟁에 어떻게 사용되나?》를 한달음에 읽었다. 나로서는 예전에 다 읽거나 들어서 아는 얘기였다만, 이런 얘기가 처음이거나 낯설, 또는 못 믿을 이웃도 있으리라 여긴다. 과학이나 문명이란 이름을 앞세워 으레 돈벌이 싸움질에 써먹었고, 요새도 이와 같다. 참 숱한 나라가 국방과 학비를 억수로 써댄다. 그나저나 옮김말은 매우 아쉽다.

2019.12.9.《나는 초민감자입니다》

주디스 올로프/최지원 옮김, 라이팅하우스, 2019.8.20.

전주에서 하룻밤 묵고 일어나서 어떻게 움직이면 좋을까 하고 살피는데 누가 은행나무 이야기를 쓴 글을 읽었다. 그이는 은행알이 더없이 '역겨운' 냄새라고, 이 나무를 매우 싫어하는 빛을 드러냈고, 이 글에 참 많은 이들이 손뼉을 치며 반기더라. 이렇게 말하는 분은 바로 이런 말이 '따돌림(차별)'이자 '금긋기(적으로 여기는 매도)'인 줄 못 느낀다. 못 느끼니까 나무이든 사람이든 함부로 따돌리고 금긋는 말을 쏟아내겠지. 숲 어디에서도 은행알을 고약하게 안 여긴다. 그러나 숲은 시멘트 아스팔트 플라스틱 화장품 석유 배기가스 농약 비닐을 끔찍하게 여긴다. 더구나 숲은 이 모두를 끔찍히 여겨도 고이 품고 오래오래 삭여서 정갈한 알갱이가 되도록 바꾸어 낸다.《나는 초민감자입니다》라는 책을 읽는데, 나는 이 책에서 말하는 '초민감자' 가운데 아주 으뜸이더라. 어릴 적부터 늘 어디서나 그랬다. 사람 아닌 것이 으레 말을 걸고, 무생물이라 여기는 것도 언제나 속삭인다. 글판이, 연필이, 버스 손잡이가, 라면 빈 자루가 말을 건다. 나무도 풀도 벌레도 모기도 말을 건다. 아직 덜 배웠을 적에는 이 갖은 소리가 고단하고 무서웠으나, 이제 이 소리를 하나하나 가르면서 새롭게 배운다. 은행나무야, 부디 마음을 풀어 주렴.

2019.12.22. 《붉나무네 자연 놀이터》

붉나무 글·그림, 보리, 2019.5.1.

나무를 깎고 자르는 이웃님이 있기에 그분한테 어떤 나무칼을 쓰면 좋을는지 여쭈었다. 여러 칼을 써 보았다는 그분이 알려주는 나무칼은 일본에서 벼린다는데, 값이 꽤 눅다. 이 칼을 장만해서 쓰는데 문득 이런 생각이 든다. 이 나라는 나무 깎는 칼 한 자루를 제대로 벼리지 못한다면, 이런 솜씨로 자동차나 비행기나 무슨 과학기술을 뽐낸다고 할 만할까? 나무칼뿐인가. 부엌칼도 그렇고, 연필 깎는 칼도 그렇다. '국산을 쓰자'는 소리는 옛말이다. '제대로 지은 참된 것'을 쓸 노릇이다. 아직도 이 나라는 군사무기나 군사과학에 지나치게 돈을 퍼붓는다. 살림자리를 안 살피고 애먼 곳에 돈을 써대기에 여느 살림살이는 엉망이거나 뒤죽박죽 아닐까. 《붉나무네 자연 놀이터》는 아이들이 자주 들추면서 따라하는 상냥한 놀이 길잡이책이다. 신나게 놀아 본 아저씨가 이녁 아이들이 자라는 동안 같이 놀던 살림을 붓그림으로 차곡차곡 여미었다. 놀이 아저씨이자 그림 아저씨는 아이들한테 물려주고 싶은 숨결을 놀이로 갈무리했다. 아름답다. 우리는 오늘 무엇을 누릴 적에 빛날까? 바로 즐겁게 일하고 노는 눈길이겠지. 즐겁게 놀던 아이가 자라 즐겁게 일하는 어른이 된다. 사랑으로 온몸을 돌본 아이는 사랑으로 이웃을 사귀는 눈빛이 된다.

2019.12.31. 《아나스타시아 10 아나스타》

블라지미르 메그레 글/한병석 옮김, 한글샘, 2018.6.25.

한 해가 저무는 길목에서 아픈 작은아이. 이 곁에서 나란히 아픈 큰아이. 덩달아 아픈 곁님. 세 사람은 얼마나 무럭무럭 크려고 한꺼번에 골골댈까. 넷 가운데 멀쩡한 사람이 집일을 도맡고, 이래저래 심부름을 한다. 한참 드러누웠다가 문득 기운이 올라서 신나게 노는 아이들은 기운을 다 썼는지 새로 눕는다. 이것을 먹고 싶으며 저것을 먹고 싶다 해서 이모저모 차려 주면 "다 맛없어." 하면서 물린다. 아플 적에는 물도 안 마시지. 내가 얼결에 이것도 저것도 먹으며 하루를 보낸다. 올해에는 마음읽기를 어느 만큼 틔웠으니 새해에는 마음노래를 한결 기쁘게 부르자고 생각한다. 한 해 마무리를 하는 노래꽃으로 냉이 이야기를 썼다. 냉이 마음을 읽고서 옮기는데, 참 많은 풀이 겨울바람을 품고서 더욱 푸르더라. 《아나스타시아 10 아나스타》를 아껴서 읽는다. 오롯이 숲아이로 태어나서 자라는 '아나스타' 곁에는 갖은 푸나무하고 새하고 짐승이 동무이자 이웃으로 지낸다. 아나스타를 낳은 어머니 아나스타시아는 꽤 떨어진 채 즐거이 숲살림을 노래한다. 생각해 보니 오늘날 이 나라 어린이는 '학교 또래'만 있을 뿐, 새도 푸나무도 바람도 짐승도 벌나비도 동무나 이웃으로 못 삼는다. 이렇다면 마음읽기도 마음벗도 다 멀어지겠지.

2020.1.8.《싱그러운 허브 안내서》

핫토리 아사미 글·그림/류순미 옮김, 열매하나, 2020.1.20.

누구나 처음부터 풀이나 나무나 꽃을 잘 알지는 않는다. 모르기에 가까이하고, 가까이하다 보니 차츰 익숙하고, 익숙하기에 어느덧 삶으로 스며서 이웃하는 숨결로 마주한다. 작은아이가 한동안 "나는 누나처럼 꽃을 못 그려." 하고 말했다. 큰아이도 꽤 예전에 "나는 아버지처럼 나무를 못 그려." 하고 말했다. 벌써 아득한 옛일이 되었는데 그때마다 아이들한테 "그래, 아직 얼마 안 그려 봤잖아? 이제부터 가까이에서 보고 날마다 찾아가서 쓰다듬으면서 말을 걸어 봐. 날마다 꾸준히 그리면 어느새 '못 그리던 예전 모습'이 감쪽같이 사라진단다." 하고 들려주었다. 《싱그러운 허브 안내서》를 빚은 분도 처음에는 풀을 잘 몰랐다고 한다. 하나씩 가까이하고 차근차근 배우는 동안 시나브로 풀내음으로 몸을 감싸고 풀빛으로 마음을 돌볼 수 있었다지. 이렇게 풀살림을 누리는 보람을 붓으로 옮겨 그림놀이를 편다. 가까이하기에 사귀면서 즐겁게 글이며 그림이며 사진으로 피울 수 있다. 곁에 두니 사랑으로 피어난다. 지난날에는 '약초 · 향초 · 방초' 같은 말을 쓰는 이가 많았고 오늘날에는 '허브'라 말하는 이가 많은데, '풀'일 뿐이다. 새롭게 가리키고 싶다면 '숨살이풀'이나 '향긋풀'이나 '살림풀' 같은 이름이 있다.

2020.1.25.《내가 끓이는 생일 미역국》

바람하늘지기 기획, 고은정 글·안경자 그림, 철수와영희, 2020.1.20.

두 아이가 자라는 동안 미역국을 얼마나 끓였나. 곁님을 만나 새삼스레 끓인 미역국이요, 곁님 입맛에 맞추어 요모조모 가다듬고 추스르기를 열네 해에 이르니, 어머니가 물려준 손길에 새로운 마음을 담아서 거뜬히 한 솥을 끓여낸다. 두 아이더러 아버지나 어머니 없이 혼자 미역국을 끓여 보라고 맛차림을 종이에 적어서 건넨 뒤 스스로 하도록 이끈 지는 몇 해째이지? 미역을 불리고, 더 맛나게 하려면 다시마도 불리고, 말린표고가 있으면 이 아이도 같이 불리고, 브로콜리나 시금치를 데쳤으면 이 풀물을 섞기도 하는, 또 무랑 마늘을 먼저 참기름이나 들기름에 볶고서 미역을 잘게 썰어 볶고는, 배춧잎도 척척 썰어서 같이 끓이면 '우리 집 미역국'이 짠! 그렇다. 우리 집은 미역국에 아무런 고기를 안 쓴다. 무 · 마늘 · 미역 세 가지로만 끓이기도 하고, 배추랑 된장이랑 청국장가루를 곁들이기도 하며, 설날에는 떡국떡에 달걀을 풀기도 한다. 《내가 끓이는 생일 미역국》을 찬찬히 넘긴다. 미역국 그림책이라니! 얼마나 멋진가! 쉬우면서도 새롭고, 집마다 사람마다 달리 끓이는 길이 끝없는 미역국! 한 해 내내 새로 태어난 날이라 여기면 날마다 갖가지 미역국을 끓여도 즐겁다. 아침에 큰솥으로 끓인 미역국이 저녁에 동났다.

2020.2.3. 《박서원 시전집》

박서원 글, 최측의농간, 2018.4.26.

바람은 우리가 속삭이는 말을 듣는다. 시샘하는 말도 듣고, 짜증내는 말도 들으며, 꿈꾸는 말이나 사랑하는 말도 듣는다. 바람은 이러한 말을 들으면서 골을 부릴까? 때로는 바람도 골질을 하겠지. 그러나 골질하는 바람보다는 사람들이 문득 내뱉는 숱한 말을 고스란히 사람한테 돌려주지 싶다. 이를테면 덥다는 타령을 하니 무더위를, 춥다고 노래를 하니 추위를, 비를 싫어하니 함박비를, 이 땅을 더럽히고 망가뜨리니 무시무시한 벼락이며 돌개바람을 주는구나 싶다. 《박서원 시전집》을 읽는다. 단출하게 나온 이녁 시집을 읽은 뒤에 두툼한 시전집은 한동안 책상맡에 모셔 놓았는데 마침 떠올랐다. 1990년대를 가로지르는 다부진 말이요 넋이며 숨이로구나 싶다. 어쩌면 2020년대하고는 살짝 틀어지는 말일 수 있을 텐데, 요즘 나도는 숱한 '젊은 시집'을 헤아린다면 박서원 님이 마지막 숨을 그러모아 새긴 이 시전집에 댈 만하지 못하리라 본다. 그저 삶을 말하기에 시가 된다. 그저 사랑을 읊기에 시가 된다. 그저 하루를, 꿈을, 멍울을, 눈물을, 웃음을 차근차근 짚어내기에 시가 된다. 시쓰기란 치레질이 아니다. 시쓰기란 자랑질도 아니다. 시가 아닌 치레질이나 자랑질이 넘치는 요즈막 숱한 시집에 진절머리가 났는데, 좀 풀린다.

2020.2.26.《나랑 자고 가요》

광양동초 1학년 1반 어린이·김영숙 엮음, 심다, 2020.2.1.

책이란 멀리 있지 않다고, 언제나 오늘 우리가 스스로 짓는 하루가 오롯이 책이 된다고, 다른 사람이 지은 이야기만 책이 아니라고, 다른 사람이 알아보건 말건 쳐다보지 않고서 스스로 오늘 이곳을 사랑으로 마주할 적에 우리 나름대로 새롭게 이야기를 길어올려서 책이 된다고 하는 대목을 생각한다. 처음에는 몇 마디 말이다. 몇 마디 말에 앞서 생각이다. 생각에 앞서 마음이요, 마음은 삶이란 터에서 생각이란 씨앗을 낳는다. 이 흐름이 삶에서 생각으로 자라고 서로서로 얼크러지는 이야기로 솟아오를 적에 어느덧 글로 옮기더니 책이란 꼴로 태어난다. 온누리 모든 어린이가 터뜨리는 즐거운 말이, 때로는 아픈 말이, 차곡차곡 이야기로 모이고, 이 이야기를 눈여겨본 손길이 있다면 책이 된다. 수수하거나 투박한 학급문집 하나는 얼마나 대단한 책일까.《나랑 자고 가요》를 일군 아이들은 스스로 이야기였고, 스스로 생각이었으며, 스스로 책이 된다. 그리고 스스로 씨앗이 될 테고, 스스로 노래가 될 테며, 앞으로 한 걸음씩 나아가는 빛줄기가 되겠지. 느긋하게 놀면 쓸 이야기가 많다. 넉넉하게 나누면 할 이야기가 많다. 느긋하지 않거나 넉넉하지 않다면 우리한테 아무런 이야기가 흐르지도 샘솟지도 않으리라.

2020.2.28. 《세상의 소리 2》

이시이 아스카 글·그림/김현주 옮김, 소미미디어, 2019.9.4.

어린이가 함께 읽을 만하도록 엮거나 짓거나 쓰기란 어려울는지 모른다. 어린이 마음이나 눈길이나 생각이나 사랑이나 숨결이 아닐 적에는 어린이하고 어깨동무하기가 어렵겠지. 그러나 어른이란 몸이 되기까지 어린이로 살아야 하는 나날이 있는 줄, 어린이라는 어제가 바로 어른이라는 오늘을 이룬 밑거름이자 살림꽃이라는 대목을 늘 되새긴다면, 어린이가 함께 읽을 만한 글이나 책을 여밀 만하다. 흔히들 '어린이가 알아듣기 어려울 듯하다'면서 함부로 쓰거나 그리는 어른이 많은데, 아니 '어린이는 아예 생각조차 안 하'면서 쓰거나 그리기 일쑤인데, 모든 인문책이며 문학책이며 만화책을 '어린이가 볼 수 있다'는 생각을 해야지 싶다. 《세상의 소리》는 두 자락으로 마무리짓는 짤막한 만화이다. 꽤 오랜만에 만난다. 어린이하고 함께 읽을 만화책을. 군더더기 그림을 넣지 않으니 좋고, 엉큼한 줄거리로 뭔가 얄팍하게 어른들 눈길을 끌려고 하지 않으니 좋다. 이를테면 '아다치 미츠루' 같은 만화는 짜증스럽다. 만화란 그렇게 얄팍하거나 구지레하지 않다. 온누리 소리를 들어 보자. 온누리를 흐르는 마음소리를 듣자. 이 마음을 어루만지는 소리마다 깃드는 싱그러운 숨결을 맞아들여 보자. 어린이와 어깨동무하기에 만화이다.

2020.3.10.《치티뱅 야옹》

기쿠치 치키 글·그림/김난주 옮김, 시공주니어, 2018.6.25.

2013년에서 2014년으로 접어들 즈음 '숲노래'라는 이름을 쓰기로 했다. 아이를 품에 안고서 일곱 해가 되던 무렵 바야흐로 언제 어디에서나 아이들하고 놀이노래를 부를 줄 아는 살림이 되고 보니, 또 우리가 깃든 삶자리가 그냥 시골보다는 숲터가 되기를 꿈꾸고 보니, 스스로 이러한 뜻을 이름에 담아서 써야겠구나 싶더라. 어제 방송국에 가서 '숲노래'란 이름뜻을 풀이할 적에 "우리가 시골에서 살든 큰고장에서 살든 숲을 노래하는 마음이 되어 이 하루를 사랑하자는 뜻입니다." 하고 이야기했다. 《치티뱅 야옹》을 읽는다. 노래하고 노래하는 아이들이 잔뜩 나온다. 사람 아이도 바다 아이도 하늘 아이도 모두 노래한다. 이러면서 땅도 하늘도 바다도 나란히 노래한다. 어떤 노랫말이든 즐겁다. 티티뱅이건 치치뱅이건 롤롤롤이건 라라라이건 네네네이건 늠늠늠이건 모두 노래가 된다. 글 한 줄 멋지게 쓰지 않아도 되듯, 밥 한 끼니 멋지게 차리지 않아도 된다. 옷 한 벌 멋지게 두르지 않아도 되고, 말 한 마디 멋지게 펴지 않아도 된다. 노래하면 된다. 노래글, 노래밥, 노래옷, 노래살림, 노래숲, 모두 노래로 녹여내어 나누는 길이라면 이 별에는 언제나 따사로이 어우러지는 사랑이 새롭게 빛나겠지.

2020.3.13.《기계 장치의 사랑 2》

고다 요시이에 글·그림/안은별 옮김, 세미콜론, 2014.11.28.

며칠 앞서 서울마실을 하는 길에 《기계 장치의 사랑 2》을 장만했다. 첫걸음을 읽고서 두걸음을 읽어야지 하고 생각하다가 그만 오래도록 잊었다. 고맙게 아직 판이 안 끊어졌다. 책이름처럼 '기계 장치'가 '사람 아닌 넋'으로 무슨 사랑을 어떻게 하는가를 다룬다. 한 줄로 간추리자면 '사람한테만 마음이 있다는 허튼생각을 집어치우라'가 이 만화책이 들려주는 고갱이라 할 만하다. 그린님이 선보인《신 이야기》도 이와 비슷한 이야기가 흐른다. 그러니까 사람뿐 아니라 기계 장치도, 과자 껍데기도, 비닐자루도, 돌림앓이를 퍼뜨린다는 작은이도, 바람에 묻어나는 꽃가루도, 어미 새가 콕 집어서 새끼 새한테 갖다 주는 애벌레도, 저마다 마음이 흐르면서 사랑을 지핀다는 뜻이다. 짝을 맺거나 살을 비빈다고 해서 사랑이 되지 않는다. 짝맺기는 짝맺기일 뿐이고, 살비빔은 살비빔일 뿐이다. 사랑이라는 빛은 온누리 뭇숨결을 따사로우면서 참하게 어루만지는 고운 바람이라고 할 만하다. 그나저나 틀림없이 뒷걸음이 있을 텐데 싶어 아마존을 살피니 어느새 여섯걸음까지 나왔네. 게다가 일본책은 싸네. 세미콜론 출판사는 이 만화책이 안 팔린다는 핑계로 안 옮길는지 모르나, 제대로 읽히도록 먼저 마음을 기울일 노릇이지 싶다.

2020.3.31. 《숲의 사나이 소바즈》

제니퍼 달랭플 글·그림/이경혜 옮김, 파랑새, 2002.8.12.

나뭇가지에 앉은 딱새가 나를 아직 못 봤다. 나는 널 보는걸. 딱새는 내가 쳐다보든 말든 아랑곳않으면서 꽁지를 재게 흔들다가 다른 곳으로 날아간다. 물까치 여러 마리가 나를 보고는 어그적어그적 날갯짓을 하며 후박나무 우듬지에 앉는다. 너흰 우리 뒤꼍에서 뭐를 찾으려고 내려앉았니? 사다리를 타고 올라가도 닿지 않는 곳에 달린 유자를 그대로 두었더니 바닥에 떨어졌고, 삼월볕에 다 녹아서 다시 유자나무 뿌리로 스며든다. 높은 데에 맺혔으면 안 따면 된다. 새가 먹어도 좋고, 나무한테 돌아가도 좋다. 모과꽃을 언제쯤 훑어서 햇볕을 먹이며 말릴까 하고 헤아린다. 손바닥 크기인 뒤꼍이어도 하루 내내 부산하고 이야기가 넘친다. 집집마다 마당이랑 뒤꼍이랑 텃밭이라는 숲을 품도록 이 나라가 달라진다면 얼마나 아름다울까? 《숲의 사나이 소바즈》를 거듭 읽으면서 자꾸 생각한다. 요즈막에 더더욱 값지고 빛나는 그림책이지 싶다. 나라지기나 벼슬아치는 아직도 헤맨다. '서로 떨어지기'가 아닌 '서로 숲을 품기'로 가야 하지 않을까? 빈터에 선 자동차를 치우고 시멘트 · 아스팔트를 걷어내어 나무를 심자. 찻길 가장자리에 자동차가 서지 못하도록 모두 갈아엎어서 꽃밭으로 가꾸고 나무가 자라도록 하자. 돈길 아닌 숲길로 거듭나자.

2020.4.5.《로신선집 3》

로신 글/계용신 옮김, 민족출판사, 1989.2.

후박나무가 곳곳에서 싹을 튼다. 사람이 심은 후박알보다는 새가 심는 후박알이 잘 싹트지 싶다. 새가 꿀꺽 삼키고서 뱃속을 거쳐서 똥으로 빠져나와 흙에 닿을 적에 후박알이 한결 기운을 낼까. 후박나무뿐 아니라 다른 나무도 으레 새가 심는다. 다람쥐는 참나무를 많이 심기로 알려졌는데, 숱한 나무는 다람쥐에 새에 숲짐승을 벗삼아서 온누리를 두루 돌아다니는구나 싶다. 아이들은 후박싹이 트는 곳을 알아차리면 "얘야, 거기서 너 못 자라! 내가 옮겨 줄게!" 하면서 삽이나 호미를 써서 살살 파낸다. 이러고서 마땅한 자리를 찾아서 옮긴다. 이렇게 옮겨심은 후박나무 가운데 꽤 여러 아이를 훔쳐간 사람이 있다. 왜 훔쳐가는지 아리송하지만, 어린나무를 훔쳐가더라.《로신선집 3》을 읽는다. 지난달에 순천 〈형설서점〉에 갔다가《로신선집》넉 자락을 만났다. 우리 책숲에 갖추었는지 안 갖추었는지 돌아보지도 않고 덥석 집었다. 책값으로 얼마를 썼을까. 연변에서 나온 이 책은 앞으로 얼마나 알뜰한 꾸러미로 흐를까. 연변 한겨레가 옮긴 말씨는 북녘말이라 할 만하다. 북녘말로 새로 읽는 로신(노신 · 루쉰) 이야기는 새삼스럽다. 어떤 우리말로 읽느냐에 따라 이야기빛이 다르다. 이 말빛을 고이 품어 본다.

2020.4.17.《당신의 손이 속삭일 때 10》

준코 카루베 글·그림/김기숙 옮김, 서울문화사, 2000.1.15.

어제 푹 쉬었다고 생각했으나 오늘 영 기운이 안 오른다. 선거 투개표를 지켜본다면서 너무 많은 사람을 마주해야 했기 때문인지 모른다. 눈앞에서 지나다니는 사람이 뭔 잘못을 저지르거나 말썽을 부리지는 않는가 하는 마음으로, 다시 말해 저이가 어떤 잘못 · 말썽을 일으키면 어떻게 말리거나 알려야 하느냐는 생각으로 지켜보는 일이었으니 기운이 쪽 빠졌구나 싶다. 이른바 '나쁜 기운을 쫓아내려는 눈'이니 지친다. 가만 보면 경찰이나 군대라는 곳은 언제나 '나쁜 기운'에 매이는 일이다. 국방의무란 이름으로 군대에 가는 젊은 사내는 갓 스물을 넘은 나이인데, 군인 얼굴을 보면 얼마나 늙어 보이는가 모른다. 웃을 수 없고, 웃어서는 안 되는, 즐겁거나 신나서는 안 되는, 억지로 무게잡아야 하는 데에서 있거나 일한다면 우리는 누구나 스스로 목숨을 갉아먹겠네 싶다.《당신의 손이 속삭일 때 10》을 새로 읽었다. 이 만화책은 이렇게 열 걸음으로 마무리를 지었다가, 이내 뒷이야기를 보태어 더 나온다. 1990년대 첫무렵 일본에서 장애인이 얼마나 따돌림이며 미움을 받는지, 그렇지만 그 틈에서 사랑이란 빛을 찾고 싶은가를 눈물겹게 그렸다. 2020년을 넘어선 이 나라하고 이웃 일본은 얼마나 사랑빛을 찾아나서는 몸짓일까?

2020.4.26. 《알려지 공주》

로도비카 치마 글·발렌티나 만냐스키 그림/김홍래 옮김, 서광사, 2003.6.10.

유칼립투스나무를 우리 집으로 진작 옮기자고 하면서 미루고 미루었더니, 책숲에 있던 유칼립투스나무가 거의 다 베어 넘어졌다. 삽차가 지나간 자리는 땅이 언제나 끙끙 앓고 눈물을 흘린다. 겨우 살아남은 유칼립투스나무가 몇 그루 있는데 줄기가 굵다. 파서 옮기기는 어렵겠네 싶어 가지를 하나 잘라서 옮겨심는다. 부디 우리 뒤꼍에서 기운을 내어 주렴. 《알려지 공주》를 아이하고 읽는다. 임금님 아이로 태어나 노상 얌전히 지내야 하고, 햇볕을 쬐지도 말아야 하며, 옷을 더럽히지도 말아야 하는 공주님이 있었다지. 햇볕을 안 쬐어야 하얀 얼굴이 되고, 옷을 깨끗하게 건사해야 왕자님이 좋아해 줄 만하다지. 마치 오늘날 온누리 모습하고 매한가지 아닐까? 이 나라뿐 아니라 웬만한 나라마다 가시내는 얼굴을 하얗게 발라야 이쁘다고 여기잖은가? 맨얼굴이 햇볕을 보도록, 옷에 땀내음이 물씬 흐르며 신나게 뛰놀도록, 깔깔 웃고 떠들고 노래하고 춤추면서 바람을 품도록, 아이가 아이답게 자라면서 어느덧 어른다운 어른으로 살아가도록 할 노릇이지 싶다. 아픈 까닭은 쉽게 알 만하다. 앓는 탓도 어렵잖이 읽을 만하다. 해를 먹고 바람을 마시고 비를 품으면서 풀내음하고 흙맛을 누린다면, 아플 일도 앓는 일도 없겠지.

2020.5.5. 《연필로 쓰기》

김훈 글, 문학동네, 2019.3.27.

풀을 벤다. 낫으로 석석 베어 눕힌다. 훑어서 먹지 않은 들풀은 낫으로 눕혀 새흙으로 돌아가라고 속삭인다. 너희가 싱그러이 자라니 얼마나 반가운지 모른다고 노래한다. 맨발에 맨손으로 우리 집 뒤꼍 풀밭을 누리면서 해를 보고 바람을 먹는다. 발가락에 닿는 풀잎이 산뜻하고, 손가락을 스치는 풀포기가 새롭다. 김훈이란 분은 《연필로 쓰기》라는 책을 써냈는데, 집에서건 마실을 다니건 언제나 연필꾸러미를 잔뜩 챙기는 사람으로서 돌아본다면, 난 "연필로 쓴다"고 말하지 않는다. 난 이렇게 말한다. "저는 낫으로 씁니다. 저는 자전거로 씁니다. 저는 아이들이랑 놀면서 씁니다. 저는 똥오줌기저귀를 신나게 손빨래를 하는 살림돌이로서 씁니다. 저는 바지랑대를 세우고 햇볕을 먹는 맨발로 씁니다. 저는 눈물로 쓰고 춤으로 씁니다. 저는 별빛으로 쓰고 꽃내음으로 씁니다. 저는 무엇보다도 이 별을 사랑으로 보듬고 싶은 숲이 노래하는 마음으로 씁니다." 김훈 님이 쓴 글이 나쁘거나 엉성할 일이 없다. 다만, 나쁘지 않고 엉성하지 않으니 외려 싱겁다. 글솜씨가 보이되, 솜씨에 담을 포근한 숨결은 좀처럼 못 본다. 그렇다고 김훈이란 분이 낫질을 하기를 바라지 않는다. 남한테 바랄 일 없다. 내가 오늘 낫질로 글쓰기를 하면 될 뿐.

2020.5.17. 《토끼의 의자》

고우야마 요시코 글·가키모토 고우조 그림/김숙 옮김, 북뱅크, 2010.11.30.

아이들 여름옷을 장만하러 순천으로 간다. 몇 해 앞서까지는 이웃님이 어린이 옷을 보내 주었는데, 아이들이 '받는 옷'을 안 좋아했다. '남이 입었'기 때문이 아니라 '화학세제 냄새가 도무지 안 빠져'서 꺼렸다. 우리 집은 비누조차 아예 안 쓰다시피 하고, 빨래할 적에는 잿물(E.M.)을 쓰고 햇볕에 말리는데, 이러면 옷이 매우 보드랍고 냄새가 없다. 여느 비누나 세제를 쓰면 냄새가 대단해서 어질어질하다. 그렇다고 가끔 순천에 가서 장만하는 옷에 약품 냄새가 없지는 않다. 오직 솜이나 베로 짠 옷이어도 화학처리 냄새가 짙어 몇 벌을 다시 빨고 오래도록 햇볕에 말려서 기운을 빼지. 숲토끼가 즐겁게 짠 걸상 하나가 숲 한켠을 어떻게 바꾸어 놓는가를 사랑스럽고 재미나게 담은 그림책《토끼의 의자》를 이달 첫머리에 익산에 있는 〈두번째집〉이란 마을책집으로 마실을 다녀오는 길에 장만했다. 우리말로 나온 지 열 해나 된 그림책인데, 그림결이며 생각날개가 알뜰하다. 걸상 하나를 짤 적에도 이렇게 마음을 들인다면 얼마나 아름다울까. 연필 하나라든지 종이 하나도, 또 책 한 자락도 오롯이 사랑을 담아서 짓는다면 온누리를 환하게 밝히리라. 요즈막에 '정대협(정의연) 막질이 불거지는데, 히유, 왜 이렇게 돈냄새를 좋아해야 하지?

2020.5.31. 《나의 원피스》

니시마키 가야코 글·그림/황진희 옮김, 한솔수북, 2020.4.17.

요즘은 새말짓기랑 말밑찾기를 함께 한다. 손질하거나 새로 지을 말을 그때그때 생각해 내는데, 말밑을 찾으면서 새말을 지으니 훨씬 재미나면서 뜻있더라. 말밑은 옛책에서 찾거나 캐지 않는다. 옛책도 많이 읽기는 했지만, 우리가 쓰는 모든 말은 아스라이 먼 옛날부터 스스로 살림을 지으며 사랑을 나누던 사람들이 수수하게 숲에서 빚었기에, 이 얼거리를 숲살림으로 읽고 느껴서 헤아린다. 요 몇 달 사이에 '알'이란 낱말을 풀려고 한참 밑그림을 짰고, '얼 · 알다 · 안 · 씨앗 · 낟알 · 알뜰살뜰 · 아름답다 · 아름드리 · 안다 · 속알머리 · 알맞다'를 거쳐 '나 · 사람'으로 잇닿는 고리를 찾아냈다. 《나의 원피스》를 한 달 동안 책상맡에 놓고 읽다가 이제 책숲으로 옮긴다. '내가 사랑하는 한벌옷'은 내 손으로 지은 옷일 뿐 아니라, 내가 찾아가는 곳에서 즐기는 놀이에 맞추어 새롭게 빛난다. 풀밭에서 풀빛이 되고, 눈밭에서 눈빛이 되다가, 비가 흩뿌리는 날에 비내음이 묻어나는 옷. 구름이랑 놀면 구름무늬를 새기고, 무지개를 타면 무지갯빛이 어리겠지. 살림하는 자리에서 어떤 마음으로 웃고 노래하느냐에 따라 모두 바뀐다. 웃는 살림이라면 웃는 말씨가 되고, 웃는 하루가 되며, 웃는 이야기가 되겠지. 사랑은 오래되면서 새롭다.

2020.6.1.《키테레츠대백과 3》

후지코 F. 후지오/오경화 옮김, 미우, 2018.6.30.

작은아이 손길을 받아 '책숲 얘기종이'를 글월자루에 담아서 척척 여민다. 읍내를 다녀오려 하는데 버스가 안 들어온다. 가늘게 한숨. 낮에는 시골마을에서 읍내로 가는 손님이 없다시피 하다면서 버스가 안 오기 일쑤인데, 오늘도 그날이네. 이웃마을로 걸어간다. 좋아, 좋아, 우리한테는 씩씩하게 두 다리가 있거든. 이 두 다리로 들길을 가로질러 주지. 새달을 맞이해 새롭게 하루를 돌아보고, 새걸음으로 나아갈 배움살림을 그린다. 올해 4월부터 큰아이하고 '둘이 함께 날마다 풀꽃나무 이야기 쓰기'를 하는데, 작은아이하고는 '둘이 함께 날마다 다섯 줄 쓰기'를 하자고 생각한다. 《키테레츠대백과》는 모두 석걸음이다. 우리말로 옮겨 주어 고맙지만 책값이 비싸다. 일본책이 외려 싸다. 덜 팔리거나 안 팔린다고 여겨 비싸게 매겼을까. 곁님 잔소리를, '누가 우리말로 옮겨 주면 고마운 노릇이지만, 남이 해주기를 기다리지 말고 스스로 바깥말을 배워서 바깥책으로 장만해서 읽으라'고 하는 말을 떠올린다. 척 보아도 우리말로 안 나올 듯한 아름다운 만화책이며 그림책은 이제 영어책이나 일본책으로 장만하자. '키테레츠'가 마지막에 의젓하게 외치듯, '스스로 배워 스스로 힘을 내어' 하면 될 뿐이다.

2020.6.6.《배달 일기》

최진 글, 한티재, 2016.3.19.

작은아이한테 말한다. "보라야, 올해 앵두알을 재워 볼까?" "음, 그럴까요?" 작은아이는 아버지랑 앵두나무 곁에 서서 앵두알을 나란히 훑는데, 그릇보다 입에 조금 더 자주 들어간다. 나는 빙글빙글 웃으면서 바지런히 훑는다. "누나가 앵두나무를 보고 놀라겠네. 앵두가 다 없어져서. 그렇지만 다 따지는 않고 곳곳에 남았으니 찾아내면 되겠지." 작은아이 말에 또 웃는다. 작은아이는 앵두알 따기가 힘든지 슬그머니 달아나서 논다. 그래, 앵두알 따기도 놀이요, 달아나기도 놀이란다. 뭐든 다 놀이야. 시집《배달 일기》는 한동안 '절판'이었는데 어느 날 살펴보니 '살 수 있음'으로 떴다. 무슨 일인가 싶어, 아니 다시 판이 끊어질까 싶어 서둘러 장만했다. 경상북도 멧골자락에서 택배일꾼으로 지낸 살림을 옮긴 시인데, 투박하게 옮긴 노래는 따뜻하고, 글멋을 부린 시는 재미없다. '문학'을 하려 들면 따분한데, 참 많은 분들이 '시문학'이나 '소설문학'을 하려고 든다. 왜 꾸미려 할까? 땀흘렸으니 땀흘린 하루를 그냥 옮기면 된다. 웃고 울었으니 웃음이랑 울음을 낱낱이 옮기면 된다. 노래에는 위아래가 없다. 모두 노래이다. 일노래도 놀이노래도, 눈물노래도 웃음노래도 다 노래인걸. 시인 아재여, 그저 노래를 부르소서.

2020.6.14.《고독한 직업》

니시카와 미와 글/이지수 옮김, 마음산책, 2019.4.30.

시원스레 내리는 비가 멎으면 골짜기로 걸어갈까 하고 생각한다. 빗물은 샘물 되고, 샘물은 골짝물 되고, 골짝물은 냇물 되고, 냇물은 어느새 바닷물 되더니, 새삼스레 구름이 되고 빗물이 된다. 우리 몸이란 이 물결 가운데 깃든 숨결이겠지. 미리 따서 애벌로 졸였다가 식힌 오디물을 오늘 마저 졸인 다음에 병으로 옮긴다. 병으로 옮기기 무섭게 한 병이 사라진다. 가게에서 파는 잼은 너무 달기만 해서 다들 몇 숟가락 못 먹지만, 우리 집 열매나무나 딸기덩굴이 베푼 열매로 졸이면 다들 한자리에서 한 병쯤 너끈히 비운다. 한 해 내내 잼을 누리자면 열매나무가 제법 있어야 할 테고, 차게 건사할 자리도 마련해야겠지. 《고독한 직업》을 천천히 읽는다. 이야기가 맛깔스럽지만 옮김말은 너무 일본 한자말투성이라서 눈에 자꾸 걸린다. 일본사람이 쓴 글이니 일본 한자말이 가득할는지 모르지만, 우리말로 옮길 적에는 '우리스러운 삶말'로 걸러야 하지 않을까? 말을 옮기는 분이 제발 우리말을 처음부터 새로 배우면 좋겠다. 아무튼 글쓴님은 영화를 찍는 길을 걷고, 이 길이란 다른 일하고 마찬가지로 늘 스스로 돌아보면서 고요히 마음을 바라보는 삶이지 싶다. 홀로 씩씩하게 살림을 짓기에 함께 수다를 떨며 사랑을 가꾸는 하루라고 본다.

2020.6.15.《막대가 하나》

타카노 후미코 글·그림/정은서 옮김, 북스토리, 2016.6.25.

이달에도 국민연금 · 건강보험은 뭉텅뭉텅 나간다. 차상위 계층은 이 연금 · 보험을 덜어 준다더니 말뿐이었을까. 이런저런 꾸러미를 챙겨서 내라기에 '그런 꾸러미 이름조차 처음 들은 터라 누리바다를 한참 헤맨 끝에 며칠 만에 겨우 찾아서 냈'으나 그냥 그렇다. 지난달부터는 '특고 · 프리랜서 고용안정지원'을 넣으라고 했으나 '특고'가 뭔 소리인가 알 턱이 없고, 어떤 꾸러미를 내라는지 들여다보고는 고개를 절레절레. '증명'하라는 꾸러미는 왜 늘 다시 챙겨야 하고, 낯선 꾸러미를 왜 더 챙겨야 할까. 글을 써서 글삯 받는 사람은 모두 전산처리로 돈(일한 값)이 흘러, 나라에 모든 꾸러미가 다 있을 텐데. 아무튼 '프리랜서 고용안정지원' 꾸러미를 이틀을 매달려 배운 끝에 겨우 내고서 숨을 돌렸다. 그리고 만화책《막대가 하나》. 지끈거리는 머리를 풀어주는 길에 만화책보다 사랑스러운 책이 있을까. 어른시도 동시도 말장난투성이라 외려 머리가 지끈거린다. "막대 하나"로 이야기를 풀어내고, 그냥그냥 수수한 살림길인 사람들 하루에서 줄거리를 길어올린다. 사랑타령이 없는 만화가 오히려 사랑스럽다. 요즘 우리나라 만화는 너무 사랑타령에 매여, 되레 사랑 아닌 굴레질 같다. 마을고양이는 또 참새를 잡았다. 잘 잡네.

2020.6.29. 《나의 히말라야에게》

서윤미 글·황수연 그림, 스토리닷, 2020.6.20.

월요일을 맞아 우체국에 가려고 곁님한테 "어느 우체국에 갈까요?" 하고 물으니 "가까운 데."라 한다. 그래, 면소재지로 자전거를 달리자. 며칠 바깥마실을 하는 동안 만난 분한테 띄울 책을 건사한다. 책숲에서 한창 책을 다 싸고서 등짐에 메고 우체국으로 가려는데 빗줄기가 내리꽂는다. 야, 시원하게 오는구나. 장대비를 맞으며 자전거를 천천히 달린다. 장대비 시골길을 다니는 자동차는 없고, 호젓이 여름비를 누린다. 우체국에 닿으니 온몸에서 물이 줄줄 흐른다. 밖에서 물을 짠다. 집으로 돌아가는 길도 비로 몸씻이. 빗물씻이는 살짝 비릿내가 나는데 '아, 구름이 되어 내리는 비는 워낙 바다에서 왔잖아?' 싶더라. 바닷물이 빗물이 되니 빗물이 비릿했지. 아주 마땅한데 이제서야 깨닫네. 바깥마실을 하며 《나의 히말라야에게》를 읽었고, 집에 돌아와서 조금씩 마저 읽는다. '네팔'이라기보다 '히말라야'를 곁에 두고, 품에 안고, 마음에 심는 하루를 보내는 이야기가 흐른다. 눈덮인 멧자락은 우리 눈망울이며 마음결을 달래며 씻어 주겠지. 여름에는 빗물이, 가을에는 열매가, 겨울에는 눈송이가, 봄에는 새싹이 우리 몸마음을 어루만져 주리라. 이웃님 누구나 푸른숲을, 푸른눈을, 푸른비를, 푸른말을 받아안는 마음이 되면 좋겠다.

2020.7.4.《혁명노트》

김규항 글, 알마, 2020.2.1.

'혁명(革命)'은 "이전의 관습이나 제도, 방식 따위를 단번에 깨뜨리고 질적으로 새로운 것을 급격하게 세우는 일", '노트(note)'는 "어떤 내용을 기억해 두기 위하여 적음"이라 한다. 둘 다 우리말이 아니다. 우리말은 '갈아엎다 · 깨뜨리다 · 뒤엎다 · 뜯어고치다 · 바꾸다 · 뒤집다'요, '적다 · 쓰다'이다. 대전마실을 하며 〈버찌책방〉에서 장만한《혁명노트》를 밥을 지어 차리는 틈새랑 매실잼을 졸이는 겨를에 읽는다. 틀림없이 싹 갈아엎고 싶은 뜻을 쓴 글일 텐데, 뭔 말이 처음부터 끝까지 토씨만 한글이고 순 일본 한자말하고 영어네. 마치 일제강점기에 일본글로 지식을 익힌 먹물붙이 글 같다. 이런 낡은 말로 새롭게 생각을 펼 길이 있을까. 우리는《목민심서》란 책을 읽기 어렵다. 한문으로 썼기에 한문을 모르고서야 못 읽는다. 일본 한자말하고 영어로 쓴 글은 누가 읽을 만할까. 예부터 내려온 '먹물 지식 기득권' 말씨를 따라야 혁명이 될까? 아, 이 나라 먹물꾼은 스스로 달라질 낌새가 없구나. "새 술은 새 자루에"란 말도 있고, '새물결'을 바란다면, 썩어문드러진 이들이 이 나라에 끌어들인 썩어문드러진 모든 말씨를 낱낱이 집어치우든지 날마다 한두 가지씩 꾸준히 추스르거나 솎아내며 '거듭날' 노릇 아닌가.

2020.7.14.《아기와 나 1》

라가와 마리모 글·그림/편집2부 단행본팀 옮김, 대원씨아이, 2002.3.15.

올해에는 쉬지 않고 내리는 비가 잦지만 하루를 넘기지는 않는다. 무척 고맙다. 비가 쉬는 틈에 빨래를 해서 마당에 널고 읍내로 마실을 한다. 가랑비가 내린다. 슈룹(우산)을 그냥 챙긴다. 이 슈룹을 안 쓸 생각이지만 굳이 챙기고서 시골버스에 타는데, '뭐여, 안 쓸 생각이면서 번거롭게 왜 들고 다녀?' 하는 마음속 말이 흐른다. 그래, 아이랑 저자마실을 나왔다면 챙겨도 되지만, 혼자 나오는 길인데 왜 번거롭게 챙겼을까. 《아기와 나》 첫걸음을 다시 읽는다. 푸름이한테 이 만화책 이야기를 들려주고 싶다. 우리말로 나오기로도 한참 되었고, 일본에서 나오기로는 더더욱 오래된 만화이지만, 여러모로 엿볼 대목이 많다. 삶이란 무엇이니? 사랑이란 무엇이니? 동생이나 언니란 누구이니? 어머니 아버지는 어떤 사람이니? 오늘 네가 바라는 길은 무엇이니? 마음으로 반가운 동무는 어디에서 무엇을 하니? 네 동무는 왜 너를 좋아하고, 너는 네 동무를 왜 좋아하니? 이런 여러 가지 수수께끼를 스스로 풀도록 따스하게 이끄는 만화책이 《아기와 나》라고 본다. 올해 마지막 매실잼을 어제 졸이려다가 빈병이 모자랐다. 읍내에서 빈병을 잔뜩 산다. 마감꾸러미를 아직 출판사에 못 넘겼지만, 매실잼도 때맞추어야 두고두고 밥살림이 될 테니…….

2020.7.20.《새를 사랑한 새장 이야기》

로돌라 파파 글·셀리아 쇼프레 그림/김혜진 옮김, 한솔수북, 2016.2.25.

아침에 무말랭이를 불리고 보니, 어제 열무김치를 담느라 마늘을 다 썼구나. 오늘 무말랭이를 곁밥으로 마련하려고 생각했다면 마늘을 넉넉히 건사할 노릇인데, 깜빡 잊었네. 비가 신나게 오던 어제였으나, 오늘은 비가 그치고 구름이 가득한 하늘빛이다. 그래, 좋아. 자전거를 달리자. 싱그러운 바람을 마신다. 상큼한 바람을 쐰다. 산뜻한 바람을 즐긴다. 이 바람결을 새 곁밥에 듬뿍 담아 보자.《새를 사랑한 새장 이야기》는 어느 만큼 읽혔을까. 그리 안 읽힌 그림책이지 싶은데, 이러한 이야기야말로 어린이하고 어른이 무릎을 맞대고서 차근차근 읽고 꿈을 그리면 좋겠다고 여긴다. 숱한 아이들이 다니는 초 · 중 · 고등학교랑 대학교는 어떤 곳일까. 이런 학교를 마치고 들어가는 일터는 어떤 데일까. 오늘날 어른들은 아이들을 새우리에 가두는 몸짓이지 않나. 왜 아이들은 뛰놀 엄두를 못 내면서 학교 다음에는 학원에 매여야 하는가. 큰고장에서는 초등학생마저 밤 열 시 넘을 때까지 학원 뺑뺑이를 시킨다는데, 뛰놀지 못한 어린 나날을 보내고서 푸름이가 되고, 어른이 되면, '놀지 못한 채 우리에 갇힌 넋'이 얼마나 슬기롭거나 씩씩하거나 튼튼하거나 아름답거나 즐겁게 사랑을 꽃피우려나. 어른부터 스스로 우리에 가둔 삶일는지 모른다.

2020.8.2. 《치로리 3》

코야마 아이코 글·그림/오경화 옮김, 대원씨아이, 2013.8.30.

어릴 적에는 보리를 볶은 다음에 물을 끓여서 노르스름하게 우려내어 마시곤 했다. 그때에는 잘 몰랐으나 인천이란 고장에서 수돗물 아니고는 마실 길이 없으니, 이렇게 했지 싶다. 우리 집뿐 아니라 웬만한 집마다 볶은보리 우린 물을 마셨지. 먼먼 옛날에는 사람들이 물을 어떻게 마셨을까? 생각해 본다. 먼저 바닷물이 아지랑이가 되어 하늘로 올라가 구름이 되어 비를 뿌리고, 이 비는 숲으로 스미면서 풀꽃나무를 적시고 바위를 씻는다. 멧골에서 샘이 솟고 내를 거쳐 가람을 지나 바다로 돌아가는데, 사람은 샘물이나 냇물을 마셨지. 바다랑 하늘을 품으면서 숲내음이 깃든 물이니 구태여 이 물에 뭘 타거나 섞거나 끓일 까닭이 없다. 《치로리 3》을 읽는다. 우리나라는 2013년 석걸음이 끝이지만, 일본에서는 꾸준히 나오며 여덟걸음에 이른다. 뒷걸음을 옮기려나? 이대로 끝나려나? 더운나라에서 자라는 커피나무한테서 얻은 열매를 볶고 끓여서 몸을 따뜻하게 하면 마음도 덩달아 따뜻하게 달라진다고 하는 줄거리를 차분히 들려주는 만화책이다. 군더더기 없이 조용한 만화이다. '마스다 미리' 만화가 나쁘지는 않으나 군더더기가 많다고 느낀다. 아니 수돗물 같달까. 다들 큰고장에 산다지만, 큰고장 이웃도 샘물맛을 누리면 좋겠다.

2020.8.19.《소소한 꽃 이야기》

오사다 카나 글·그림/오경화 옮김, 미우, 2020.1.31.

꽃은 커야 하지 않고, 꽃은 눈부셔야 하지 않고, 꽃은 늘 펴야 하지 않으니, 꽃은 늘 꽃이니까. 들꽃은 들꽃이고 풀꽃은 풀꽃이다. 곁에 두고 돌보는 꽃이라면 곁꽃이거나 귀염꽃이 되겠지. 꽃송이가 함박만 해도 고우며, 꽃망울이 깨알만 해도 곱다. 《소소한 꽃 이야기》는 수수한 꽃을, 또는 조촐한 꽃을, 또는 자그마한 꽃하고 얽힌 사람들 이야기를 들려준다. 이야기가 대단해야 아름다운 만화가 되겠는가. 우리 곁에서 살아가는 사람을 지켜보고, 우리 마을에서 피고 지는 꽃을 바라보며, 우리 삶터를 보듬는 눈비바람에 해님에 별빛을 헤아리면 넉넉하겠지. 고흥부터 상주까지 자동차를 함께 타고서 달렸다. 전라남도는 찻길에 거의 자동차가 없고, 전라북도를 지나 충청도로 접어드니 제법 있다. 후끈후끈한 찻길을 달리며 '바로 이 찻길에야말로 햇볕판을 붙이면 될 텐데' 하고 새삼스레 생각한다. 시골 멧자락이며 숲이며 밭자락까지 햇볕판을 밀어붙인 벼슬아치는 무슨 생각이었을까? 숲을 밀면 서울도 망가지는 줄 모르고 그저 돈만 바라보는가? 찻길(고속도로)에 햇볕판을 세우면 햇볕도 잘 먹지만, 찻길이 햇볕에 덜 닳고 빗물에도 덜 다친다. 벼슬아치는 행정 핑계를 그만 대야지. 텅텅 빈 전라남도 찻길을 멀쩡히 둬서 뭘 하나?

2020.9.10.《구름빵》

백희나 꾸밈·김향수 빛그림, 한솔수북, 2004.10.20.

그림책《구름빵》을 처음 보던 때를 떠올린다. 나는 '집'을 아리송하게 꾸몄다고 느꼈고, 슬레트지붕에 붉은벽돌에 일제강점기 창틀인 집에 살면서 사무직 회사원인 아버지가 나오는 대목이 알쏭하다고 느꼈으며, 2004년인데에도 '엄마 = 집안일, 아빠 = 바깥일'로 가르는 얼개가 못마땅했다. 겉님은 '빵굽기'랑 '부엌 · 마루 얼개'를 둘러싸고서 틀리거나 얄궂은 대목을 자꾸자꾸 짚었다. 아이들하고 이 그림책을 함께 보면서 '하늘을 나는' 모습 하나만 마음에 들 뿐, 억지스럽고 엉성하구나 싶어 이내 책시렁으로 밀어두었고 굳이 더 들추지 않았다. 생각날개도 살림꽃도 이야기밭도 여러모로 모자라구나 싶었다. 둘레에서 이 그림책을 많이 읽더라도 '엉성하거나 아리송하거나 틀린' 대목이 수두룩하다면 나로서는 아이들한테 아쉬운 이야기를 들려줄밖에 없다.《날아라, 꼬마 지빠귀야》처럼 사랑스러운 꿈이라든지,《칠기공주》처럼 아름다운 눈물이라든지,《닭들이 이상해》처럼 슬기로운 노래가 흐르는 그림책을 아이하고 나누고 싶다.《미스 럼피우스》처럼 살림꽃이라든지,《생쥐와 고래》처럼 어깨동무라든지,《펠레의 새 옷》처럼 마을빛을 노래하면 얼마나 아름다울까. 무엇보다도 삶뿐 아니라 책 하나는 '한 사람 손'으로만 태어나지 않는다. 함께 슬기를 모으고 땀을 들이기에 태어난다.

2020.9.17. 《새둥지를 이고 다니는 사자 임금님》

기시다 에리코 글·나가타니 치요코 그림/이영준 옮김, 한림출판사, 1991.9.25.

어제 군대 헬리콥터가 마당 위쪽으로 지나갔다. 여느 헬리콥터하고 군대 헬리콥터는 척 보아도 안다. 워낙 다르니까. 고흥 같은 두멧시골에 군대 헬리콥터나 비행기가 지나갈 일이 없을 텐데 무슨 일일까? 알고 보니 '광주 군사 공항'을 무안이나 해남으로 옮기려 한다는데, 두 고장에서 거세게 맞서기에 공군에서는 고흥으로 길을 틀려고 하지 싶다. 그러나 내가 보기에는 처음부터 고흥을 생각했다고 느낀다. 왜냐하면 국방과학연구소는 일찌감치 고흥만 매립지에서 '비행성능시험장'을 빌려 '무인군사드론시험'을 했다. 고흥군하고 국방과학연구소는 이 대목을 꽁꽁 감추려 하지만, '알 사람은 다 안다'더라. 고흥군수 · 고흥군의회는 '광주 군사 공항 고흥 이전 반대'를 9월 16일에 내놓았다고 한다. 9월 16일은 공군에서 고흥군을 '광주 군사 공항 이전 예정 후보'로 밝힌 날이다. 어떻게 공군에서 밝히자마자 성명서를? 짬짜미 아닌가? 《새둥지를 이고 다니는 사자 임금님》은 참 아름다운 그림책이다. 사자는 임금자리가 아닌 새끼 새를 돌보는 자리에 있고 싶었다지. 아이를 사랑하고 숲을 아끼며 이웃을 노래할 줄 알기에 비로소 '우두머리'나 벼슬아치이다. 군사 공항 반대에 앞서 '고흥 비행성능시험장'부터 걷어치우자.

2020.10.5.《에밀리》

마이클 베다드 글·바바라 쿠니 그림/김명수 옮김, 비룡소, 1998.3.15.

10월 9일부터 할 '책집 사진+노래꽃 잔치'에 쓸 그림쪽하고 꽃종이를 꾸며서 일감을 맡긴다. 제때에 다 되어 닿기를 빈다. 한가위 쉼날에는 다들 일을 안 하리라 여겨, 월요일을 맞이한 아침 일찍 일감을 맡기고 전화를 하니 "한가위에 들어온 주문이 밀려서…….."라 한다. 어라. 한가위에도 일감을 맡기는 사람이 있나? 요새는 누리그물로 일감을 맡긴다지만, 이럴 줄 알았으면 나도 월요일 아닌 한가위 쉼날에 일감을 맡길걸! 한참 밀리는 셈이잖아! 그림책《시의 날개를 달고》를 읽으며 못내 아쉬워《에밀리》를 새로 펼쳤다. 오래책이 오래책일 까닭이 있다. 글쓴이하고 그린이는 에밀리 디킨슨이란 분을 마음으로 사귀면서 이 숨빛을 어린이하고 어깨동무하는 눈빛으로 풀어내었다. '위인전 그림책'이 아닌 '사랑스러운 이웃이 조용히 살아온 사랑'을 담아내었지. 이와 달리 새로 나온 '에밀리 디킨슨을 다룬 그림책'은 이이를 너무 치켜세우는 쪽에 맞추었구나 싶다. 에밀리 디킨슨 님을 굳이 '훌륭한 사람(위인)'으로 그려야 할까? 이이는 하늘나라에서 이런 눈길이나 그림길을 반길까? 멋부리지 않으면 좋겠다. 멋은 '부린다'고 해서 생기지 않는다. 스스로 오늘을 사랑하며 살아가면 저절로 멋꽃이 피어난다.

2020.10.13. 《내 이웃의 동물들에게 월세를 주세요》

마승애 글·안혜영 그림, 노란상상, 2020.6.20.

새벽 두 시에 별바라기를 하는데 '아, 오늘은 어쩐지 겨울 내음이 나는걸.' 싶더라. 아침에 일어난 열세 살 큰아이가 "아버지, 오늘은 겨울냄새가 바람에 묻어나요." 하고 말한다. 너랑 나랑 한마음이네. 너도 나도 바람읽기로 하루를 여는구나. "응, 겨울이 곧 온다고 알려주네." 하고 이야기한다. 서울마실을 하며 〈나무 곁에 서서〉라는 마을책집에서 장만한 《내 이웃의 동물들에게 월세를 주세요》를 아이들하고 함께 읽었다. 우리 이웃으로 살아가는 숲짐승한테 '달삯'을 주는 길이 옳다고 여기는 마음을 잘 담았다고 본다만, 딱 여기에서 멈춘 대목은 아쉽다. 조금 더 깊고 넓게 들어갈 만한데 왜 안 들어갈까? 조금 더 짚으면서 우리가 오늘 어떤 눈빛이며 삶길인지를 파고들 만한데 왜 안 파고들까? 마땅한 노릇이지만, 우리가 숲을 사랑하고 들을 아끼며 바다를 노래하고 하늘을 춤추자면, 어느새 '반정부'가 되기 마련이다. 보라, 이 푸른별에 있는 모든 나라는 '숲을 싫어'한다. 그대가 숲사랑이라면 숲을 싫어하며 마구 파헤치고 밀어대면서 죽이는 벼슬아치 · 우두머리(정부 · 대통령)를 나무라지 않을 수 있을까? 여태 어느 나라 어느 벼슬아치도 '숲사랑'이나 '숲길'을 안 간다. '그린 뉴딜'은 다 장삿속에 뺑이다.

2020.10.21.《포치가 온 바다》

이와사키 치히로 글·그림/엄혜숙 옮김, 미디어창비, 2020.6.30.

2003년에 처음 우리말로 나온《치치가 온 바다》가《포치가 온 바다》로 이름을 바꾸어 새로 나왔다. '포치'? '치치'가 아니고 '포치'? 문득 궁금해서 일본 아마존을 뒤지니 "ぽちのきたうみ"란 이름이다. 그런데 '포치'는 뭘까? 우리말로 하자면 '바둑이'쯤이다. 어린 개, 그러니까 강아지를 귀여워하면서 부르는 이름이 "바둑아, 바둑아, 이리 오렴"이지. 다시 나온 책이 반가우면서 서운하다. "바둑이가 온 바다"로 하면 훨씬 나았을 텐데. "바둑아, 바둑아, 우리 뭘 하면서 놀까?" 아이는 바다에서 햇볕을 누리고 모래밭을 밟고 바닷물에 풍덩 뛰어들면서 튼튼하게 자란다. "바둑아, 바둑아, 너도 해님이 좋니?" 아이는 커다란 놀이터에 안 가도 좋다. 아이는 모래밭이면 넉넉하고, 바닷가나 냇가이면 즐겁다. 골짜기도 숲도 아이한테는 재미나고 놀라운 놀이밭이 된다. "바둑아, 바둑아, 우리 낮잠 좀 자고서 또 놀자!" 가만 보면 '바둑'이란 낱말은 어느 놀이만 가리키지 않는다. '점(點)'을 우리말로 '바둑'이라 했는지 모른다. 가을비가 아주 오랜만에 내린다. 빗소리가 싱그럽고 우렁차다. 이 비는 들을 적시고 지붕을 쓰다듬고 마당을 쓸어 준다. 이 비가 지나간 하늘은 얼마나 새파랗게 빛날까.

2020.10.24. 《빨간머리 앤을 좋아합니다》

다카야나기 사치코 글·그림/김경원 옮김, 위즈덤하우스, 2019.4.19.

고흥으로 자전거를 들고 돌아온 이튿날, 바로 작은아이하고 들길을 달린다. 살살이꽃이 반긴다. 피었다가 바싹 마른 깨꽃이 향긋하게 손짓한다. 살살이꽃에 손을 대면 살살이꽃내음이 퍼지고, 깨꽃을 만지면 깨꽃냄새가 번진다. 꽃은 어디에서나 꽃이다. 꽃집이 있어야만 꽃이 아니다. 들이고 골목이고 마을이고 숲이고 어디이고 꽃이다. 마당하고 밭이고 논둑이고 꽃이다. 우리가 꽃을 마주할 줄 안다면 언제 어디에서나 꽃노래가 되리라. 《빨간머리 앤을 좋아합니다》를 천천히 읽는다. 일본에서 사는 이웃님이 보내 주었다. 한글책을 일본에서 받다니! 이 책을 보낸 일본 이웃님은 일본판을 엮은 분이라는데 그분이 보기에 한글판이 한결 곱게 나온 듯하다고 글월을 적으셨다. 그렇지만 일본판도 매우 곱다고 생각한다. 나는 '빨간머리 앤'이 꽃을 사랑하고 숲에 안겨서 꿈꾸는 아이라서 반긴다. 앤은 숲에서는 숲아이가 된다. 앤은 숲 밖에서는 어쩐지 앤다워 보이지 않는다. 큰고장 아닌, 또 마을조차 아닌, 고즈넉하면서 아늑한 숲자락이야말로 앤을 앤답게 키운 삶터이지 싶다. '빨간머리 앤'을 읽는 분들이 '앤이 꽃순이+숲아이로 노래한 날갯짓'을 눈여겨보면서 우리 삶터를 모두 꽃숲으로 가꾸는 길로 나아간다면 좋겠다.

2020.11.7.《칸무리 씨의 시계공방 1》

히와타리 린 글·그림/강동욱 옮김, 대원씨아이, 2020.9.30.

홍성에서 벗이 찾아온다. 순천에서 동생이 꽃잔치(혼례식)를 하기에 벗님 어버이나 피붙이를 스물다섯 해 만에 얼굴을 보기로 했단다. 나는 벗한테 저녁하고 호떡을 사주고, 벗은 나한테 보리술을 사주어 부릉이(택시) 짐칸에 실어 준다. 저녁나절 고흥읍에서 살며시 보고 헤어지는데, 벗이란 자주 못 보더라도 마음으로 이어진 사이인 만큼, 또 다음에 만날 날을 헤아리면서 저녁별을 바라본다.《칸무리 씨의 시계공방》 첫걸음을 읽는다. 이 만화책은 열세 살 어린이하고 함께 읽을 수 있겠다고 생각하는데, 두걸음은 어떠하려나. 군더더기 같은 그림은 굳이 안 넣으면 좋겠다. 이를테면 '몸을 씻는' 그림을 왜 넣어야 할까? 안 넣어도 되잖아. 즐겁게 일하고서 가볍게 쉬고, 신나게 일하고서 마음껏 논다. 알뜰살뜰 일하고서 새삼스레 동무를 찾아가서 도란도란 수다를 떨며 쉰다. 멀리 돌아다녀야 쉬는 길이 되지 않는다. 맛난 밥을 사먹어야 잘 쉬었다고 할 만하지 않다. 바람을 마시고 햇볕을 보고 구름이랑 소근대고 별님이랑 수다를 나눌 줄 알아도 넉넉히 쉰다. 바야흐로 겨울이 코앞이라는 맵찬 바람이 찾아오려 한다. 그러나 나는 오늘도 반바지에 반소매로 돌아다닌다. 왜냐하면, 반소매로도 즐겁고 시원하며 홀가분하니까.

2020.11.17. 《읽는 직업》

이은혜 글, 마음산책, 2020.9.25.

노랑나비를 만난다. 이 늦가을에 웬 노랑나비인가 하고 갸우뚱하다가 가만히 뒤꼍을 헤아리니 봄까지꽃 · 잣나물이 곳곳에 돋았다. 이 봄나물꽃이 돋았으니 작은 들꽃이 품은 꽃가루를 머금을 조그마한 나비가 나란히 깨어나서 팔랑춤을 선보일 만하구나 싶다. 조용히 왼팔을 뻗는다. 노랑나비는 내 팔둘레를 살살 휘감는다. 잣나물을 넷 훑어서 네 사람이 하나씩 혀에 얹고서 씹는다. 늦가을에 누리는 늦가을풀 숨결을 받아들인다. 《읽는 직업》을 돌아본다. 책을 펴내는 곳에서 일하는 눈으로 엮은 이야기라고도 하겠지만, 글님이자 엮는님(편집자)이 조금 더 조그맣게 책을 펴내는 곳에서 일해 보았다면, 또는 혼자서 책을 펴내어 알리고 팔며 글님(작가)을 만나는 일꾼으로 지내 보았다면, 사뭇 다르구나 싶은 줄거리로 이 책을 내놓았겠지 싶다. 목소리란 누구나 내야 한다. 어느 곳에서도 목소리를 내놓아야 한다고 여긴다. 새삼스레 《책만들기 어떻게 시작할까》란 책을 맞대어 본다. 책이란 무엇이고 글이란 무엇일까? 팔리는 책하고 읽히는 글이란 무엇인가? 오늘날 글님이나 엮는님은 어느 고장 어느 마을에서 누구하고 살면서 책 · 글을 바라볼까? 글님도 엮는님도 아이 손을 잡고 숲에 맨발로 깃드는 눈빛으로 바람을 읽는다면 좋겠다.

2020.11.21. 《스미레 팡파레 1》

마츠시마 나오코 글·그림/김명은 옮김, 텀블러북스, 2014.4.30.

바깥마실을 다녀와서 이모저모 하고 빨래도 하지만, 까무룩 곯아떨어진다. 밀린 글을 쓰고 이래저래 집일을 조금 건사하다가 무릎이 시큰해서 드러눕는다. 쭉 뻗은 하루이다. 저 크고 묵직한 등짐을 짊어지고서 얼마나 걸었던가. 새벽부터 밤까지 쪽잠조차 못 이루고서 얼마나 많은 사람들을 만나서 얘기하며 기운을 쏟았는가. 꿈결에 갖은 생각이 갈마든다. 시골사람인 나는 어쩌다가 큰고장 이웃을 만나 바깥일을 하면서 기운이 빠져 잠들지만, 큰고장 이웃은 날마다 그 엄청난 바깥일을 하니까 참 놀랍다. 《스미레 팡파레 1》를 읽었다. 진작에 읽으려 하다가 책값이 너무 세기에 미루다가 여섯 해가 되었다. 왜 이 알찬 그림꽃책에 값을 곱배기로 매길까? 일부러 안 팔리게 하려고 그럴까? 그림꽃책은 그저 '만화종이'를 쓰면 된다. 뭔가 그럴듯하게 꾸민다면서 값을 올려매겨서 내놓는 판이 생기는데, 이럴수록 사람들은 깊고 너른 삶을 그림꽃으로 만나는 길하고 멀어지지 싶다. 다만, 요즈음 글책을 보노라면 그림꽃책 값은 하나도 안 비싸지만, 그림꽃책이기에 '글책 아닌 여느 그림꽃책'하고 값이 너무 맞물려 버겁다. 별밤이다. 며칠 동안 못 본 별빛이다. 이 별빛이 고단한 몸을 풀어준다. 별빛이 흐르는 곳에서 사람은 사람이 된다.

2020.12.5.《グリーンマン》

Gale E. Haley 글·그림/あしじのあき 옮김, ほるぷ出版, 1981.10.15.

겨울이면 으레 긴옷 차림이 된다만, 우리 집에서는 다르다. 스스로 입고 싶은 옷을 입는다. 새벽이나 밤에는 긴옷이 어울린다면 해가 오르는 낮에는 반바지가 어울리지. 그러나 나는 새벽이고 밤이고 낮이고 그냥 반바지이다. 왜? 여기는 고흥이거든. 게다가 풀꽃나무가 감싸는 보금자리이고. 한겨울에도 맨발로 바스락바스락 풀밭을 밟고 걷다가 바위에 서서 눈을 감고 해바라기를 하면 얼마나 싱그럽고 포근한지! 이웃님한테 맨발에 맨몸에 맨손으로 냇물을 떠서 마시고 풀밭을 거닐며 나무를 타고 올라 해바라기를 해보시라고 얘기하고프다. 하루에 10분이나 20분이라도 이렇게 해바람을 누린다면 우리 몸은 대단히 튼튼할 수 있다고 들려주고 싶다. 1983년에《그리인맨》이 한글판으로 나온 적 있고, 일본에서는 1981년에《グリーンマン》이 나왔으며, 미국에서는 1979년에 나온《Green Man》이라는 그림책이 있다. 놀랍도록 아름답고 눈부시면서 사랑스럽게 '숲사람' 이야기를 담아내었다. 영어 그림책은 도무지 장만하기 어려운데, 일본판을 일본에 있는 이웃님이 덥석 장만해서 보내 주셨다. 아, 얼마나 고마운지! 섣달잔치를 기리며 보내 준 빛줄기를 품고서 숲으로 나아가는 즐거운 걸음걸이를 헤아린다. 난 이쪽도 저쪽도 싫으나 숲길은 좋다.

2020.12.7. 《책숲마실》

숲노래 밑틀, 최종규 글·사진, 사름벼리 그림, 스토리닷, 2020.

1992년부터 해마다 찾아가던 책집을 2020년에는 처음으로 거를 듯하다. 올해는 돌림앓이판이 되면서 여러 이야기꽃이 없던 일이 되기도 했고, 살림돈이 빠듯하기도 했고, 새 낱말책을 쓰며 바쁘기도 했다. 서른 해 가까이 드나든 책집을 올해에는 못 가는구나 싶지만, 여러 고장 여러 이웃책집에는 제법 다녔지 싶다. 길삯하고 책값을 푼푼이 그러모아 빠듯하게 다녔다. 새로 태어나는 곳에는 새빛이 깃들기를 바라면서, 꾸준꾸준 해를 잇는 곳에는 꾸준히 아름빛이 퍼지기를 바라면서 찾아갔다. 책집이란 책을 사고파는 곳이면서 책을 만나는 곳이다. 그런데 빵집이나 옷집이나 찻집하고 사뭇 다르다. 책집은 어디에서나 누구나 몸을 쉬면서 마음을 새롭게 가다듬어 기운을 끌어올리는 터전이라고 느낀다. 다만 큰책집은 다르지. 큰책집에서는 못 쉰다. 큰책집은 지나치게 크고 넓으면서 불이 너무 밝고 시끄럽다. 마을책집은 알맞춤한 크기요 자리이면서 불빛이 알맞고, 책시렁이 빽빽하지 않아서 눈이며 마음을 새롭게 추스르기에 좋다. 《책숲마실》이란 책을 여민 한 해이다. 이 책에는 마을책집 얘기를 담았다. 스스로 마을빛이 되고, 서로 마을벗이 되는 길을 책에서 찾아나서는 살림을 묶으려 했다. 온누리에 책마실꽃이 곱게 피어나기를.

2020.12.11. 《시 읽는 엄마》

신현림 글, 놀, 2018.5.15.

지난달에 인천마실을 하며 《시 읽는 엄마》를 장만하자 책집지기님은 "곁님이 읽을 책인가 봐요." 하고 물으셨지만, 우리 곁님이 아닌 내가 읽을 책. 우리 곁님은 뜨개책이나 'Ramtha the White book'을 읽고, 때때로 영어 그림책을 아이들한테 읽어 준다. "시 읽는 엄마"란 이름이라고 해서 어머니나 아줌마만 읽어야 할 까닭은 없을 테지. 어린이하고 벗하는 노래(시)를 쓰는 어버이로서 언젠가 "시 읽는 아빠"를 엮어 보고 싶다. 살림을 하고 아이를 돌보며 시골에서 일하는 하루를 짓는 삶으로 노래를 마주한 이야기를 선보이고 싶달까. 우물에 가두는 글이 아닌, 멋에 빠진 글이 아닌, 문학평론이나 신춘문예를 노리는 글이 아닌, 스스로 삶을 사랑으로 짓는 살림길에서 숲바람을 일으키는 싱그러운 멧새노래 같은 글을 엮는다면, 새롭게 즐거우리라 생각한다. 집에서는 집안일을 하느라 책을 쥘 틈이 없다시피 하지만, 아이들을 이끌고 읍내마실을 다녀오는 시골씽씽이(시골버스)에 앉아 《시 읽는 엄마》를 들춘다. 신현림 님이 다른 노래를 따온 대목은 그저 그렇지만, 이녁 딸아이를 낳아서 돌보는 나날을 투박하게 적은 대목이 좋다. 노래가 뭐 대수로운가. 아이를 낳고, 돌보고, 사랑하고, 같이 웃고 울면서 이야기꽃을 피운 삶이 노래인걸.

2020.12.17.《여우의 정원》

카미유 가로쉬 글·그림, 담푸스, 2015.4.10.

〈밭〉에 닿는다. 〈밭〉은 순창군 동계면에 있는 마을책집 또는 시골책집이다. 이 마을책집 또는 시골책집에 가자면 순창에 살거나 순창을 사랑하면서 마실하면 된다. 이곳은 12월 18일에 두돌맞이라고 한다. 두돌맞이인 줄은 책집에 닿고서야 알았다. 고흥이란 시골에 살기에 시골에 움튼 책집이 반갑다. 비록 '이 시골'에서 '저 시골'로 가는 길은 서울을 다녀오는 길보다 멀고 길삯이 잔뜩 들지만, 시골살이를 노래하면서 밭살림을 사랑하는 책집을 느끼면서 이웃으로 지내고 싶다. 순창에 가는 길을 어림하자니 전주를 거쳐서 들어선 다음, 광주를 거쳐서 고흥으로 돌아오면 좋겠더라. 전주에 앞서 익산부터 들렀고, 익산 〈두번째집〉에서 장만한《여우의 정원》을 천천히 되읽으면서 순창에 닿았다. 여우 이야기를 따사로이 담아내는 그림책이 반갑고 예쁘다. 아무렴, 여우도 늑대도 곰도 언제나 사람 곁에서 사람한테 사랑이 무엇인가를 알려주려고 즐겁고 씩씩하게 살아가는 숨결이라고 느낀다. 우리한테 사람빛이란 결이 있다면, 마음으로 여우 · 늑대 · 곰을 비롯해 숱한 풀꽃나무하고 속삭이면 좋겠다. 마음으로 속삭이면 모든 말이 노래가 된다. 마음으로 만나면 모든 하루가 잔치가 된다. 마음으로 마주하기에 꽃 한 송이가 피어난다.

2020.12.23.《고양이 도우미》

다케시다 후미코 글·스즈키 마모루 그림/양선하 옮김, 주니어랜덤, 2010.9.20.

어제 등짐을 짊어지고 꽤 걸었다. 마을 앞을 지나가는 버스를 못 탄 바람에 이웃마을까지 달려갔다. 순천에서 시외버스를 내려 기차로 갈아탈 적에도 때에 맞추려고 달렸고, 서울에서 기차를 내린 뒤에도 〈한뼘책방〉이 마감하는 때에 늦지 않으려고 1킬로미터쯤 등짐을 지고 달려갔다. 이러고서 전철역으로 다시 걸었고, 방화동에서 볼일을 보고 합정역 언저리에서 길손집을 찾느라 또 한참 걸었다. 가까스로 21시가 안 되어 자리를 얻고 짐을 다 내려놓는데 온몸이 욱씬거렸다.《고양이 도우미》를 챙겨서 서울마실을 했다. '어떤 심부름도 할 줄 모르는 고양이'가 '도우미' 노릇을 하겠다면서 찾아온 이야기를 눈물겨우면서 아름답게 그렸다. 와, 멋지구나. 이런 글이며 그림을 지어내는 이웃나라는 대단하구나. 그러나 나는 길손집에서 곯아떨어졌고, 이튿날 이른아침부터 걷고 또 걸어 여러 이웃님을 만나고, 덕성여대 앞으로 옮긴 〈신고서점〉을 찾아가고, 고흥으로 돌아갈 시외버스를 타려고 또 고속버스역에서 달렸다. 표를 끊고 버스에 앉기 무섭게 다시 곯아떨어졌다. 꿈에서 생각했다. 온누리 모든 아이들은 어버이한테 '도우미'이지 않을까? 상냥하고 착하고 개구지면서 아름다운 사랑둥이가 바로 아이들이지 싶다.

2021.1.1.《찬성!》

미야니시 타츠야 글·그림/김난주 옮김, 시공주니어, 2011.2.25.

다리앓이는 거의 가시는데, 어라, 허리앓이로 옮긴다. 걸을 만하다 싶더니 허리를 송곳으로 후벼파는 듯해서 주저앉는다. 다리앓이일 적에는 다리가 벼락을 맞은 듯 찌릿찌릿해서 꼼짝을 못했다면, 허리앓이로 옮기니 걸을 수는 있되 걷다가 자꾸 주저앉는다. 눕는들 누운 몸이 아니요, 엎드린들 엎드린 몸조차 아니라 하루 내내 끙끙댄다. 새해 첫날인 터라 후들거리는 몸이어도 부엌에 서서 미역떡국을 끓인다. 아침 일찍 불린 미역을 헹구고서 배추랑 표고버섯을 참기름으로 살살 볶고서 미역국을 끓이고, 폴폴 끓을 무렵 떡국떡을 넣어서 마무르는데, 냄새나 간을 하나도 못 느낀다. 두 아이를 불러 간이 맞는지 냄새는 어떤지 묻는다. “좋아요.” “딱 좋은데요.” 그래, 그러면 너희가 나머지를 하렴, 아버지는 허리를 펴야겠구나. 그림책《찬성!》을 한 달 남짓 곁에 두고서 되읽었다. 늑대라는 짐승이 무엇을 좋아하고 동무(또는 한집안)하고 어떻게 어우러지는가를 잘 그렸구나 싶다. 책끝에 뜬금없는 풀이말을 달아 어이없는데, 이른바 ‘전문가 비평’이란 이름으로 군더더기를 붙이지 않으면 좋겠다. 아이나 어버이한테는 ‘전문가’ 아닌 ‘삶을 사랑하는 슬기로운 이웃’이 다가설 적에 아름답겠지. 늑대는 어깨동무를 으뜸으로 친다.

2021.1.15.《天相의 弦 1》

야마모토 오사무 글·그림/천강원 옮김, 서울문화사, 2003.11.29.

그림꽃책《머나먼 갑자원》을 처음부터 다시 읽으려고 하다가 자꾸 깜빡한다.《도토리의 집》을 처음부터 다시 읽고 나서 문득 궁금하여 야마모토 오사무 님을 찾아보니《天相의 弦》이라는 그림꽃이 1~3까지 우리말로 나온 줄 뒤늦게 알았다. 모두 판이 끊어졌다. 더 알아보니 일본책은 10까지 나왔네. 일본책을 누리책집에서 시켜 보는데 일본책조차 열 자락 가운데 넉 자락은 판이 끊어져서 받을 수 없단다. 일본에서 나온 연속극이 있어서 찾아보니 '우리말이 너무 엉성하고 어설프'다. 더구나 줄거리를 억지스럽게 바꾸었더라. 곰곰이 보면 '온누리에 손꼽힌 바이올린 지음이'인 진창현 님은 1999년까지 이녁 바이올린을 우리나라로 가져올 수 없었다고 한다. 웃긴 일이지. 일찌감치 이녁 이름이 널리 알려졌어도 우리나라는 1999년까지 이분을 괴롭혔더라. 일본에서는 배움책에 진창현이란 이름을 싣더라도 나라에서 보람(훈장)을 주진 않았단다. '재일조선인'이라서. 혼자 배워서 혼자 바이올린을 깎은 이분은 홍난파 · 안익태 · 윤이상 님도 만나면서 그분들 가락틀(악기)을 고쳐 주었다는데, 이렇게까지 이분 이야기가 파묻혀 버리기도 하네 싶어 새삼스럽다. 그러나 바보나라가 아무리 파묻더라도 이슬빛은 새벽마다 피어나기 마련.

2021.2.14.《토리빵 7》

토리노 난코 글·그림/이혁진 옮김, AK커뮤니케이션즈, 2012.2.25.

똑같은 책을 새로 장만한다. 읽는 책 하나에 건사하는 책 하나를 둔다. 때로는 건사하는 책을 두서넛 둔다. 이웃님이 미처 알아보지 못한 채 판이 끊어진 아름책을 틈틈이 장만하고, 우리 아이들이 신나게 또 읽고 거듭 읽느라 낡고 닳은 책을 새로 장만한다. 두서넛 건사한 아름책을 가끔 바람에 얹어서 띄운다. 산타 아저씨 마음으로 이웃님한테 보낸다. 아이들이 훨씬 어릴 적에는 책에다 그림을 그리고 밥풀까지 흘리다 보니 다친 책이 많다. 이런 책을 으레 새로 갖춘다.《토리빵 7》을 세 벌째 장만했을까. "우리 집 이쁜 아이들아, 새로 장만한 이 책은 고이 건사하자. 아마 앞으로는 이 책이 다시 못 나올 듯해." 우리말로는 일곱걸음에서 멈추었으나, 일본에서는 꾸준히 새걸음이 나온다.《とりぱん》(とりのなん子)은 2020년 10월에 스물일곱걸음이 나왔다고 하니, 앞으로는 일본책을 장만해야 할까 싶다. 크고작은 새를 벗삼으면서 풀꽃나무를 노래하는 줄거리로 가득한《토리빵》또는《とりぱん》. 짝궁을 사귀기보다는 그림꽃을 엮으면서 새랑 노니는 하루가 즐거운 이웃나라 아가씨. 한겨울에도 한여름에도 우리 집은 새노래로 새벽을 열고 밤을 맞이한다. 봄꽃이 조물조물 올라오는 맑은 철이 흐른다. 삐잇삐잇삐잇 노래가 집으로 스며든다.

2021.2.25. 《셀레스틴이 알고 싶은 사실》

가브리엘 벵상 글·그림/햇살과나무꾼 옮김, 황금여우, 2015.1.25.

"어떤 그림책을 좋아하셔요?" 하고 묻는 이웃님한테 "저는 딱히 '좋아하는' 그림책은 없지만, '사랑하는' 그림책은 있어요. 바바라 쿠니, 윌리엄 스타이그, 가브리엘 벵상, 이와사키 치히로, 나카가와 치히로, 이런 분들 그림책은 하나도 빠뜨리지 않고 모두 장만하려고 생각해요. 완다 가그, 엘사 베스코브, 기타무라 사토시, 이런 분들 그림책은 얼마나 아름다운지 몰라요." 하고 이야기한다. 곁에 아름책을 놓고 싶다. 그냥 책이 아닌 아름책을 사랑한다. 아름책이란 사랑책이면서 곁책. 곁책은 하나같이 아름책이면서 사랑책. 《셀레스틴이 알고 싶은 사실》은 '황금여우'에서 꾸러미로 잔뜩 엮은 "어네스트와 셀레스틴" 이야기 가운데 한 자락이다. 예전에 드문드문 몇 가지가 우리말로 나오긴 했는데, 이렇게 "어네스트와 셀레스틴"을 꾸러미로 잔뜩 옮겨 주니 얼마나 고맙고 반가운지. 종이에 얹은 빛결도 새로 펴낸 이 꾸러미가 훨씬 낫다. 아이를 사랑하는 어버이 마음, 어버이를 사랑하는 아이 눈빛, 아이하고 하루를 신나게 놀면서 살림길을 밝히는 어버이, 어버이 곁에서 마음껏 꿈꾸며 오늘을 노래하는 아이…… 읽고 또 읽어도 눈물 겨우면서 웃음이 피어난다. 이야기꽃을 살뜰히 짓는 손길이 있으니 우리 별이 짙푸르겠지.

2021.3.14.《그렇게 삶은 차곡차곡》

사카메 히토미 글·그림, 웃는돌고래, 2017.10.12.

문득 돌아보면, 인천이란 큰고장에서 나고자라는 동안에도 으레 꽃을 보았다. 꽃이름이며 풀이름이며 나무이름이 늘 궁금했다. 우리 어머니한테뿐 아니라, 가까이에 어른이 있으면, 누구한테라도 이름을 물었다. 이름을 제대로 짚거나 알려주는 어른은 드물었다. 나중에는 스스로 책을 살피며 이름을 견주려는데, 비슷해 보이는 풀이 많구나 싶어서 두 손을 들었다. 그래도 나비 이름은 제법 알아보기 쉽더라. 나비는 풀꽃처럼 아주 비슷하지는 않다고 느꼈다. 어른들은 왜 풀꽃이나 나무나 나비 이름을 잘 모를까? 요새는 숲을 가까이하려는 어른이 늘고, 숲을 다루는 그림책을 아이들하고 읽는 어른도 꽤 있으나, 아직 한참 멀다. 아무래도 숱한 어른은 숲이나 시골이 아닌 큰고장이나 서울에서 일자리를 찾아서 살아가니, 어른들 스스로 풀꽃이나 나비한테 마음을 덜 쓰거나 안 쓰겠지. 《그렇게 삶은 차곡차곡》을 지은 분은 일본에서 나고자라 이 나라에서 짝을 맺고 아이를 낳았단다. 글님이자 그림님으로서는 두 나라를 품는 삶길이다. 둘을 품는 만큼 둘을 바라보고 생각하면서 삶으로 녹이는 길이 되겠지. 시골사람인 나더러 서울(도시)하고 좀 사귀라 말하는 분이 많은데, 서울 이웃님부터 숲하고 좀 사귀면 좋겠다. 삶을 푸르게 가꾸면 좋겠다.

2021.3.25.《모래요정과 다섯 아이들》

에디스 네즈빗 글·H.R 밀라 그림/햇살과나무꾼 옮김, 비룡소, 2006.4.21.

하루에 한 가지씩 바람대로 이루어 주는 '누'가 있다면 날마다 어떤 바람을 속삭일 만할까? 열두 살이던 1986년에 〈모래요정 바람돌이〉를 보았다. 그때는 바깥에서 한참 뛰놀다가도 "아, 그거 할 때잖아!" 하면서 다들 우르르 집으로 돌아갔고, 다 끝나면 또 우르르 밖으로 나와서 다시 뛰놀았다. 어릴 적 눈이 빠지게 기다리며 보던 그 〈모래요정 바람돌이〉가《모래요정과 다섯 아이들》란 이야기를 바탕으로 엮은 줄 2020년 겨울이 되어서야 알았다. 곰곰이 생각해 본다. 어릴 적에는 동화책을 볼 겨를도 없었거니와, 동화책을 사주는 어른도 둘레에 없었다. 내가 다닌 어린배움터에는 책조차 거의 없다시피 했다. 1924년에 숨을 거둔 분이 1902년에 선보인 이야기를 새롭게 꾸며 만화영화로 빚은 일본사람이 대단하다. 그 만화영화가 없었어도 이 오랜 이야기를 되읽도록 책으로 꾸며 준 곳이 있었을까? 다섯 아이한테 저마다 다른 숨빛을 들려준 글님은 아이들이 참마음으로 고요히 바랄 적에 무엇이든 스스로 이루는 길을 밝혔지 싶다. 남한테 기대지 않고 스스로 서는 삶을, 남이 이뤄 주는 길이 아닌 스스로 하루를 짓는 길을, 포근하면서 차분히 엮었다고 느낀다. 봄바람 같은 글이랄까. 봄잎 같은 노래랄까. 봄별 같은 사랑이랄까.

2021.4.5.《사라진 나라》

아스트리드 린드그렌 글/김경연 옮김, 풀빛, 2003.1.15.

2021년을 넘어서며 큰아이는 열네 살. '마침종이 배움터(졸업장 학교)'가 아닌 '숲놀이터(우리 집 학교)'를 누린 지 일곱 해째. 큰아이도 작은아이도 어린이집은 얼씬거리지 않았다. 우리 집 두 아이처럼 여느 배움터나 어린이집에 다니지 않으면 배움삯이 많이 든다. 마침종이(졸업장)를 주는 어린이집이나 배움터를 다니면 나라에서 배움삯을 두둑히 대준다. 얼핏 보면 '숲놀이터('홈스쿨링'이 아닌 '놀이터'이다)'로 살림을 하자면 돈이며 품이 많이 든다고 할 만하니, 여느 집에서는 엄두를 못 낼는지 모르나, 달리 보자면 아이가 집을 숲으로 삼아 마음껏 뛰놀며 자라도록 할 적에는 집살림도 같이 익히면서 나누기 마련이라, 갈수록 즐거우면서 사랑스러운 보금자리로 피어난다고 느낀다. 아이들이 왜 굳이 바깥살이(사회생활)를 해야 할까?《사라진 나라》는 린드그렌 님이 손수 남긴 발자취이다. 이녁을 기리는 책이 여럿 나왔지만 어쩐지 시큰둥하다. 이분이 손수 쓴 이녁 발자취를 읽으면 넉넉하리라. 참 마땅할 텐데, 린드그렌 님은 그야말로 신나고 개구지게 뛰논 어린날을 누렸다. 스스로 누린 삶을 이녁 아이한테 이야기로 지어서 들려준 셈이더라. 숲을 곁에 두고 노래하기에 아름답다. 숲아이로 자라기에 사랑을 활짝 편다.

2021.5.15.《쉬운 말이 평화》

숲노래 밑틀·최종규 글, 철수와영희, 2021.4.23.

스승이란 가르치면서 배우는 사람이라고 느낀다. 배우는 사람은 가르치는 길을 함께 받아들이지 싶다. 나한테 꼬박꼬박 '스승님'이란 이름을 붙여 주시는 이웃님이 있어, 이분한테는 "제가 스승이라면 어제는 제가 길을 먼저 갔을 테고, 모레에는 제가 길을 따라가겠지요" 하고 여쭌다. 동트는 새벽에는 해가 되고, 파랗게 트이는 아침에는 하늘이 되고, 환한 낮에는 맑은 냇물이 되고, 밤을 새로 맞이하면서 바람이 되는 숨결이기에 '스승'이지 싶다. '스스로 스스럼없는 슬기로 나아가는 이슬'이기에 스승이라고 본다.《쉬운 말이 평화》가 지난달에 나왔다. 2008~2020년 사이에 어린이 · 푸름이하고 나눈 생각하고 말을 갈무리했다. 어린이는 나한테 궁금한 대목을 묻고, 나는 어린이 곁에서 빙그레 웃으면서 이야기꽃을 편다. 푸름이는 나한테 근심걱정을 털어놓고, 나는 푸름이하고 어깨동무할 새길을 노래로 들려준다. 이오덕 어른도 나한테 스승일 텐데, 우리 집 아이들도 나한테 스승이요, 풀꽃나무에 바람에 별빛에 구름에 바다에 돌멩이에 풀벌레도 모두 스승이다. 모든 사람이 나한테 스승이 되어 아름길(평화)을 스스로 지어 보도록 북돋았다. 모든 목숨붙이가 나한테 스승이기에 꽃길(평화)을 스스럼없이 가라고 도와주었다.

닫는책

즐겁게 가꾸는 살림꽃은

《집안일이 뭐가 힘들어!》
완다 가그 글·그림
신현림 옮김
다산기획
2008.9.30.

아주 오래된 옛이야기를 해 줄까? 엄마가 어렸을 때 할머니한테서 들은 얘기야. (7쪽)

우리 아버지는 집안일을 할 줄 모르는 어른이 되었습니다만, 우리 어머니는 집살림을 살뜰히 하는 어른이 되었습니다. 저를 낳은 두 어버이는 어떻게 다른 길을 가셨나 하고 돌아본다면, 우리 어머니도 처음부터 집살림이나 집안일을 고이 여미던 손길은 아니었으리라 생각합니다. 더 배우고 싶었으나 가시내라서 더 배울 길이 꽉 막히고 '손에 물 묻히는 길'을 가셨는데, 더없이 씩씩하면서 야무진 마음결이 되어 새빛을 스스로 지으셨다고 느껴요.

1950년대하고 1970년대는 다르고, 1990년대하고 2010년대도 다릅니다. 오늘 우리는 이 다 다른 삶길을 얼마나 헤아릴 만할까요? 2020년대를 넘어서는 이즈음에는 가시내도 사내도 집안일을 거뜬히 해낼 줄 알아야 할 뿐 아니라, 함께 살림을 가꾸는 슬기롭고 상냥한 눈빛이어야 합니다. 사내라서 집안일을 안 해도 되지 않으며, 가시내이니까 집안일을 사내한테 모두 넘겨도 되지 않아요. 둘 다 집안팎에서 슬기롭고 상냥하면서 사랑스레 하루를 짓는 눈빛으로 나아갈 노릇입니다.

아차! 사과주스! 주스통 마개를 잠갔나? 아냐, 잠그지 않은 것 같아. 다시 보니 아저씨는 손에 마개를 쥐고 있었어. 쏜살같이 집으로 달려갔지. 하지만 이미 늦어 버렸단다. (24쪽)

세상에! 사과주스가 계속 쏟아져 지하실이 온통 물바다였지. 아저씨는 맥 빠진 채로 쳐다볼 수밖에 없었어. 그저 머리를 긁적거리며 말야. "어이쿠, 이미 쏟아져 버렸네. 괜찮아, 괜찮아." (25쪽)

우리는 왜 누구나 집안일이며 집살림을 즐거우면서 거뜬히 해내는 사람이 되어야 할까요? 우리는 누구나 옷을 걸치고 밥을 먹으며 집에서 자거든요. 옷을 안 걸치고 밥을 안 먹으며 집에서 안 잔다면, 옷밥집이라는 일거리하고 살림을 안 쳐다봐도 돼요. 그러나 우리가 이 몸에 옷이랑 밥이랑 집을 베풀면서 하루를 누리는 삶길이라면, 사내이든 가시내이든 옷살림이며 밥살림이며 집살림을 차근차근 익혀서 새롭게 가다듬고 가꾸는 걸음걸이여야 아름다이 어우러지는 삶이 되리라 봅니다.

풀밭에 넘어진 아기는 반쯤 저은 크림과 버터를 뒤집어썼단다. 아저씨는 눈을 껌벅이고 어깨를 들썩거리며 중얼거렸어. "어이쿠, 버터도 끝났네. 괜찮아, 괜찮아." 아저씨는 흠뻑 젖은 아기를 일으켜 볕이 잘 드는 곳에 앉혀 두었어. 벌써 해가 하늘 높이 떴어. 정오였어. 곧 아주머니가 점심을 먹으러 올 텐데, 아직 점심 준비도 못했지 뭐야. (35쪽)

1935년에 "The Story of a Man Who Wanted to do Housework" 또는 "Gone is Gone"이란 이름으로 나온 그림책이 있습니다. 우리말로는《집안일이 뭐가 힘들어!》(완다 가그/신현림 옮김, 다산기획, 2008)로 나왔는데, 거의 일흔 몇 해 만에 알려진 셈입니다. 일흔 몇 해 만에 우리말로 나온 조그마한 그림책은 오래 사랑받지 못한 채 새책집에서 사라집니다. 아직 우리나라는 이런 이야기를 함께 읽거나 생각하기 어려운 터전인 탓일까요? 어린이하고 손잡으면서 살림빛을 가꾸는 슬기롭고 사랑스러운 삶을 들려줄 만한 어른이 아직 적은 탓일까요?

그림책《집안일이 뭐가 힘들어!》에 나오는 아저씨는 '혼자 밖에서 힘들게 일한다'고 생각했다지요. 아저씨가 보기에 아줌마는 집에서 '딱히 하는 일도 없어 보이고, 힘도 안 들 텐데' 싶었다지요. 이리하여 어느 날 '서로 일을 바꾸어 보자'고 했다지요.

자, 생각해 봐요. 집안일을 여태 해본 적이 없던 아저씨가 처음으로 집안일을 하겠노라 나서요. '사내가 힘들게 바깥에서 일하고 돌아온다'는 생각에 사로잡혔던 아저씨는 '가시내는 집에서 하느작거릴 뿐, 힘들지도 않잖아? 나도 이제 좀 쉬엄쉬엄 해야겠다'고 생각했답니다.

그림책에 나오는 아저씨 생각마냥 집안일이란 쉬엄쉬엄 해도 될 만한가요? 그림책 아저씨가 읊듯 집안일은 설렁설렁 해도 누구나 손쉽게 해낼 만한가요?

아주머니가 또 무엇을 보았게? 버터통은 넘어져 있고, 아기는 햇볕에 타고 있었어. 크림과 버터는 말라서 빡빡하고 끈적거렸지. (50쪽)

아주머니는 초조해졌어. 풀밭에는 강아지가 누워 있었지. 소시지를 잔뜩 먹어 배가 남산만 했어. 강아지도 괜찮아 보이

지 않았어. (51쪽)

이웃나라 일본이 총칼로 우리나라를 잡아먹던 무렵에 조선총독부에서 내놓은 배움책부터 2020년으로 넘어선 오늘날 이 나라에서 나오는 배움책까지 두루 살피면, 한때 '실과'란 이름으로 어린이한테도 집안일을 익히도록 가르친 적이 있었습니다만, 어느새 '실과'는 가뭇없이 사라졌어요. 도시락을 쌀 줄 아는 어린이가 매우 적습니다. 아마 '도시락'이란 이름조차 낯설 만합니다. 배움수렁(입시지옥)에 빠져든 푸름이라면 집에서 설거지나 걸레질이나 비질조차 안 시키지 않나요? 열린배움터에 들어가려고 새벽부터 밤까지 배움책을 붙드는 푸름이는 마을길을 거닐며 집하고 배움터 사이를 다니는 일도 없지 않나요?

집안일을 모르고 자라는 어린이하고 푸름이는 앞으로 어떤 젊은이(대학생)가 될까요? 집살림을 어려서부터 배운 적이 없이 몸뚱이만 어른이 된 젊은내기는 짝꿍을 사귈 적에 어떤 마음이나 눈빛이나 몸짓이 될까요? 집안일을 해본 적이 없이 자라서 짝을 맺은 가시내랑 사내는, 새집에서 새로 아기를 낳아 돌보는 길을 어떻게 다스리거나 건사할까요? 나라에서 어린이집을 마련해 주어야 하나요, 스스로 아기를 돌볼 줄 아는가요? 아기는 할머니한테 맡기고 바깥에서 돈만 벌면 되는지요, 어버이로서 두 사람이 아기가 사랑을 물려받으면서 자라는 살림빛을 펼는지요?

아저씨가 소리를 버럭 질렀어. “당신이 하는 일이라곤 꾸물거리며 집 주변을 어슬렁대는 게 전부잖아. 그런 일이 뭐가 힘들어.” 그러자 아주머니가 말했어. “그러면 내일부터 일을 바꿔 볼까요. 내가 바깥일을 할 테니, 당신은 집안일을 해 봐요. 내가 들에 나가서 풀을 자를게요. 당신은 집에서 꾸물거리며 어슬렁대 봐요. 어때요? 바꿔 볼래요?” 아저씨는 얼마든지 잘할 거 같았단다. 풀밭에서 뒹굴거리며 아기를 돌보고, 시원한 그늘에 앉아 버터를 젓고, 소시지 몇 개 굽고 수프나 좀 끓이면 되지 뭐. 흠! 무척 간단한 일이잖아! (14~15쪽)

그림책 《집안일이 뭐가 힘들어!》를 푸름이 배움책으로 삼으면 좋겠습니다. 이 그림책을 젊은 가시버시(부부)가 함께 읽으면 좋겠습니다. 이 그림책을 할머니 할아버지가 둘러앉아서 함께 넘기면 좋겠습니다. 어머니 아버지가 아이를 무릎에 앉히고서 이 그림책을 나란히 소리내어 읽으면 좋겠습니다.

그리고 푸름이를 돌보는 어버이가 푸른 아이들하고 함께 빨래하고 밥하고 비질하고 집안을 돌보면 좋겠습니다. 젊은 가시버시가 집안일을 ‘난 이만큼 넌 저만큼’으로 뚝 가르지 말고, ‘모든 집안일을 노래하면서 함께하기’로 가면 좋겠습니다. 할아버지가 밥을 차리고 빨래를 하면서 하루살림을 지으면 좋겠습니다. 아기는 소꿉놀이로 집살림을 즐겁게 그리면서 무럭무럭 크면 좋겠습니다.

"집안일이 처음이라 좀 어려웠을 거예요. 내일은 아마도 더 잘할 수 있을 거예요." 아주머니가 말했어. "아냐, 이제 그만! 오늘로 집안일도 그만이야. 제발, 부탁이야, 여보, 사랑해. 다시 들에서 일할게. 당신 일보다 내 일이 힘들다고 다시는 투정하지 않을게." 아저씨가 애원했어. "예, 좋아요. 무슨 일이 있어도 우린 행복하게 잘 살겠죠? 영원히 말예요." (58쪽)

온누리 모든 어머니는 얼마나 슬기로우면서 상냥한 넋인가 하고 돌아봅니다. 온누리 모든 아버지는 슬기로우면서 상냥한 넋을 사랑으로 즐겁게 배우면 얼마나 아름다울까 하고 꿈꿉니다.

멀리 나가서 배우지 마요. 집에서 배우기로 해요. 곁에서 하루를 기쁘게 짓는 손길을 같이 익혀 봐요. 잔치밥을 차려야 하지 않아요. 사랑밥을 차리면 넉넉해요. 꽃빔을 지어야 하지 않아요. 사랑옷을 지으면 돼요. 으리으리 우람한 집을 지어야 하지 않아요. 사랑이 피어나는 보금자리이면 좋아요.

즐겁게 가꾸는 살림꽃은 언제나 사랑입니다. 집안일을 하지 않는 사람한테 나라지기를 맡기지 말아요. 집안일을 모르는 사람한테 고을지기나 벼슬자리를 맡기지 말아요. 아기 기저귀를 갈 줄 모르는 사람이라면, 배움터에서 배움이를 가르치지 말아야겠지요. 우리 모두 살림꾼이 되면 좋겠습니다. 서로 살림순이랑 살림돌이가 되고, 살림지기가 되며, 살림님으로 어깨동무하는 앞날을 그려 봅니다.

쓰고 읽고 주고

저한테 '곁책'이란 "쓰고 읽고 주고"입니다. 삶을 쓰고, 살림을 읽고, 숲을 줍니다. 곁에 둘 책을 찾아나서기 앞서, 먼저 제가 스스로 지어서 누리는 오늘 하루를 이야기로 씁니다. 이다음으로 이웃님이 사랑으로 아로새긴 이야기를 만나요. 그리고 이 두 가지를 엮어 우리 아이들이 반가이 물려받을 꾸러미를 헤아립니다.

곁에 두고 싶은 이야기를 씁니다. 곁에 놓고 싶은 이야기를 읽습니다. 곁에서 사랑하며 물려주고 싶은 이야기를 쓰고 읽습니다. 책을 놓고서 이야기하는 책이 꾸준하면서 새롭게 태어나는데요, '시작책'이나 '반려책' 같은 새말이 요즈음 떠오르는 모습을 보면서 퍽 아쉬웠습니다. 이런 이름은 어린이하고 어깨동무하기에는 안 어울리거든요.

우리가 어른이라면 모름지기 늘 어린이를 헤아리고 사랑하는 마음이 되어 일을 하고 놀이를 살피고 말을 지어서 나눌 노릇이라고 생각합니다. 그래서 처음 읽기에 즐겁거나 어울릴 만한 책이라면 '처음책'이라 하면 될 테고, 늘 곁에 두면서 함께 나아가고 싶은 책이라면 '곁책'이라 하면 된다고 느껴요.

수수한 이름이 쉬운 이름이고, 쉬운 이름이 사랑스러운 이름이며, 사랑스러운 이름이 삶을 짓는 살림노래 같은 이름이라고 봅니다. 조촐히 《곁책》을 꾸려 보려 했습니다. 이 《곁책》이 이웃님한테 반가우면서 포근히 '곁책'이 될 수 있다면 얼마나 기쁠까 하고 꿈꿉니다.

첫 책을 2004년에 냈습니다. 그 뒤 꾸준히 책을 써냈는데, 이 《곁책》만큼 글손질이 오래 걸린 적이 없습니다. 2016년에 《새로 쓰는 비슷한말 꾸러미사전》을 내면서 한 달 남짓 열다섯벌(15교)을 되읽으며 손질한 적이 있습니다만, 《곁책》은 더 품이 들더군요. 이모저모 가다듬고 추스른 터라, 꾸밈빛(디자이너)도 펴냄빛(출판사 대표)도 땀을 쪽 빼셨으리라 생각해요. 꾸밈빛 안미경 님과 펴냄빛 이정하 님 모두 고맙습니다. 곁에서 쓴소리 · 단소리 · 잔소리 · 꽃소리를 들려주는 우리 집 세 사람도 고맙고, 보금자리를 둘러싼 풀꽃나무도 고마우며, 이 책을 읽어 주실 모든 이웃님도 고맙습니다.

고개에 닿기까지 오르고
고비 지나며 내려가고
복판에 가기까지 땀빼고
가운데 넘어서며 수월히

여름 저물면서 가을빛
겨울 스러지면서 봄비
산들바람에 알알이 익고
잎샘바람에 푸릇이 피네

바람을 읽는 아침
이슬을 읽는 새벽
구름길 읽는 한낮
별자리 읽는 한밤

오늘 하루 지은 삶은
오늘 바로 갈무리하고
오늘 여기서 누린 숨은
오늘 함께 이야기하자

곁책

초판 1쇄 발행 | 2021년 7월 7일

밑틀 숲노래
글 · 사진 최종규
펴낸이 이정하
디자인 안미경

펴낸곳 스토리닷
주소 서울시 서초구 방배동 934-3 203호
전화 010-8936-6618
팩스 0505-116-6618
ISBN 979-11-88613-21-2 (03800)

홈페이지 blog.naver.com/storydot
SNS www.facebook.com/storydot12
전자우편 storydot@naver.com
출판등록 2013. 09. 12 제2013-000162

스토리닷은 독자 여러분과 함께합니다.

책에 대한 의견이나 출간에 관심 있으신 분은 언제라도 연락주세요. 반갑게 맞이하겠습니다.